전능의 팔찌

OTENT
CELET

FUSION FANTASTIC STORY

김현석 현대 판타지 소설

청어람

전능의 팔찌

THE OMNIPOTENT
BRACELET

김현석 현대 판타지 소설
FUSION FANTASTIC STORY

전능의 팔찌 2

김현석 현대 판타지 소설

초판 1쇄 찍은 날 § 2011년 8월 16일
초판 1쇄 펴낸 날 § 2011년 8월 22일

지은이 § 김현석
펴낸이 § 서경석

편집부장 § 권태완
편집책임 § 박우진

펴낸곳 § 도서출판 청어람
등록번호 § 제1081-1-89호
등록일자 § 1999. 5. 31
어람번호 § 제1-1267호

주소 § 경기도 부천시 원미구 심곡2동 163-2 서경B/D 3F (우) 420-822
전화 § 032-656-4452 팩스 § 032-656-4453
http://www.chungeoram.com
E-mail § chungeoram@chungeoram.com

ⓒ 김현석, 2011

ISBN 978-89-251-2598-5 04810
ISBN 978-89-251-2596-1 (세트)

CONTENTS

CHAPTER 01
지구로의 귀환

전능의 팔찌

THE OMNIPOTENT
BRACELET

　"자아! 생선이 쌉니다, 싸요! 갓 잡아온 싱싱한 생선이 완전
헐값입니다!"

　"아아! 저건 뻥입니다! 믿지 마십시오! 저놈이 들고 있는 건
어제 잡은 거고 이게 오늘 잡은 겁니다! 그러니 저쪽으로 가지
말고 일루 와서 사십시오!"

　"뭐야? 야, 인마! 넌 생선을 딱 보면 어제 잡은 건지 오늘 잡
은 건지 한눈에 알아?"

　"그래, 인마! 안다, 알아! 근데 어따 대고 삿대질이야?"

　"어쭈! 지금 나랑 한판 붙어보자는 거야?"

　"그래, 너 말 한번 잘했다. 그렇지 않아도 네놈 때문에 만날
장사를 망쳤는데 오늘 분풀이 한번 하자. 덤벼, 인마!"

우당탕! 와장창창!

두 상인의 혈투가 벌어지자 사람들이 빙 둘러쌌다.

그런데 어느 누구도 말리지 않는다. 오히려 누가 이기는지에 돈을 걸고 더 힘내서 주먹질을 하라고 아우성이다.

항구도시 올테른의 참모습이다.

몇 달 동안 배 안에 갇혀 고기만 잡다 하선한 뱃사람들이 많기에 하루가 멀다 하고 주먹질이 벌어지는 곳이다.

생선장수라 하여 무어 다르겠는가!

늘 보는 게 주먹질이다. 그러니 엉겨 붙은 것이다. 어제는 구경꾼이자 승패에 돈을 거는 도박꾼이었다.

그런데 오늘은 선수로 입장한 것이다.

"와와와! 스테판 이겨라! 스테판 이겨라!"

"로완! 맞지만 말고 갈겨, 이 멍청아! 아따, 덩치가 아깝네. 어째 저보다도 덩치가 작은 사람 밑에 깔려 매만 맞냐? 로완! 힘 안 내? 너한테 5실버나 걸었단 말이야!"

잠시 싸움판을 구경하던 현수는 발걸음을 돌렸다. 그리곤 정처없이 이곳저곳을 돌아다녔다.

아르센 대륙으로 차원 이동을 한 지 오늘로써 28일째이다. 알베제 마을을 떠나 무려 20일이나 이동했다.

그렇기에 일단 지구로 돌아가 봐야겠다는 생각이 들어 알론과 헤어진 것이다.

그런데 지구로 차원 이동을 했다가 다시 이곳으로 돌아왔을 때 멀린의 레어로 떨어지면 어쩌겠는가!

하여 이곳의 좌표를 알아내기 위해 움직이는 중이다. 문제는 좌표를 알려줄 마법사를 찾기 힘들다는 것이다.

거의 반나절이나 돌아다녀도 마법사를 찾지 못한 현수는 올테른 외곽의 바위에 걸터앉아 잠시 휴식을 취했다.

"혹시 이실리프 마법서에 좌표를 알아내는 방법이 기록되어 있지 않을까?"

문득 스친 상념이었다.

"이실리프여, 열려라!"

스르르르릉~!

말을 마침과 동시에 마법서가 열린다.

목차를 찾았다. 다행히 좌표를 기록하는 방법이 있다.

읽어보니 일정한 규칙이 있다. 그런데 생각보다 매우 복잡한 계산을 해야 좌표를 얻을 수 있다.

하나 현수가 누구이던가!

비록 삼류 대학이지만 수학과 출신이다. 그 결과 이십 분도 걸리지 않아 좌표를 파악할 수 있었다.

"이거라면 지구에서도 좌표를 생성시킬 수 있겠구나. 하하, 좋았어. 앞으론 편하겠군."

좌표는 가본 곳만 생성시킬 수 있다.

잘못 좌표를 생성시킨 뒤 텔레포트를 하면 차원의 틈새에 빠져 영원한 미아가 될 수도 있다.

하여 두 번, 세 번 반복해서 계산을 했다. 그리곤 노트북을 꺼내 좌표를 입력해 두었다.

올테른 외곽의 바위 위 50㎝의 좌표는 다음과 같다.

SJ759RRT67WK—LW034GHE23PI—RJ765HRE55JD—
RT65LLA79RY.

열두 자리씩 네 개로 구성되니 웬만큼 머리 좋은 사람 아니면 외우기조차 힘들 정도이다.

"그러고 보니 지구의 좌표가 없네. 여기서 트랜스퍼 디멘션을 시전하면 어디로 갈까? 궁금하군. 산속은 괜찮은데 바다라면 어떻게 하지? 헤엄칠 줄 모르는데."

현수는 잠시 망설였다.

"에라, 모르겠다. 가보기나 하자. 트랜스퍼 디멘션!"

고오오오오~!

"여긴……? 아, 우리 집이구나."

찰나의 시간 만에 환경이 확 바뀌었기에 현수는 잠시 당황해했다. 하나 금방 자신이 어디에 있는지를 알 수 있었다.

아무것도 없이 휑하니 비어 있는 자신의 원룸이었던 것이다.

"근데 여기 좌표를 입력해 두지 않았는데 어떻게 이곳으로 온 거지? 이실리프여, 열려라!"

마법서를 읽어보고야 의문점을 덜 수 있었다.

좌표 입력을 하지 않고 차원 이동을 하면 마지막에 있던 곳으로 되돌아가게 되어 있는 것이다.

"흠, 이건 편리한 기능이군. 일단 여기 좌표를 확인할까?"

현수는 자신의 원룸 좌표를 확인하려다가 멈췄다. 급한 일이 아니기 때문이다.

"아냐. 오늘이 며칠인지 먼저 확인하자."

전에 생각했던 것과 다른 시간대에 도착했던 것이 떠올랐기에 얼른 핸드폰을 켰다. 그런데 켜지자마자 도로 꺼진다.

"에이, 고물! 바꿔야지 안 되겠어."

현수의 핸드폰은 상당히 구형이다. 스마트폰이 나온 지 한참인데 여전히 폴더 형이다.

번호 이동을 하면 스마트폰을 공짜로 얻을 수 있음에도 바꾸지 않은 이유는 기본요금 때문에 그렇다.

경제적으로 넉넉지 못했기에 한 달에 55,000원을 내는 것이 부담스러워 바꾸지 않았던 것이다.

노트북을 꺼냈다. 전원을 넣자 첫 화면이 보인다. 상당히 오랜만에 보는 이미지이다. 그런데 이것 역시 켜지는가 싶더니 도로 꺼진다. 배터리가 다된 모양이다. 어댑터를 찾아 연결하니 정상으로 작동한다.

"내가 이곳을 떠나 아르센 대륙에 있었던 것이 28일이야. 전에 떠났을 때가 2012년 12월 18이었으니까 오늘은 2013년 1월 16일이어야 정상이지. 흐음, 어서 떠라."

현수는 느릿하게 부팅되는 노트북의 화면을 지켜보고 있었다. 부팅이 완료되자마자 오른쪽 아래 시간이 표시되는 곳을 클릭했다. 날씨 및 시간 정보 창이 뜬다.

"어디 보자. 2013년 1월 16일. 맞군. 후후후!"

자신의 생각이 맞았다는 생각에 기분이 좋아지자 인터넷 익스플로러를 띄웠다. 없는 동안의 뉴스 검색을 위함이다.

그러다 네이버를 띄웠다. 그런데 이상하다.

오른쪽 로그인 창 아래에 날짜가 보이는데 2013년 1월 2일이라고 되어 있다.

"어라? 이거 왜 이러지?"

서둘러 인터넷으로 현재 시각을 검색했다. 여러 번 검색했는데 전부 2013년 1월 2일이라고 한다.

현수는 당황했다. 그러던 중 문득 떠오르는 상념이 있었다.

"이실리프여, 열려라!"

스르르르릉~!

말이 끝나기가 무섭게 은백색 이실리프가 눈앞에 나타난다.

"어디 보자."

현수는 목록을 한참 뒤적인 뒤에야 원하던 것을 찾았다. 워낙 목록이 자세했던 때문이다.

현수가 찾던 것은 전능의 팔찌 사용법이란 항목이다.

글귀가 보이자 손가락으로 전능의 팔찌라 쓰인 곳에 손을 댔다. 그러자 저절로 페이지가 열린다.

과연 희대의 마법서답다.

중세 수준의 문명을 지닌 곳에서 만들어진 것임에도 하이퍼링크[1] 기능이 걸려 있으니 왜 안 그렇겠는가!

현수는 아주 찬찬히 내용을 읽어보았다. 읽는 동안 탄성을 터뜨리기도 했다.

"우와! 이게 그래서 그런 거구나! 이거 진짜 쓸 만한데?"

전능의 팔찌로 차원 이동을 하면 한쪽 세상에서 아무리 오래 머물렀다 하더라도 다른 세상의 시간은 불과 30일만 지났을 뿐이다. 팔찌 안쪽에 타임 리미트 영구 마법진이 그려져 있기 때문이다.

다시 말해 아르센 대륙에서 10년을 머무른 뒤 지구로 차원 이동을 하면 딱 30일의 시간이 지났을 뿐이라는 것이다.

반대로 지구에서 10년을 머물다 아르센 대륙으로 되돌아가도 30일이 경과했을 뿐이다.

이는 앱솔루트 배리어가 쳐진 결계 안에서의 타임 딜레이 마법과는 다르다.

결계 안에서는 시간이 거의 멈춘 상태이다.

다시 말해, 아무리 오래 머물러도 늙지 않는다. 반면 단순한 차원 이동은 시간의 흐름만큼 성장하거나 노화된다.

다시 말해, 지구에서 10년을 머물다 아르센 대륙으로 가면 한 달밖에 안 지났는데 갑자기 10년은 늙은 것처럼 보인다는 소리를 듣게 된다. 반대의 경우도 마찬가지이다.

어쨌거나 전능의 팔찌에는 차원 이동을 구현시키는 초록색 보석 이외에도 타임 딜레이를 일으키는 파랑색과 패스트 타임

---

1) 하이퍼링크(Hyperlink):하이퍼텍스트 문서 내의 하나의 단어나 구(Phrase), 기호, 화상과 같은 요소와 그 문서 내의 다른 요소, 또는 다른 하이퍼텍스트 문서 내의 다른 요소 사이의 연결. 하이퍼텍스트 링크, 핫 링크라고도 한다.

을 실현시키는 보라색 보석이 있다.

사실 보석이 아니라 이것들은 최상급 마나석이다. 이것들을 이용하면 원하던 시간대로 되돌아간다.

물론 그 30일 이내의 시간대로 되돌아간다. 일종의 제한적인 타임머신 역할을 하는 것이다.

파랑과 보라색 보석 모두에 손을 댄 상태에서 차원 이동 마법을 구현하면 된다. 자세한 방법이 기록되어 있기에 시험 삼아 이를 시전해 보려 했다.

그런데 무반응이다. 한참 동안이나 고개를 갸웃거리던 현수는 팔찌에 박힌 보석 가운데 검은색 둘이 거의 회색으로 변한 것을 볼 수 있었다.

서둘러 사용법을 살펴보니 마나 충전이 되지 않아서라고 한다. 다시 말해 회색이었던 마나석이 모두 검은색으로 변해야 비로소 차원 이동이 가능하다는 것이다.

아무튼 2012년 9월 28일에 6개월짜리 병가를 냈다. 따라서 2013년 3월 28일 안에 복귀 신고를 해야 한다.

그런데 너무 일찍 왔다.

오늘은 2013년 1월 2일. 연휴 기간이다.

"흐음, 3월 28일이 되려면 2개월하고도 26일이나 남았네. 그동안 무얼 하지? 흐음, 일단 사람 사는 꼴을 갖춰야겠지?"

거의 아무것도 없어 휑한 원룸을 바라본 현수는 아공간에 담긴 가재도구들을 꺼내기 시작했다.

얼마 지나지 않아 원룸은 예전의 모습을 거의 찾아갔다.

저녁나절이 되어 전등을 켜고 얼마 지나지 않았는데 초인종이 울린다.

딩동! 딩동!

"누구세요?"

"나 집주인이네."

"네, 무슨 일이시죠?"

현수의 물음에 주인은 꼬장꼬장한 음성으로 대답한다.

"우선 문이나 열게."

"잠깐만요."

벗었던 옷을 서둘러 걸치는 동안 현수는 짜증이 났다. 월세는 통장에서 매월 자동이체 되도록 되어 있다.

따라서 집세는 한 푼도 밀리지 않았다. 그런데 집주인이라 할지라도 이처럼 막무가내인 것이 마음에 들지 않는다.

딸깍~!

문이 열리자 주인이 먼저 밀고 들어온다. 나이가 많다곤 하나 이런 건 예의가 아니다.

그러나 그딴 것엔 신경 쓸 겨를이 없다는 듯 주인은 현수의 뒤쪽을 먼저 살펴보고 있다.

부서진 데, 망가진 것이 없나 확인하는 듯하다.

슬며시 불쾌한 기분이 든다.

"총각, 한참 동안 안 보이던데 어디 다녀왔어?"

"아, 네. 회사에서 출장을 보내서……."

"그랬군. 우편물이 계속 쌓이기만 해서 무슨 일 있나 했네."

"네에. 뭐, 별일은 없었습니다."

대답을 하면서 현수는 앞으론 거의 모든 우편물을 인터넷으로 열람할 수 있는 것으로 바꿔야겠다는 생각을 했다.

"그런가? 알겠네."

"네에."

말을 하면서도 여기저기를 살펴보았기에 현수의 불쾌함은 더 늘어났다. 그렇기에 문을 닫으면서 회사로의 복귀보다 먼저 이사를 해야겠다는 생각을 했다.

이런 사생활 침해가 마음에 들지 않았던 때문이다.

물론 햇볕도 잘 안 들고 바람도 잘 통하지 않은데다 비좁고 여러 모로 불편한 것도 작용했다.

주인이 가고 난 뒤 아르센 대륙의 금화를 꺼냈다. 생각난 김에 거처를 이동할 결심을 한 것이다.

그런데 얼마나 꺼내야 할지 감이 잡히지 않는다.

회사에서 멀지 않은 곳에 위치한 아파트를 전세 내려면 얼마나 드는지 알 수 없었기 때문이다.

하여 포털사이트의 부동산을 검색해 보았다.

그런데 생각해 보니 서울은 공기가 매우 탁하다.

아르센 대륙의 청정한 공기로 호흡하려다 매연 섞인 서울의 공기로 숨을 쉬려니 호흡이 곤란할 지경인 것이다.

하여 어디로 이사갈까 고심하다 광장동에 위치한 쉐라톤 워커힐 호텔 부근을 떠올렸다.

회사에서 멀지 않은 곳이다.

그리고 천호대교만 건너면 된다. 교통은 약간 불편할 것이다. 이는 소형차 한 대 구입하면 해결될 일이다.

전 같으면 자동차 구입 비용은 물론이고 보험료나 유류비 등으로 어림도 없을 일이다. 하나 지금은 다르다. 금화 두어 개만 처분하면 소형차 한 대는 사고도 남는다.

아무튼 그곳은 강변에 있으며 뒤로는 아차산이 있는 곳이다.

행정구역상 구리시 아천동인 이곳은 움이 잘 튼다 하여 우미내 마을이라 불린다.

이곳엔 '고구려 대장간 마을' 이란 곳이 있다.

구리시가 건설한 곳으로, 전국의 유일한 대장간 마을이자 촬영장으로 국내 최대 규모이다.

이곳에서 배용준이 출연한 태왕사신기가 녹화되었으며, 바람의 나라, 쾌도 홍길동, 자명고 등이 녹화된 장소이다.

인근에는 단독주택들이 있는데 그리 많지는 않다. 약 30여 가구뿐이다. 그런데 식당이 제법 많다.

외부로부터의 관광객을 대상으로 한 음식점들이다. 냉면집, 손만두집, 매운탕집, 갈비집 등이 있다.

휴가를 내기 전 현수는 곽 대리랑 구리시 쪽으로 외근을 나왔다가 우연히 이곳 매운탕집에서 식사를 한 적이 있다.

그때 시간이 남아 일 인당 3,000원씩 입장료를 내고 안을 구경했다. 지름이 7m나 된다는 거대한 물레방아가 인상적인 곳이었다. 덕분에 대장간의 내부가 어떤지 확실히 학습하게 된 곳이기도 하다.

고구려 대장간 마을을 구경하고 내려오다 보니 경치가 제법 좋았다. 탁 트인 한강이 조망되었기 때문이다. 뒤로는 제법 울창한 숲이 있어 쾌적한 기분을 느끼게 하였다.

하여 나중에 돈 많이 벌면 부모님 모시고 이런 곳에서 살고 싶다는 생각을 했었다.

어쨌거나 현수는 남들의 이목이 많은 아파트보다는 단독주택이 나을 것이란 생각을 했다.

가끔 마법 실험을 해야 하기 때문이다.

하여 서둘러 검색해 보았다. 매물은 네 건이나 있었는데 모두 평수가 넓은 것뿐이다.

당연히 돈이 만만치 않다. 제일 싼 게 8억 5천만 원이다.

물론 제법 널찍한 집이다. 내용을 살펴보니 2층짜리 주택으로 건평이 75평 정도 되고 방이 여섯 개나 있는 큰 집이다.

당연히 마당도 있다.

마당에서 찍은 사진을 보니 한강이 조망되고, 창문에서 찍은 걸 보면 아차산의 숲이 보이는 모양이다.

내부 인테리어도 깔끔하게 손질되어 있는 듯하다.

골방에 가까운 곳에 살던 현수에게 있어 거의 궁궐이나 다름없을 정도로 널찍하고 쾌적해 보이니 당연히 마음에 든다.

"흐음! 8억 5천이면 등록세와 취득세까지 해서 얼마나 되지? 꽤 되겠지? 한 9억이면 되려나? 참, 나는 안 되는구나."

현수는 대졸 신입사원이다. 회사는 겨우 8개월 정도를 다녔다. 당연히 소득이 얼마 발생되지 않은 시기이다.

그런데 8억 5천짜리 집을 샀다고 등기 이전을 하면 세무 조사를 나올 수도 있다.

부동산 취득 자금이 어디에서 나온 것이냐고 물으면 둘러댈 방법이 없다. 따라서 현재로선 집을 사서는 안 된다.

"제기랄, 돈이 있어도 쓸 수가 없군. 불법으로 얻은 것도 아닌데 말이야."

현수의 아공간엔 상당히 많은 금화가 들어 있다.

원래부터 있던 것도 있지만 몬스터 가죽과 부산물을 팔아 얻은 수익금만 1,000여 골드이다.

한화로 환산하면 11억 원이다.

이것에 대한 소득세를 내야 한다면 아르센 대륙의 국가에 내야 한다. 대한민국 국세청에는 단 돈 1원도 낼 이유가 없는 소득이기 때문이다.

"할 수 없지. 일단은 전세 물건을 찾아봐야겠군."

인터넷에서 전세 시세를 파악해 보았다. 마음에 드는 집이 있다. 그런데 전세가가 무려 3억 5천이다.

방이 일곱 개이고 화장실이 세 개 있으며, 주차장엔 차를 두 대 댈 수 있도록 되어 있다. 당연히 마당까지 딸린 단독주택이다.

현수는 금화를 꺼냈다. 현금이 없으니 처분해야 하기 때문이다. 이걸 여러 조각으로 잘라내며 중얼거렸다.

"팔자에도 없는 여행을 해야 하나? 제기랄!"

지은 죄도 없건만 마치 장물 처분하듯 여러 곳을 돌아다니며 조금씩 처분해야 하는 것이 마음에 들지 않았다.

그러다 문득 떠오르는 생각이 있었다.

"그런데 CCTV도 마법이 실현될까? 되면 좋은데……. 기계라 안 되겠지? 아냐. 어쩌면 될지도 몰라. 흐음, 일단 실험해 봐야 하는데… 으음, 어떻게 하지? 그걸 사야 하나?"

잠시 망설이던 현수는 비용을 알아봤다.

1세트 구입 비용이 30만 원쯤 되는 것으로 파악되었다.

"이걸 사, 말아?"

한참을 고심하던 현수는 결국 포기했다. 필요도 없는 물건 구입에 돈을 쓰고 싶지 않았기 때문이다.

현수는 자신이 직접 벌어들인 1,000개의 금화를 꺼냈다.

이것들은 10골드짜리가 아니라 1골드짜리이다. 따라서 굳이 잘라낼 필요가 없는 것이다.

일일이 멜트 마법으로 녹여 자그마한 금괴 형태로 바꾸었다. 이것들은 팔면 11억 8천만 원 정도 받을 것이다.

이렇듯 많이 꺼낸 것은 돈이란 계속해서 필요하기 때문이며, 이번에 조금 넉넉히 준비하기 위함이다.

"일단 종로부터 가야겠지."

다음날 종로의 금은방을 돌며 처분한 것은 300여 개뿐이다.

가급적 CCTV에 찍히지 않도록 각별히 주의하느라 그랬다.

가게 주인들은 현수의 얼굴을 기억하지 못한다. 거래를 마치고 헤어지는 순간 이미지 컨퓨징 마법을 건 때문이다.

그럼에도 금은방을 들를 때마다 옷을 갈아입었다. 모자를 쓰기도 했고 안경을 끼기도 했다. 때론 가발을 쓰기도 했다.

다음날은 인천의 금은방들을 순례했다. 이곳에서도 200여 개의 금화를 처분했다.

그 다음날은 대전이다. 그리고 대구도 들렀다. 두 곳에선 각기 150개 정도를 처분할 수 있었다.

마지막으로 금화를 처분한 곳에서 현수가 받아 쥔 돈은 1,600만 원이 조금 넘는다.

"오늘은 조금 놀아볼까?"

어젯밤 현수는 대전에 있었다. 여러 군데 금은방을 돌며 금화를 처분하고 나자 저녁 무렵이 되었다.

배가 고팠기에 자그마한 식당에 들어가 김치찌개로 저녁을 때웠다. 그리곤 곧장 모텔로 가서 밤새 캔 맥주를 홀짝이며 재미도 없는 유선방송을 보았다.

차를 타고 대구로 이동하는 동안 생각해 보니 처량하고 한심했다. 이실리프의 대마법사가 한낱 모텔에서 백수들이나 하는 짓을 연출했으니 왜 안 그렇겠는가!

"오늘은 조금 시끄러운 델 가볼까?"

오후 여섯 시경 현수는 택시에서 내렸다. 기사의 말로는 대구에서도 손꼽히는 호텔이란다. 그래서 그런지 호화롭다.

"어서 오십시오, 손님. 무엇을 도와드릴까요?"

"하룻밤 묵어가려 합니다."

"아, 그러십니까? 제가 안내해 드리겠습니다."

노혜미라 쓰인 명찰을 단 여인은 브로셔(Brochure)를 내놓는다. 그리곤 설명을 시작했다. 그런데 하필이면 내일 대구에서 대규모 국제 행사가 열리게 된다고 한다.

그 때문에 일반 객실은 물론이고 슈페리어부터 프리미어 스위트룸까지 모두 동이 났다고 한다.

그러면서 말하기를 워낙 대규모 국제 행사인지라 대구 시내의 거의 모든 호텔의 룸이 예약 완료되었을 것이라 한다.

특급호텔 직원이 하는 말이니 거짓은 아닐 것이다.

참고로 이 호텔의 일반 객실은 1박에 15만 원, 슈페리어 룸은 60만 원, 스위트룸은 90만 원 선이다.

당연히 부가세는 별도이다.

남은 것은 최고급인 로얄 스위트룸이라면서 그에 대한 설명을 한다. 그런데 별로 내켜하지 않는 표정이다.

현재 현수는 노타이의 캐주얼한 양복 차림이다. 당연히 비싼 브랜드가 아닌 마트에서 산 것이다.

현수는 자신이 입고 있는 옷 때문이란 생각에 슬며시 불쾌했다. 손님인데 입은 옷을 보고 판단한다는 것이 마음에 들지 않았다.

아무튼 로열 스위트룸은 하룻밤 객실 요금이 무려 120만 원이다. 부가세까지 포함되면 132만 원이 된다.

현수는 태어나 단 한 번도 마음 놓고 돈을 써본 적이 없다.

어릴 땐 부모님의 재정 형편이 좋지 못해 먹고 싶은 것 못먹었고, 입고 싶은 것 못 입었다.

갖고 싶은 것도 많았지만 가져본 것이 드물다. 또한 하고 싶은 일이 있었어도 해보지 못한 일이 수두룩하다.

그 결과가 남들은 몇 번씩이나 가본 설악산이나 제주도를 여태 한 번도 못 가 본 것이다.

심지어 바다 구경을 해본 게 언제인지 까마득하다.

너무 오래되어 그런지 기억도 없다. 아주 어릴 때 어머니 손을 잡고 가보았다는데 그때 나이가 세 살이라고 한다.

이 정도면 말 다 한 것이다.

실상 현수네 가족은 간신히 먹고만 살았다. 물론 아버지의 벌이가 시원치 않아서이다. 하나 현수는 아버지를 한 번도 원망하지 않았다.

아버진 본인 스스로 최선을 다하는 삶을 살았다고 한다.

중학교 시절 공부를 등한히 한 결과 고등학교 성적이 별로였다고 한다. 그 결과 간신히 인문계 고등학교로 진학은 했지만 결국 대학을 못 갔다.

그런데 대한민국이라는 나라는 대학을 나오지 않으면 루저 내지는 쓰레기 취급을 하는 나라이다.

그래서 개나 소나 다 대학을 가겠다고 야자를 하는 나라이다. 그 결과 4년제 대학을 나온 사람이 PC방 알바를 하면서 중딩, 고딩들에게 라면 끓여다 바치는 나라가 되어버렸다.

어쨌거나 현수의 가난은 취직을 하고도 마찬가지이다.

사실 많이 나아지기는 했다. 하나 근검절약이 몸에 밴 때문에 함부로 돈을 써본 기억이 없다.

만 원이 넘는 물건을 사려면 사기 전에 몇 번을 생각해 본다.

핸드폰도 가장 저렴한 요금제에 가입해 놓고 가급적이면 받는 용도로만 쓴다.

음식을 먹으러 식당엘 들어가면 먼저 가격부터 확인했다. 자신의 기준보다 비싸 보이면 아무리 먹고 싶어도 참았다.

월급을 받으면 가장 먼저 효도 자금을 송금한다. 실수령액의 20% 정도이다.

다음은 원룸의 월세와 카드 값, 그리고 각종 공과금을 위한 돈을 계산해서 떼어둔다.

그러고도 돈이 남으면 일부는 미래를 위한 투자로 남겨두었다. 그리곤 정말 최소한의 돈만으로 살아왔다.

냉장고 안의 캔 맥주는 현수가 유일하게 부리는 사치이다.

아무튼 현재의 현수에겐 아공간에 상당히 많은 돈이 있다.

거의 대부분이 현금이다. 오늘 이 중 일부를 원없이 써보기로 마음먹었었다.

하나 몸에 밴 근검절약 정신이 어디 가겠는가!

하여 객실 요금에 대한 설명을 듣고는 잠시 머뭇거렸다.

사실 하룻밤 잠을 자는 데 132만 원이면 너무 비싸지 않은가!

그래서 어떻게 할까 생각했다. 어젯밤처럼 하룻밤 자는 데 3만 원짜리 조그만 여관으로 갈까 고민한 것이다.

그 순간 설명했던 여직원의 눈에 그러면 그렇지 하는 빛이 감돈다. 물론 이해는 된다.

호텔에서 근무하지만 하룻밤 자는 데 그만한 돈을 내는 것이 본인도 아깝다고 생각하기 때문이다. 그래도 여태 능력도 안 되는 사람에게 정성껏 설명한 것이라면 맥 빠진다.

그래도 호텔리어가 아니던가!

노혜미는 이내 표정을 고치고 끝까지 친절한 미소를 지었다.

하나 아무리 순간적이라 하더라도 어찌 그 뉘앙스를 못 느끼겠는가!

'제길, 사람을 뭐로 보고…….'

현수는 슬쩍 기분이 상했지만 물러나진 않았다. 그러면 등 뒤에 대고 비웃음을 날릴 것이 뻔하기 때문이다.

이럴 땐 아무렇지도 않은 척해야 이기는 것이다.

"흐음, 110㎡라면 조금 작지만 그런대로 쓸 만하겠군요. 좋습니다. 체크인하죠."

"……!"

현수가 주민등록증을 꺼내 건넬 때까지 여직원은 아무런 말도 없다. 모르긴 해도 예상 밖이라 이럴 것이다.

"키, 안 주십니까?"

"아, 네에. 자, 잠시만요."

카드키를 받아 든 현수는 굳게 마음을 다져 먹었다.

언제 이럴 기회가 또 올지 모르겠지만 오늘은 원없이 돈을 써보기로 다시 한 번 작정한 것이다.

특별한 짐이 없기에 객실은 들어가 볼 필요가 없다. 하여 엘리베이터로 향하던 발걸음을 돌려 다시 데스크로 갔다.

"저어, 식사를 하려 하는데 추천 좀 해주시죠?"

"네에, 저희 호텔엔 가든 스퀘어와 그랑데뷰, 그리고 윈드 테라스 카페가 있습니다. 가든 스퀘어는 뷔페이고, 그랑데뷰는 프랑스 요리를 주로 하고 있습니다. 윈드 테라스 카페는 아직 날씨가 쌀쌀한 관계로 추천해 드리지 않습니다."

CHAPTER 02
부킹하실래요?

"그랑데뷰는 몇 층에 있죠?"

"이곳 8층에 있습니다, 손님."

"그렇군요. 알겠습니다."

"네, 즐거운 식사되시길 빌겠습니다."

최고급 룸에 체크인을 해서 그런지 더 상냥하고 싹싹해진 느낌이다. 그런데 레스토랑으로 향하는 동안 문득 스치는 상념에 현수의 입꼬리가 슬며시 위로 올라간다.

아주 오래전, 현수의 시간으로 몇 십 년 전에 강연희 대리와 이태리 식당을 갔었다. 그때의 기억을 떠올리니 절로 입가에 미소가 지어진 것이다.

그런데 그랑데뷰라는 곳을 찾아보니 복도와 유리로 격리된

공간이다. 탁 트여 있기는 한데 별로 내키지 않았다. 하여 발걸음을 돌려 다시 데스크로 향했다.

"노혜미 씨."

"네, 손님."

"가봤는데 내키지 않는군요. 이 근처에 이태리 식당 괜찮은 곳 있으면 추천해 주십시오."

"네, 손님. 가까운 곳에 스파게티와 리조토 전문점이 있습니다. 후레쉬이태리라는 레스토랑이죠."

"제가 먹고 싶은 건 마늘과 올리브 오일을 곁들인 소고기 콩소메, 다진 해산물로 채운 가지 크림소스의 라비올리, 그리고 겨자 크림소스로 맛을 낸 바다가재와 오렌지 소스로 맛을 낸 구운 바나나입니다. 이런 걸 먹으려면 어디로 가야 하죠?"

"네에? 아! 잠깐만요."

현수의 입에서 줄줄이 이태리 음식 이름이 나오자 여직원은 당황한 듯하다. 비싼 룸에 묵기에 겉보기완 다를 것이라 생각하기는 했다. 하나 이처럼 이태리 음식 이름을 줄줄이 댈 정도라곤 생각지 못했기에 당황한 것이다.

양해를 구한 여직원이 데리고 온 사내는 삼십대 중반으로 보이는 인상 좋은 사내이다.

아마도 이 호텔의 컨시어즈[2]인 듯하다.

---

2) 컨시어즈(Concierge):여행지의 정보와 지리에 익숙하지 못한 고객을 위해 필요로 하는 정보나 서비스를 제공하는 역할을 담당하는 사람. 항공편 예약, 극장, 운동 경기 티켓팅, 유명 식당의 소개 및 예약, 관광지 안내 및 예약, 우편물의 접수, 발송 등 기타 다양한 수행비서 역할을 담당한다.

"안녕하십니까, 손님. 컨시어즈 박인호입니다. 제가 도와드리고 싶은데, 드시고 싶은 음식 이름을 다시 한 번 말씀해 주시겠습니까?"

"네, 그러죠. 제가 먹고 싶은 건……."

현수는 또 한 번 이태리 음식 이름을 댔다. 말이 끝나자 컨시어즈는 고개를 끄덕였다.

"네에, 알겠습니다. 마침 손님께서 원하시는 음식을 맛보실 좋은 이태리 식당을 제가 알고 있습니다. 수성구에 위치한 빠빠베로(Papavero)라는 곳을 추천합니다."

"빠빠베로요?"

"네, 이곳은 중구이고 수성구는 바로 옆에 있는 구입니다. 택시를 타고 가셔도 되지만 저희 호텔에서 손님을 그곳까지 모셔드리고 싶은데 괜찮으시겠습니까?"

"그래요? 그래 주시면 저야 좋지요."

"네에, 다행입니다. 그럼 저희가 모시겠습니다. 저를 따라 오시지요. 차까지 안내해 드리겠습니다."

"고맙습니다."

현수는 컨시어즈의 친절한 응대에 기분이 좋아졌다.

현수가 읊었던 이태리 음식들의 값은 만만치 않다. 그렇기에 컨시어즈는 VIP라 판단한 것이다.

덕분에 현수는 기분 좋은 저녁 식사를 할 수 있었다.

음식의 맛도 훌륭했고 서비스도 괜찮았던 것이다. 물론 계산서를 받아 들기 전까지이다.

"으잉? 뭐가 이렇게 비싸?"

생각보다 훨씬 비쌌던 것이다.

그래도 기분 좋게 계산을 했다. 음식을 먹는 동안 강연희 대리와의 추억이 소록소록 기억났기 때문이다.

레스토랑을 나온 현수는 대구의 저녁 거리를 천천히 걸었다.

소화도 시킬 겸 생전 처음 와본 대구의 모습을 살필 요량으로 천천히 산책하며 둘러본 것이다.

그런데 서울과 별반 다를 게 없다.

흥미를 잃자 곧장 택시를 타고 호텔로 돌아왔다. 그리곤 욕조에 물을 받아놓고 기분 좋은 목욕을 했다.

저녁 9시경, 창가에 앉아 물끄러미 대구 야경을 바라보던 현수는 저 혼자 떠들고 있던 텔레비전을 껐다.

그리곤 노타이 차림으로 객실을 나섰다.

엘리베이터를 타고 보니 지하에 나이트클럽이 있다.

C&C라는 곳이다. 잘 알지도 못하는 동네인데 멀리까지 갈 일이 뭐가 있겠는가!

내친김에 그냥 지하로 내려갔다.

쿵쿵쿵쿵! 쾅쾅쾅쾅! 쿵쿵쾅쾅!

엘리베이터 문이 열리자마자 묵직한 음악 소리가 들린다.

"어서 옵셔! 혼자 오셨는교?"

"……!"

"혹시 지명하실 웨이터가 있는교?"

현수에게 말을 붙인 사내는 스물서너 살쯤 된 웨이터 보조이다. 명찰을 보니 홍길동이라 쓰여 있다.

활빈당을 만들어 없는 사람들을 도왔던 의적이 나이트클럽에서 웨이터 보조를 한다 생각하니 웃겼다.

하여 웃음 띤 얼굴로 대꾸했다.

"아는 웨이터 없는데?"

"그래예? 그럼 제가 모셔도 되겠는교?"

홍길동은 목젖이 보일 정도로 환한 미소를 짓는다.

"그래, 그럼."

"손님, 룸으로 안내해 드릴까예?"

"룸? 아냐. 그냥 홀로 안내해 줘. 혼자 와서 심심하거든."

"네에, 알아서 자알 모시겠심돠. 자아, 이쪽으로 오십쇼."

현수는 돈을 써보기로 마음먹었기에 평상시엔 꿈도 못 꾸던 양주를 주문했다. 안주도 제일 비싼 놈으로 골랐다.

당연히 홍길동의 입이 양쪽으로 쫙 찢어진다.

일사불란한 테이블 세팅이 끝났을 때 현수는 팁을 찔러주었다. 나이트 마니아인 곽 대리로부터 이런 데 오면 어떻게 하는 건지 확실히 배웠던 것이다.

"핫! 이렇게 많이……! 고맙심더. 앞으로도 알아서 자알 모시겠습니더, 손님!"

홍길동의 허리가 거의 직각으로 꺾인다. 처음부터 제법 많은 액수를 준 때문일 것이다. 현수는 피식 웃음만 지으며 고개를 끄덕였다. 그리고는 이내 플로어로 시선을 돌렸다. 그 순간 속으로는 여유가 있으면 이런 것이구나 하는 걸 느꼈다.

밤 9시를 조금 넘긴 시간이건만 상당히 많은 사람들이 춤을 추고 있다.

이런 델 와본 경험이 너무 적기에 현수는 춤을 출 줄 모른다. 그렇기에 남들이 춤추는 모습을 유심히 바라보았다.

술 한잔 들어가서 얼큰해지면 춤을 춰볼 생각을 한 것이다.

빠른 템포의 음악이 잦아들자 플로어에 있던 사람들이 썰물처럼 빠져나온다. 소위 말하는 블루스 타임인 듯하다.

현수는 자음자작하며 사람들을 바라보았다. 왼쪽 테이블엔 애인 사이인 듯한 남녀가 앉아 이야기하고 있다.

오른쪽 테이블엔 여자들 셋이 환한 웃음을 지으며 재잘대고 있었고, 앞쪽 테이블에 여자 넷, 남자 둘이 있다.

건너 테이블엔 외국인들도 보인다. 흑인 하나에 백인 셋이다. 물론 남자들이다.

블루스 타임이 끝나자 또다시 사람들이 밀물처럼 플로어로 밀려나가 춤을 추는 모습을 보면서 홀로 미소 지었다.

사람 사는 모습처럼 보인 것이다.

"손님……."

"어? 왜?"

홍길동이 다가와 고개를 숙인다. 그리곤 귓가에 대고 소리친다. 음악 소리가 너무 크기 때문이다.

"손님도 부킹 한번 하셔야지예? 저쪽에 예쁜 아가씨 있는데 데려올까예?"

"아니, 별로 생각 없는데?"

뭔 소린가 싶어 귀를 기울였던 현수는 관심없다는 듯 몸을 빼며 고개를 흔들었다.

"에이, 빼지 마십쇼, 손님 같은 분이 부킹 안 하면 누가 하겠는교?"

불과 28일이지만 아르센 대륙에 머무는 동안 현수에겐 전에 없던 것이 생겼다.

그쪽에서의 신분은 이실리프의 대마법사이다.

이것들이 어우러져 눈에서 보이지 않는 아우라[3]가 뿜어진다.

사실 호텔의 컨시어즈도 이런 분위기가 느껴졌기에 VIP 대접을 한 것이다.

현수가 홀로 들어와 물끄러미 플로어의 선남선녀들을 바라보고 있는 동안 유심히 쳐다보는 여인이 있었다.

몇 테이블 건너에 앉아 있는 묘령의 아가씨이다.

여자들도 그렇지만 나이트에 혼자 오는 남자가 아주 없는 것은 아니다. 속칭 선수라 불리는 놈들이 그러하다.

그런데 현수는 그래 보이지 않는다. 여심을 유혹하기 위해 쫙 빼입은 것도 아니다.

그리고 먹잇감을 노리고 온 늑대라면 플로어의 여자들은 물론이고 주변 여자들까지 샅샅이 훑어보았을 것이다.

---

3) 아우라(Aura):본래는 사람이나 물체에서 발산하는 기운, 또는 영기(靈氣) 같은 것을 뜻하는 말. 독일의 철학가 발터 벤야민(Walter Benjamin)은 예술 작품에서 흉내 낼 수 없는 고고한 '분위기'를 뜻하는 말로 사용했다.

그런데 그냥 편안한 시선으로 춤추는 남녀를 보며 희미한 미소만 짓고 있다. 그러고 보니 상당히 괜찮아 보인다.

이에 흥미를 느껴 마침 곁을 지나던 웨이터 보조 홍길동을 붙잡고 부킹을 부탁한 것이다.

"아냐. 별 생각 없으니 나한텐 신경 안 써도 돼."

"정말인교?"

"그래. 술이나 한잔하면서 남들 춤추는 거 구경하려고 들어온 거야."

"아, 그랬는교? 알겠슴돠."

물러서는 홍길동의 얼굴엔 이런 생각이 쓰여 있었다.

'쳇! 열 계집 마다하는 사내 없다는데, 고잔가? 아냐. 마음에 드는 아가씨를 아직 발견하지 못해서 그런 걸 수도 있어.'

홍길동은 사방팔방을 쏘다니며 들어온 손님들을 살폈다.

그러는 동안 현수의 뒤쪽 테이블에 새 손님들이 자리를 잡는다. 여자 둘만 온 듯하다.

웨이터와 이야기를 나누느라 현수 쪽에 시선을 주지 않아 용모를 알 수는 없지만 젊은 아가씨인 것만은 분명하다.

10시가 되도록 홍길동은 다섯 번이나 더 왔다. 다른 웨이터들도 왔다. 거의 3분에 한 번 꼴이니 스무 번 이상 부킹 요구를 받은 것이다.

당연히 모두 거절했다. 아무튼 현수는 모르지만 홍길동이 온 것 중 세 번은 동일인이 보낸 것이다.

보통의 경우 누군가 부킹 요구를 하면 상대가 누구인지 확인하려 든다. 그래서 시선을 마주쳐 상대를 보고 고개를 끄덕이든지 흔드는 것이 보통이다.

그런데 정말 아니다 싶은 정도가 아니면 대개 고개를 끄덕인다. 만나본다고 해서 크게 손해날 일이 없기 때문이다.

현수에게 호기심을 느꼈던 여인은 감히 자신의 요구를 정면으로 거부한 것에 대한 불쾌감과 오기가 어우러져 홍길동에게 두 번이나 심부름을 더 시킨 것이다.

두 번 더 퇴짜를 당한 후 여인은 웨이터에게 물었다. 현수가 뭐라 하는지 구체적으로 말해보라는 뜻이다.

그런데 현수는 누군지 물어보지도 않았다고 한다.

물론 시선도 주지 않았다고 한다. 다시 말해 정말로 부킹에 관심이 없는 것이거나 진짜 고수라는 소리이다.

아무튼 웨이터 보조는 월급이 없다고 들었다. 다시 말해 손님이 주는 팁이 수입이다.

이런 상황을 알기에 현수는 팁을 한 번 더 주었다. 자신을 위해 애쓰는 것에 대한 보답이다.

그러면서 부킹에 관심없으니 괜한 노력하지 말라고 했다. 그러자 홍길동은 아예 현수의 곁에 쪼그려 앉는다.

"손님, 마음에 드는 아가씨가 없어서 그러는 것인교?"

"아냐. 진짜 관심이 없어서 그래."

"에이, 아닌 것 같은데? 근데 손님은 대구 사람 아니지예?"

"어떻게 알았어?"

"사투리를 안 쓰시잖아예."

"그래? 그렇군. 난 서울에서 왔어."

"아! 출장 같은 거 온 거군요?"

"출장은 아니고 그냥… 아, 잠깐만."

문득 진동이 느껴진 현수는 주머니에서 핸드폰을 꺼냈다. 그런데 객실 카드키가 바닥에 떨어진다. 딸려 나온 것이다.

이 사실을 모르는 현수는 통화를 하려 했다. 그런데 끊긴다. 번호를 보니 어머니가 하신 듯하다.

"으응? 왜 끊으셨지?"

현수가 고개를 갸웃거리는 사이에 홍길동은 카드키를 집어 들었다. 객실 번호를 보니 로열 스위트룸이다.

하룻밤 자는 데 132만원이나 내야 하는 최고급 룸인 것이다. 홍길동은 눈빛을 빛냈다.

"손님, 이거 떨어뜨리셨네예."

"아, 고마워."

"아니라예. 그럼 즐겁게 노십쇼."

홍길동이 물러나자 현수는 나이트 밖으로 나가 전화를 걸었다. 어머니는 그냥 안부를 알고 싶어 전화했다고 한다.

잘 있으니 걱정 말라는 말과 다음 주 주말에 찾아뵙겠다는 말을 했다. 회사에서 휴직한 것을 아직 알지 못하기 때문이다.

밥 잘 먹고 높은 사람 눈에 나지 않도록 주의하라는 충고를 들었다. 물론 네, 네 하며 긍정적인 대답을 했다.

"어라? 여긴 내 자린데?"

통화를 마치고 자신의 자리로 돌아와 보니 웬 아가씨 하나가 앉아 있다. 이십대 중반으로 꽤 예쁜 얼굴이다.

"알아요. 잘난 오빠야 얼굴 좀 보려고 왔어요."

"네? 그게 무슨……?"

"오빠야한테 세 번이나 부킹 퇴짜 맞은 사람이에요."

"아, 그래요?"

대강 짐작이 간다. 자존심에 상처를 입었다는 뜻이라 생각한 현수는 별 생각 없이 고개를 끄덕이고는 자리에 앉았다.

"오빠야는 여자한테 관심없어요?"

"네? 아, 물론 그건 아니지요."

고자 아니냐는 뜻에 그렇다 대답할 순 없지 않은가!

"근데 왜 내가 같이 놀자고 신호를 보냈는데도 거절했어요?"

"그건… 내가 오늘 조금 피곤하기도 하고… 그냥 다른 사람들 노는 거 구경하려고 온 거라…….."

"그러면 저 여기 있어도 되지요?"

"네?"

"이 자리가 마음에 든다는 뜻이에요."

"뭐, 정히 그러시다면…….."

현수는 여자와 동석해 있으면 부킹하라며 귀찮게 하는 홍길동이 더 이상 오지 않겠다고 생각한 것이다.

"지는 권지현이라 하는데 오빠야는 이름이 뭐지요?"

"아, 난 김현수라 합니다."

"나는 스물일곱 살인데 오빠야는 나보다 나이가 많죠? 그러니 그냥 오빠야라 부를게요."

"뭐, 편하신 대로……."

나이트클럽만 나가면 금방 헤어질 것인지라 고개를 끄덕이고는 술 한잔 들이켰다. 그리곤 안주를 집어 먹으려는데 권지현이란 아가씨가 술을 따르려 한다.

엉겁결에 잔을 들어 술을 받았으니 안 줄 수 없지 않은가! 하여 아가씨의 잔에도 술을 따라주었다.

권지현은 술을 받으며 현수에게 시선을 맞췄다.

"나는 현수 오빠야한테 흥미를 느꼈어요. 이런 기분 오랜만이에요. 그래서 기분이 좋아 한잔할 건데 괜찮지요?"

"아, 네에, 그러세요."

현수가 대답하는 사이에 원샷으로 잔을 비운다.

"양주라 조금 독한데 그걸……."

스트레이트로 마셔 버리곤 입술에 묻은 술을 손등으로 닦아낸다. 그리곤 안주 한 점을 오물거리며 먹는다.

참 섹시하고 화통한 아가씨이다.

"근데 오빠야는 와 혼자 왔어요?"

"네에, 그냥 심심해서……. 대구엔 아는 사람도 없고."

막 이야기꽃이 피려는 찰나이다.

"야! 이런 십장생 같은 년아!"

"아악! 왜 이러세요?"

쾅! 콰당~!

양복을 걸친 사내가 밀어붙이자 여자가 나뒹군다. 이것은 현수가 뒤를 돌아보는 순간의 모습이다.

"니년들 때문에 비싼 양주까지 시켰는데, 뭐? 분위기가 마음에 안 든다고?"

"……!"

바닥에 쓰러져 있는 여자는 아무런 말도 없었다.

화가 난 사내가 여자를 걷어차려는 순간이다. 주변에 있던 웨이터가 득달처럼 달려들어 사내를 잡았다.

"손님! 여기서 이러시면 안 됩니다!"

"뭐야, 이건? 놔! 놓으란 말이야!"

"손님! 일단 진정하시고……!"

"진정은 무슨! 놔! 이 손 안 놔!"

"손님……!"

"놔……! 어서 안 놔?"

삼십대 후반으로 보이는 웨이터가 사내의 뒤에서 양팔을 잡고 있지만 힘으로 당해내지 못하는 듯하다.

그도 그럴 것이, 사내는 185㎝ 키에 100㎏을 훌쩍 넘기는 덩치이다. 운동선수라도 되는지 근육질로 보인다.

나이는 삼십대 초반쯤 된다.

"이게 어디서! 놔아!"

쾌당~!

"에라, 이 십장생 같은 년아!"

짜악~!

"아아악!"

순간적으로 일어난 일이다. 힘으로 밀쳐내자 웨이터는 힘없이 나뒹굴었다. 그와 동시에 몇 발짝 앞으로 나간 사내는 겁에 질린 여자의 뺨을 후려갈겼다.

당연히 비명이 터져 나왔다.

현수는 그제야 여자의 얼굴을 볼 수 있었다.

호텔에 체크인할 때 안내했던 노혜미다. 보아하니 근무를 마치고 친구와 나이트클럽에 놀러온 모양이다.

"어머, 저 남자는……?"

권지현이 경악스럽다는 표정을 지었다.

"왜요? 아는 사람이에요?"

"네……? 아, 네에."

권지현은 고개를 끄덕였다.

"일어나, 이 계집애야."

사내가 쓰러져 있던 아가씨의 손목을 잡아 일으키는 순간이다. 웨이터 중 하나가 앞으로 나선다.

"손님! 이러시면 안 됩니다!"

어느새 다가온 웨이터들이 사내 주변을 둘러싸고 있었다.

그러거나 말거나 다른 쪽에서는 신나는 음악에 맞춰 춤을 추느라 여념이 없다. 워낙 시끄러운 곳이라 이 정도 소란은 표도 안 나는 모양이다.

사내는 자신의 앞을 가로막은 웨이터에게 눈을 부라렸다.

술에 잔뜩 취했는지 두 눈이 벌겋게 충혈되어 있었다.

"안 돼? 안 되긴 뭐가 안 돼? 니들 나 몰라?"

"······!"

나이트클럽은 개장 시간이 오후 늦은 편이다.

웨이터들은 그전에 개인적인 영업 활동을 하는 한편 몸 만들기를 주로 한다. 본인의 건강을 위해서이기도 하지만 술 먹고 행패 부리는 이들을 상대하기 위함이다.

지금 사내의 앞을 가로막은 웨이터 역시 운동으로 다져진 다부진 몸매이다. 하나 사내에 비하면 역부족이다.

사내 쪽이 훨씬 더 크고 우람한 몸이었던 것이다.

"압니다. 그러니까 그냥 조용히 놀다 가시면 안 되겠는교?"

"안 돼. 이 계집애 버릇을 고쳐놓기 전엔."

말을 마친 사내는 웨이터를 밀쳤다. 아무리 덩치 차이가 나더라도 웨이터들이 합세하면 찍어 누를 수 있을 것이다.

그런데 아무도 나서지 않는다.

심지어 앞을 막고 있던 웨이터마저 옆으로 비켜선다.

"따라와!"

"아악! 왜 이래요, 싫다는데?"

"시끄러! 얌전히 따라오는 게 좋을 거야!"

사내의 우악스런 손에 잡힌 아가씨는 질질 끌려갔다. 그렇게 사내가 멀어지고 있을 때 권지현의 입이 열렸다.

"저 아가씨··· 하필이면 왜 저 사내를······."

"권지현 씨, 저 남자 안다고 했죠?"

"네······? 아, 네에."

멀어지는 사내의 떡 벌어진 등을 바라보던 권지현이 얼른 시선을 맞춘다.

"누굽니까, 저 사내?"

"역전회 회장의 아들이에요."

"역전회 회장……? 분위기는 무슨 조폭 같은데요?"

사내에게서 풍기는 분위기 때문에 물어본 말이다.

"맞아요, 조폭. 대구에서 가장 큰 조직이에요."

"흐음, 요즘엔 무슨 무슨 파라고 안 부르고 회라고 부르는 모양이네요."

"자기들끼리 하는 말이지요."

그러고 보니 조금 전 사내가 여자를 우악스럽게 다룰 때 근처에 덩치 큰 놈 서넛이 있었다.

모르는 사이라면 사내가 여자를 걷어차려 할 때 제지했을 것이다. 그런데 보고만 있었다. 아마도 일행인 듯하다.

현수가 일련의 기억을 떠올릴 때 권지현의 말이 이어진다.

"저 사람, 며칠 전에도 소란을 피웠다는 소리를 들었는데… 어떡해요, 저 여자?"

"무슨 소립니까?"

"저 사람, 맨정신일 땐 저러지 않는데 술만 먹으면 제어가 안 되는 사람이라고 들었어요."

"술만 먹으면?"

"네, 술 먹었을 때 누구든 비위를 건드리면 가만 안 있는다고 해요. 근데 워낙 힘이 좋아서 감당할 사람이 없어요."

"그래요? 근데 더 때리겠어요?"

"여자가 겁에 질려 오들오들 떨고 있으니 더 이상 때리진 않겠지요. 그런데 만일 반항을 하면……."

"반항하면……?"

"몹쓸 짓 당할 수도 있잖아요."

"몹쓸 짓……?"

"네."

권지현은 더 이상 말을 잇지 않았다. 같은 여자로서 호텔 아가씨가 당할 고통을 떠올리기 싫었기 때문이다.

"흐음, 그래요?"

잠시 무언가를 생각하던 현수가 슬쩍 일어섰다.

"잠깐 화장실 좀 다녀올게요."

"네, 다녀오세요."

화장실로 들어온 현수는 거울을 보며 중얼거렸다.

"근데 내가 개입해도 되는 걸까? 나하곤 관계없는 일이잖아. 아니야. 김현수! 약한 여자가 어쩌면 위기에 처해 있을 수도 있잖아. 안 그래? 가서 도와주자. 으음, 어떻게 한다?"

잠시 고심한 현수는 마음을 다잡았다.

그리곤 화장실을 나섰다. 사내가 들어간 룸의 밖에는 건장한 사내 둘이 마치 보초를 서듯 서 있다.

약간 떨어진 곳에도 두 명의 사내가 더 있다. 한눈에 봐도 깍두기로 보이는 놈들이다.

"이미지 익스체인지!"

나직한 목소리로 마법을 걸자 다가가는 현수를 보고도 아무런 반응이 없다. 그들의 눈엔 현수가 조직의 형님으로 보이기 때문이다.

"어서 오십시오, 형님!"

"그래, 형님 안에 계시지?"

"네, 계십니다."

"그래, 알았다."

현수가 문을 열고 들어섬과 거의 동시에 소리가 들린다.

"누구야? 아무도 들어오지 말라고 했잖아!"

"……!"

사내는 여자의 하체 쪽을 깔고 앉아 있었다.

주변엔 여자가 걸치고 있던 블라우스의 단추가 여기저기 널려 있다. 힘으로 잡아당긴 모양이다.

노혜미는 사내에게 끌려오면서 봉두난발이 되어 있었다. 게다가 공포와 고통에 눈물을 흘려 마스카라가 번진 모습니다.

"누구냐, 넌?"

"나……? 너 같은 놈들 혼내주시는 분이지."

"뭐라고? 어디서 개잡놈이?"

자리에서 벌떡 일어난 사내는 손을 들어 현수를 후려갈기려는 자세를 취했다.

전 같으면 위압감을 느껴 벌벌 떨거나 움츠러들었을 것이다. 하나 현수가 누구인가!

아르센 대륙의 오우거는 물론이고 트롤과 와이번을 수백 마리씩이나 때려잡은 무적의 대마법사이다.

"마나의 힘이여, 저자의 힘을 빼앗아라. 마이어시니어 그래비스(Myasthenia Gravis)!"

"헉……!"

사내는 전신의 힘이 빠짐과 동시에 제자리에 풀썩 주저앉았다. 고개를 제대로 들고 있을 기운조차 없을 정도로 힘이 쏙 빠져 버린 것이다.

마이어시니어 그래비스는 중증 근무력 마법이다.

물론 멀린만의 독창적인 마법이다.

사람의 근육을 크게 두 가지로 나누면 불수의근(Involuntary muscle)과 수의근(Voluntary muscle)으로 나눌 수 있다.

수의근은 의지의 힘으로 수축시킬 수 있는 근으로 골격근 외에 피부 내의 피근과 관절에 있는 관절근 등이 속한다.

반면, 불수의근이란 내 의지와 관계없이 스스로 움직이는 근육을 말한다. 내장을 이루는 근육과 심근이 이에 속한다.

방금 현수가 시전한 마법은 수의근만 무력화시키는 것이다.

그렇기에 목숨엔 지장이 없지만 제자리에 서 있을 수 없어 그대로 무너지게 만든 것이다.

"뭐, 뭐야, 이거? 끄으응! 헉! 내가 왜 이래? 야! 너, 나한테 무슨 짓을 한 거야? 으으윽!"

제법 의지가 강했는지 간신히 고개를 든 사내의 물음에 현수는 대답 대신 싸늘한 눈빛만 보여주었다.

그리곤 노혜미에게 시선을 돌렸다.

브래지어가 흘러내려 가슴의 절반 이상이 드러나 있다.

소담스러우며 하얗고 봉긋하다. 하나 자신의 상황을 전혀 느끼지 못한다는 듯 멍한 시선이다.

"괜찮아요?"

"소, 손님? 손님이 어떻게……?"

"노혜미 씨가 험한 꼴을 당할 것 같아서……. 괜찮은 거예요?

"네, 전 괜찮아요. 어머나!"

말을 하며 자신의 몸을 살피던 노혜미는 화들짝 놀라는 표정을 지으며 얼른 쪼그려 앉았다.

상의 단추는 모두 뜯겨 나갔고, 브래지어는 풀려서 배에 걸쳐 있다. 치마 역시 벗겨져 나뒹굴고 있었던 것이다.

"우선 옷부터 입으세요."

"네, 네에."

현수가 몸을 돌리자 허겁지겁 걸친다. 그러는 사이에 현수는 밖으로 나가 그녀의 외투를 가져왔다.

다행히 그걸 입으니 안의 상태가 완벽하게 가려진다.

"정신적인 충격이 컸을 겁니다. 곧장 집으로 가서 쉬세요."

"네에, 정말 고맙습니다."

"자아, 그럼 나가시죠."

현수의 손짓에 노혜미가 주저하는 표정을 지었다.

"아! 밖에 있는 놈들은 걱정 안 하셔도 돼요."

"저, 정말이요?"

"흐음, 그럼 저랑 같이 나가시죠."

"고, 고마워요."

문이 열리고 현수와 노혜미가 나서자 사내들의 고개가 일제히 숙여진다.

"흐음, 나는 잠시 나갔다 올 테니 니들은 놀고 있어라."

"네, 형님! 편안한 밤 되십시오!"

사내들의 눈엔 현수가 두목의 아들로 보이기 때문이다.

노혜미는 어떤 영문인지는 알 수 없지만 일단 이곳을 벗어나는 것이 급선무이기에 찍소리 않고 따라 나왔다.

나이트클럽 입구에 당도하자 노혜미는 새삼스레 인사를 한다. 그리곤 몸을 돌려 밖으로 나가 택시를 잡는다.

그런 그녀의 뒤를 보며 현수의 입술이 달싹인다.

"마나의 힘이여, 이곳에서의 기억을 삭제하라. 메모리 일리머네이션(Memory Elimination)!"

샤르르르르릉~!

사람들의 눈에는 보이지 않는 마나가 노혜미의 머리 부분을 잠시 감쌌다가 흐트러진다. 이제 이곳에서 있었던 모든 기억이 완벽히 삭제되었을 것이다.

현수는 다시 사내가 있던 룸으로 되돌아갔다. 그는 여전히 바닥에 널브러진 채 일어서지 못하고 있었다.

"어때, 힘을 잃으니?"

"누, 누구십니까?"

밖으로 나갔다 오는 잠시의 시간 동안 많은 생각을 했는지 사내의 음성엔 경외감이 섞여 있다.

"나? 너같이 힘만 믿고 남들 못살게 구는 인간들 벌주는 사람이야."

"도, 도사님, 잘못했습니다. 한번만 용서해 주십시오."

"도사? 도사는 무슨. 나, 도사 아닌데?"

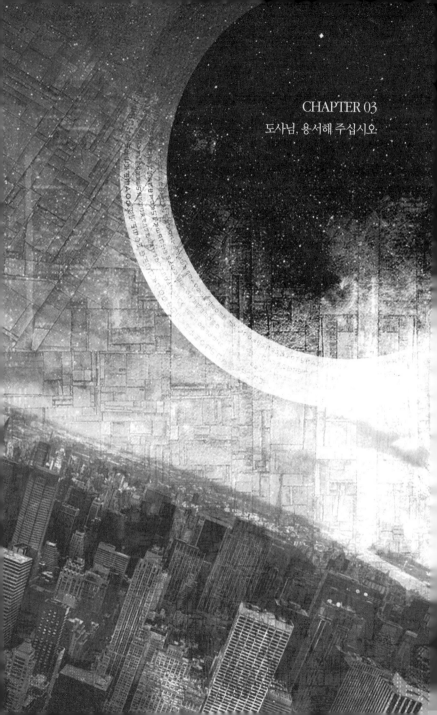

CHAPTER 03
도사님, 용서해 주십시오

전능의팔찌

THE OMNIPOTENT
BRACELET

"아닙니다. 도사님, 정말 잘못했습니다. 다시는 나쁜 짓 안 하고 살겠습니다. 그러니 정말 한 번만 용서해 주십시오."

"글쎄? 내가 네 말을 믿어야 해?"

"맹세합니다. 정말 나쁜 짓 하지 않겠습니다. 용서해 주십시오, 도사님!"

"그래? 그럼 니가 진짜로 반성하는지 볼까? 일단 반성하고 있도록. 나가서 네 평판을 들어보고 결정하지."

말을 마친 현수는 룸을 나섰다. 그리곤 입술을 달싹였다.

"마나의 힘이여, 입구를 봉쇄하라. 브락케이드(Blockade)!"

룸의 외벽에 마나가 스며드는 희미한 모습이 보인다. 물론 현수의 눈에만 보이는 현상이다.

이제 어느 누구도 사내가 있는 룸엔 드나들 수 없다.

"오래 걸리셨네요."

권지현의 말에 현수는 미소만 지었을 뿐이다.

"오빠야, 오빠야는 뭐하는 사람이에요?"

현수가 자리에 앉자마자 비어 있던 술잔에 술을 따라주며 묻는다. 몹시 궁금하다는 표정으로 보고 있기에 어쩔 수 없이 대답했다.

"그냥 평범한 직장인이에요."

"정말요? 어디 다니는지 물어봐도 돼요?"

"천지건설(주)이라고 혹시 알아요?"

"천지건설(주)이라면 천지그룹 계열사 아닌가요?"

"맞아요. 그 회사 자재과에서 근무해요."

"아, 그래요?"

궁금한 것이 풀렸다는 듯 물러나 앉는 권지현의 눈빛이 반짝인다.

"그러는 지현 씨는 혼자 온 거예요? 일행 없어요?"

"네, 저도 오늘 기분이 꿀꿀해서 혼자 왔어요."

"으음, 그랬군요."

현수는 상대에 대해 궁금한 것이 없다. 그렇기에 더 이상 캐묻지 않고 술잔을 비웠다. 그리곤 스테이지로 시선을 돌리려는데 권지현이 술잔을 내민다.

"제 잔 비었어요. 그리고 전 대구지청에서 근무해요."

"대구지청?"

"네, 대구지방검찰청이요."

"아! 그래요?"

현수는 상대의 말에 맞장구를 쳐줬다. 권지현이 어딜 근무하든 상관은 없지만 일단 평범하지 않은 직장이었기 때문이다.

"치이, 제 말 안 믿으시는군요?"

권지현은 현수의 반응이 떨떠름하다 느낀 듯하다.

"여기요. 이거 제 명함이에요."

핸드백에서 꺼내 건네는 명함을 받아 들었지만 조명이 워낙 어두워 제대로 보이지 않는다.

하여 보는 둥 마는 둥 하다 물었다.

"설마 지청에 근무하는 형사님은 아니죠?"

"쳇! 물론 아니에요."

남자와 여자가 만나면 처음엔 말문 트기가 어려운 법이다. 하나 한번 말문이 트이면 쉽게 대화가 이어지게 마련이다.

현수는 권지현과 적지 않은 대화를 나누었다.

술이 바닥을 보일 때쯤엔 같이 스테이지에서 춤을 추기도 했다. 물론 블루스는 아니다.

스텝도 모르는데 어찌 추겠는가!

그러는 동안 룸 안에서 반성하고 있을 사내에 대한 것을 물어보았다. 검찰청에 있다니 혹시나 하여 물은 것이다.

그런데 의외로 상세한 정보를 제공해 준다.

사내의 이름은 오광섭, 나이 30세, 미혼이다.

역전파 두목 오대준의 큰아들이며, 학창 시절 공부는 좀 했는지 서울에 있는 4년제 이류 대학 출신이다.

졸업 후 특전사에서 복무했다고 한다.

역전파는 음지에서 양지로 나오려 발버둥치는 조직이다. 다시 말해, 여타 조직처럼 유흥가를 장악하고 보호비를 뜯어내는 깡패 집단이 아니다.

속은 어떨지 알 수 없지만 외부에 알려진 바에 의하면 정상적인 회사를 운영하여 얻은 수익으로 조직을 운영하고 있다.

SB종합건설과 SB무역, 그리고 SB패션 등이 역전파가 일궈낸 기업들이다. SB는 Station Before의 약자라고 한다.

조폭들의 영어 실력을 알 만하다.

이것들 이외에도 주유소와 편의점, PC방 등도 있다고 한다.

아무튼 오광섭은 서울에 있는 회사에서 근무를 하다 대구로 내려와 아버지로부터 조직을 물려받는 중이다.

배운 사람답게 예의 바르고 부드럽지만 술만 들어가면 돌변한다. 어쨌거나 그간 여자에겐 손찌검을 하지 않았다.

그런데 지난주에 그 기록이 깨졌다.

다른 나이트클럽에서 여자에게 손찌검을 하여 현재 입원 중이라 한다. 그리고 오늘 또 여자를 폭행한 것이다.

하지만 성추행이나 강간 전과는 전혀 없다고 한다.

제법 상세한 정보를 획득한 현수는 화장실을 간다면서 오광섭이 있는 룸으로 향했다.

"으으! 도, 도사님!"

문을 열고 들어서니 바닥을 기는 오광섭이 보인다. 그런데 그새 소변을 본 모양이다. 바닥이 흥건하다.

"어때, 반성 좀 했어?"

"네, 도사님! 제, 제발 용서해 주십시오."

아까까지만 해도 다른 사내들을 압도하던 몸이다.

그런데 지금은 오줌 누러 화장실로 기어가던 도중 바지에 오줌이나 싸는 처지가 되어버렸다.

오광섭은 현수가 자신에게 도술을 건 것이라 생각했다. 손가락 하나 몸에 댄 적조차 없기 때문이다.

만일 이 상태로 살아가야 한다면 어찌하나 생각을 해보니 암담하다. 그렇기에 현수에게 애원하는 것이다.

"오광섭, 역전파 두목의 아들이라고?"

"네, 맞습니다."

오광섭은 순순히 자신의 신분을 인정했다.

어디서인지 알 수는 없지만 다 알아보고 온 듯한데 아니라고 했다가 어떤 일을 더 당할지 알 수 없기 때문이다.

"지난주에도 여자를 폭행했다고 하던데, 어찌 된 거지?"

"그, 그년은… 아니, 그 여자는 경리였습니다. 그런데 조직의 자금, 아니, 회사 자금을 몰래 빼돌려 왔습니다."

"돈을 빼돌려? 그 액수가 얼마나 되는데?"

"17억 원쯤 됩니다. 그걸 막느라 운영하고 있던 주유소와 편의점 등을 팔아야 했습니다."

"뭐, 17억? 그걸 한 번에 빼간 거야?"

17억은 한 달 월급이 300만 원이라면 한 푼도 쓰지 않고 47년 이상을 모아야 되는 거금이다.

그렇기에 화들짝 놀라는 표정을 지은 것이다.

"그건 아닙니다. 한 2년에 걸쳐서……. 그 때문에 직원들이 직장을 잃게 되었습니다."

"그런데도 모르고 있었단 말이야?"

"죄송합니다. 조직원들이 너무 무식해서……."

"그래서 때린 거야?"

"처음엔 말로 했습니다. 빼돌린 돈을 내놓으면 없었던 일로 해주겠다고 했습니다. 그런데 그년이… 아니, 그 여자가 때려 보라면서 바락바락 대들었습니다. 그리고 우리 회사의 잘못에 대해 불겠다고 해서 몇 대 갈긴 겁니다. 잘못했습니다. 용서해 주십시오."

건설회사는 공사를 하다 불법 행위를 하는 경우가 있다.

예를 들어, 터 파기를 하던 중 고대 유물이 발견되면 즉시 공사 중단하고 문화재청에 신고를 해야 한다.

그러면 대학 교수 등으로 구성된 조사단이 파견되어 일련의 검증 작업을 하게 된다.

적게는 수개월, 길게는 수년이 걸릴 수도 있는 일이다.

그런 조사가 끝날 때까지 기다려야 한다. 그리고 그간 발생되는 모든 비용 또한 부담하도록 되어 있다.

다시 말해, 고대 유물이 발견될 경우 이에 대한 비용을 국가에서 부담해 주지 않는다는 것이다.

이러한 매장 문화재는 유실물로 처리된 후 국가에 귀속된다.

어떤 개자식들이 이런 법안을 만들었는지 몰라도 정말 개같은 법이다.

뿐만이 아니다. 발견된 문화재가 고대 유적이고 보존의 필요성이 있다는 판단이 내려지면 공사 자체를 할 수 없게 된다.

이럴 경우 해당 토지는 물론이고 주변 토지까지 땅값이 급락하게 된다. 그렇기에 공사 중 문화재가 발견되어도 무시하고 밀어붙이는 경우가 종종 있다.

SB종합건설이 그랬다.

달서구 진천동 일대의 아파트 부지를 매입한 후 공사를 하던 중 고대 유적을 발견하였다.

주변에 고인돌 몇 기가 있는 곳이다. 따라서 고대인들의 생활 터전쯤 되는 듯하다. 그런데 그냥 밀어버렸다. 보존해야 한다는 결정이 내려지면 회사가 망할 상황이기 때문이다.

어쨌거나 경리사원은 17억이나 되는 거금을 횡령했다.

그 돈으로 온갖 명품 백들을 사들였고, 백화점을 돌아다니며 비싼 옷과 장신구를 사들였다.

뿐만 아니라 외제 스포츠카를 구입하여 애인과 함께 전국 각지로 놀러 다녔다.

휴가철이면 몰디브 같은 휴양지에서 돈을 펑펑 썼다고 한다.

그러는 동안 회사는 자금이 부족하여 은행에서 대출을 받았고, 그 이자를 갚느라 애를 먹었다.

그러다 돌아온 어음을 막기 위해 알토란같던 주유소와 편의점 등을 남의 손에 넘겨야 했다.

그곳에서 근무하던 직원들은 거의 모두 해직된 상태이다.

그런데 뻔뻔스럽게도 자신이 횡령한 것을 회수하려거나 추궁할 경우 이를 고발하겠다면서 뻗댄 것이다.

어찌 화가 나지 않겠는가!

하여 주먹을 쥐고 휘두르려는 시늉을 했다.

그런데 여직원은 계속해서 '때려봐!'를 외쳤다. 고화질로 생생히 녹화되고 있다는 것을 몰랐던 것이다.

오광섭은 진짜 때릴 수도 있다는 말을 여러 번 했다. 그럼에도 여직원은 여전히 때려보라면서 약을 올렸다.

그러다 때려서 이빨이 부러져도 책임을 묻지 않겠다는 말을 했다. 그 순간 오광섭은 그게 진짜냐고 확인을 했고, 분명히 그렇다고 대답했다.

그 순간 오광섭의 주먹이 휘둘러졌다. 그녀의 아구창을 돌려 버린 것이다. 당연히 기절했고, 이빨도 네 개나 부러졌다.

이후 법적인 절차가 진행 중이다.

회사에선 유적 파괴 행위를 순순히 시인하는 대신 그녀를 횡령죄로 고발했다. 오광섭은 폭력 행위를 시인했다.

그럼에도 불구속 기소된 것은 당시의 장면이 처음부터 끝까지 고화질로 녹화되어 있었고, 자수했기 때문이다.

변호사를 선임했는데 물어본 결과 여자가 때려도 좋다는 말을 수차례나 했고, 때려도 책임을 묻지 않겠다는 말 또한 여러 번 했기 때문에 큰 처벌은 받지 않을 것이라 했다.

아무튼 이 사건 이후 여직원이 감춰둔 모든 재산에 대한 압류 결정이 내려졌다.

그간 속 썩이던 일이 한순간에 해결되자 오광섭은 오늘 모처럼 기분을 풀러 나이트클럽에 왔다.

그런데 손님 가운데 아는 얼굴이 있다. 노혜미이다. 오광섭이 대학 시절 꽤 괜찮게 보았던 다른 과 후배이다.

한편 노혜미는 오광섭에 대해 잘 모른다. 다른 과 선배인데다 한 번도 접근하지 않았던 때문이다.

오광섭은 반가운 마음에 웨이터를 보내 부킹을 청했다. 노혜미는 룸까지 왔고, 많은 대화를 나눴다.

그런데 이야길 들어보니 진짜 싸가지가 없었다.

돈이 없는 남자와는 말도 섞기 싫고, 쩨쩨한 남자와는 더더욱 그렇다고 한다. 그러면서 가장 비싼 양주를 주문하도록 했다. 그러는 동안에도 대화는 계속되었다.

학벌이 빈약하거나, 키가 작거나, 뚱뚱하거나, 못생겼거나, 대머리이거나, 돈벌이가 시원치 않은 사내들은 여자들을 만날 자격조차 없다고 한다. 이것들 모두에 해당되는 사람이 아니라 하나라도 해당되면 그렇다는 것이다.

결혼을 하면 자신을 여왕처럼 떠받들어야 하며, 명품 옷과 명품 백, 그리고 비싼 외제차는 기본으로 제공되어야 한다.

이틀에 한 번은 레스토랑에서 밥을 먹어야 하며, 무엇이든 최고를 누리게 해야 한다.

손끝에 물을 묻히기 싫으므로 가사 도우미는 반드시 있어야 한다. 아침 식사는 본인이 알아서 차려 먹어야 한다.

시부모와는 절대 한 집에서 할 수 없으며, 형제들의 잦은 왕래도 마땅치 않다.

아이를 낳으면 몸매가 망가지니 애는 낳아줄 수 없다. 입양도 싫고, 남편이 바람 피워 애를 낳아오는 것도 절대 용서 못한다.

이러한 제반 조건들을 충족시켜 줄 수 없는 사내들은 사회를 위해 일찌감치 자살하는 게 낫다는 요지의 말을 했다.

어이가 없었지만 꾹 참고 들어줬다. 그러다 학교 이야기가 나오게 되었다.

혹시 자신을 기억하나 싶어 이런저런 질문을 했다.

그러다 결국 오광섭이란 이름이 나왔다. 그런데 대놓고 욕을 한다. 건방지고, 싸가지없으며, 개 후레자식이라 재수없다고 했다. 왜 이런 오해를 하나 싶어 캐물었다.

그런데 별다른 이유도 없다. 그냥 싫다고 한다. 그러면서 오광섭의 아버지 오대준의 이야기까지 한다.

오광섭의 아버지는 비록 조폭 두목이었지만 아들이 대구에서 초중고를 다니는 동안 학교 육성회 회장을 맡았었다.

나중에 왜 그랬느냐고 물었더니 비록 폭력 조직에 몸담고 있지만 아들만큼은 반듯하게 키우고자 하는 마음이었다고 한다.

그렇기에 학교에서는 오대준이 역전파 두목이라는 것을 몰랐다. 그만큼 예의 바르고 열성적으로 활동했던 것이다.

사실 어떤 조폭이 학교에 장학금까지 내놓겠는가!

그런 아버지까지 싸잡아 욕을 하더니 재수없는 깡패새끼라 하고는 바닥에 침까지 뱉었다.

그리곤 곧이어 오광섭의 어머니에 대한 이야기도 했다. 어린 시절 교통사고로 돌아가신 어머니가 원래 창녀였다는 것이다.

물론 사실이 아니다.

이 대목 이후 오광섭은 아무런 대꾸도 하지 않았다. 분기탱천하기 일보 직전이었던 때문이다. 한편 노혜미는 갑자기 분위기가 싸해지자 기분 나빠졌다면서 나가 버렸다.

한참 동안 분을 삭이던 오광섭은 몇 잔의 술을 들이켰고, 결국 폭발하고 말았다. 그 결과 현수의 눈앞에서 일어났던 일련의 상황이 발생된 것이다.

"그래서 옷을 벗겨서 강간하려 한 건가?"

"아, 아닙니다. 절대 그건 아닙니다. 그냥 옷을 몽땅 벗겨서 내쫓으려고만 했습니다."

"옷만 벗겨? 성추행 의도는 없었고?"

"제 아버지와 어머니를 욕한 여자입니다. 아무리 여자가 없어도 그런 여자와 그런 짓을 하고 싶지 않습니다."

"흐음, 그래?"

"네, 정말입니다. 용서해 주십시오, 도사님!"

"으으음."

현수는 침음을 냈다. 오광섭의 말을 믿을 것인지의 여부를 결정하기 쉽지 않은 때문이다.

그러는 동안 호텔에서 체크인할 때의 노혜미를 떠올렸다. 상냥하게 설명을 했지만 잠시 망설일 때 경멸의 빛이 있었다.

그렇다면 오광섭의 말이 전부 거짓말은 아닐 수도 있다.

이때 아르센 대륙에서의 경험이 떠올랐다.

아르센 대륙은 신분 제도가 확실하다. 가장 상위에 황족, 또는 왕족이 있다.

그 아래가 귀족이다. 대공은 특별한 경우이니 이를 제외하면 공작, 후작, 백작, 자작, 남작의 순이다.

그 밑이 기사, 평민, 노예 순이다.

마법사와 신관은 특별한 경우라 순위에서 뺐다.

그런데 평민이라 하여 다 똑같은 것이 아니다.

예를 들어, 자작가의 시종은 분명 평민이다. 그런데 주인의 신분이 마치 자신의 것인 양 다른 평민들을 하찮게 여긴다.

노혜미의 경우가 그렇다. 호텔에서 근무하는 일개 여직원일 뿐이다. 그런데 마치 호텔의 주인인 양 일반 객실에 투숙하는 손님들 알기를 아랫사람 정도로 안다.

그럼에도 미소 띤 얼굴로 응대하는 것은 그렇게 교육받았기 때문이다. 하나 이는 완전히 가식적인 미소이다.

속으론 경멸하거나 무시하는 마음을 품고 있었던 것이다.

아무튼 현수가 망설이는 사이에 오광섭은 어떻게든 일어나려 했다. 무릎 꿇고 빌면 이 상황이 나아질 수도 있을 것이라 생각한 때문이다.

하나 전신 근육이 모두 무력화되었다.

그러니 어찌 일어날 수 있겠는가! 하여 벌레처럼 움직이며 낑낑대기만 할 뿐이었다.

잠시 생각에 잠겼던 현수는 마음의 결정을 내리곤 고개를 끄덕였다. 그리곤 나직이 중얼거렸다.

물론 오광섭이 전혀 눈치채지 못할 정도로 나직했다.

"마나로 이루어진 상황이여, 모두 풀려라. 매직 캔슬."

"으윽! 가, 감사합니다."

사라졌던 기운이 되돌아오자 오광섭은 얼른 무릎을 꿇었다.

자신이 상대할 수 있는 존재가 아니라는 것을 너무도 처절히 경험한 때문이다.

"일단은 믿어보지. 만일 사실이 아니라면……."

현수의 말은 이어질 수 없었다. 오광섭이 얼른 손사래를 치며 입을 연 때문이다.

"아닙니다, 도사님. 정말 아닙니다. 제 말을 믿어주십시오."

사람이 어찌 벌레처럼 버둥거리면서 살고 싶겠는가!

오광섭은 생각만으로도 끔찍하다는 표정을 지었다.

"이제 소란 피우지 말고 조용히 갈 거지?"

"네, 물론입니다."

말을 마친 오광섭은 혹여나 마음이 변할까 봐 두렵다는 듯 조용히 외투를 걸쳤다. 바지에 오줌을 싼 때문에 축축하지만 내색도 하지 않고 고개만 숙이고 있었다.

명령이 떨어져야 나갈 모양이다.

"마나여, 수분을 증발시켜라. 이베포레이션(Evaporation)!"

"마나여, 냄새를 제거하라. 데오도리제이션(Deodorization)!"

마법이 펼쳐지자 오광섭의 바지가 순식간에 건조되었고, 지린내 역시 사라졌다.

하나 전부 마르고 냄새가 완전히 사라진 것은 아니다.

공격과 방어 마법을 제외하고는 이런 생활 마법에 익숙지 않기에 아직은 완전하지 않은 것이다.

그럼에도 오광섭은 현수를 경외의 시선으로 바라보고 있다.

고개를 숙이고 있었기에 현수가 마법을 구현시키는 장면을 볼 수는 없었다. 하나 나직이 뭔가를 읊조린다는 느낌이었기에 도술을 부린 것으로 오해한 것이다.

하긴 도사나 마법사나 크게 보면 다를 바 없다.

"도, 도사님!"

아니라고 해도 끝까지 도사라 부르기에 대답한 것이다.

"왜?"

"이거 저도 가르쳐 주십시오."

털썩 무릎까지 꿇는다.

"……!"

현수는 내심 웃겼다. 하나 웃지는 않았다. 대신 조용히 몸을 돌려 문을 열었다. 그리곤 조용히 말했다.

"그냥 조용히 가라."

"……!"

오광섭은 고개만 숙였을 뿐 대답은 하지 않았다.

현수가 오광섭의 기억을 제거하지 않은 것엔 이유가 있다.

세상에 두려운 존재가 있다는 것을 알아야 폭력을 쓰더라도 뒤탈을 고려하게 될 것이기 때문이다.

"오빠야, 화장실 다녀온다면서 어딜 갔다 왔어요?"

"네? 아, 회사에 전화할 일이 생겨서 통화하고 왔어요."

현수는 천연덕스럽게 둘러대고는 술잔을 비웠다. 이제 마음 놓고 놀 시간만 남은 때문이다.

하나 권지현은 현수의 말을 믿지 않았다. 밤 10시가 넘은 지 한참이기 때문이다. 하나 내색하지 않았다.

"오빠야, 아까 천지건설(주)에 다닌다고 했는데 정말이에요?"

"왜요? 안 믿어져요?"

"이런 데 오면 뻥치는 사람들이 많아서. 아차, 오빠야가 그렇다는 게 아니고."

무슨 뜻인지 어찌 모르겠는가! 하나 그런 사내들로 오인받는 것은 사양이다. 그렇기에 현수는 지현의 말을 끊었다.

"천지건설(주) 다니는 거 맞아요. 그냥 믿으세요."

"네에."

지현은 현수의 한마디에 금방 다소곳해진다.

사실 현수가 자리를 비운 사이에 홍길동이 왔다 갔다. 현수가 어딜 갔는지 물어보러 온 것이다.

사내이기에 계산을 안 하고 도망가지는 않겠지만 그래도 혹시 몰라 물은 것이다.

그 과정에서 지현은 길동에게 혹시 현수를 이전부터 알고 있었는지를 물었다.

그러다 현수가 최고급 룸에 머문다는 것을 알게 되었다.

천지건설(주)이 대한민국에서 다섯 손가락 안에 들 정도로 큰 회사라는 것은 분명하다. 하나 일개 사원으로 하여금 출장지에서 최고급 룸에 머물도록 하지는 않는다.

뭔가 의심스러웠다. 그렇기에 물었던 것이다.

"춤추러 나가도 되죠?"

"그럼요. 같이 나가요."

둘은 한바탕 흔들어 땀을 뺐다. 오랜만에 신난다는 느낌이기에 현수는 다른 이들의 시선은 생각지 않고 춤에만 몰두했다.

12시가 조금 넘은 시각, 룸으로 돌아온 현수는 샤워를 하고 캔 맥주 하나를 땄다. 물론 객실엔 혼자뿐이다.

헤어지기 전 권지현은 명함을 달라고 했다. 하나 주지 않았다. 주기 싫어서 안 준 것이 아니라 없어서였다.

그러자 전화번호를 달라고 했다. 그런데 알려줄 이유가 없어 망설였다. 오늘 하루만 보고 더 볼일이 없기 때문이다.

그럼에도 달라고 졸라서 할 수 없이 가르쳐 주었다.

명함을 확인해 보니 대구지청장 비서실에 근무하는 것으로 되어 있다. 권력자 주변의 인물인 것이다.

이야길 들어보니 노혜미 같은 된장녀가 아니다. 지극히 정상적인 사고방식을 가진 여자인 것이다.

그렇기에 전화번호를 알려주었다.

그리곤 헤어진 것이다.

"내일은 부산인가? 가서 일이 빨리 끝났으면 좋겠는데."

나직이 중얼거리고는 이내 잠자리에 들었다.

다음날 아침, 체크아웃을 하고 나서는데 노혜미가 보인다. 아주 상냥한 미소를 지으며 인사를 한다.

최고급 룸에 머물다 나온 손님이니 그녀의 눈엔 현수가 멋진 사내로 보이는 까닭이다. 하나 그녀의 속내를 뻔히 알게 된 현수는 냉랭한 표정을 지었을 뿐이다.

터미널로 가서 부산행 고속버스를 탔다. 다행히 손님이 별로 없어 홀로 앉게 되었다.

창밖을 물끄러미 바라보는 현수의 이마가 좁혀져 있다.

금은방 순례가 마뜩치 않았기 때문이다.

금은방을 들를 때마다 같은 말을 반복해야 한다.

금덩이가 비정형 괴의 형태를 한 때문인지 출처를 묻는다. 그리고 주민등록증을 요구한다. 도난품, 또는 불법적인 경로로 유통되는 것은 아닌지 확인해야 한다고 한다.

현수는 자신의 자취가 남는 것이 싫었기에 매번 이미지 컴퓨징으로 자신의 모습을 모호하게 했다.

또한 메모리 일리머네이션으로 기억까지 삭제했다.

그런데 그게 매우 번거롭게 느껴진다.

"필요한 돈을 조달할 다른 방법을 모색해야지 안 되겠어."

아공간에는 금과 은, 그리고 각종 보석이 왕창 있다. 그런데 이를 처분할 방법이 현재와 같다면 너무 불편하다.

그렇기에 다른 방법을 모색하기 시작한 것이다.

부산은 대구보다 큰 도시이다. 그래서인지 쉽게 처분되었다.

그 결과 현수의 아공간엔 현금과 수표 약간이 섞여 11억 8천만 원이 조금 안 되는 돈이 들어 있다.

"흐음, 부산에 왔으니 해운대 구경이나 해볼까?"

오후 3시 경, 남은 금을 모두 처분한 현수는 택시를 탔다.

"아저씨, 해운대로 가주세요."

"해운대 어데요?"

"바다가 보이는 곳으로 가주세요."

"네, 알았심더."

택시에서 내린 현수는 파도 철썩이는 바다로 향했다.

"우와, 바다! 이게 바다구나."

생전 처음 보는 바다인 셈이다. 현수는 추운 날씨임에도 불구하고 해변을 거닐었다.

그런데 연인들끼리 걷는 모습이 제법 보인다.

"으음!"

문득 강연희 대리를 떠올린 현수는 핸드폰을 꺼냈다. 부산에 도착하자마자 스마트폰으로 바꾼 것이다.

김포에 있는 아버지 집이 1번으로 저장되어 있고, 2번은 강연희 대리의 번호이다.

전화를 걸었다. 그런데 받지 않는다.

"흐음, 지금 좀 바쁜가?"

한참 업무를 볼 시간이라 생각했기에 핸드폰을 주머니에 넣은 현수는 하릴없는 발걸음으로 해변을 거닐었다.

"오늘 하루 여기서 자고 올라갈까?"

어차피 회사에 복귀하려면 한참이나 남았다. 그리고 바다는 처음이다. 여름이 아니라 해수욕은 할 수 없지만 구경이라도 실컷 하고 싶다.

"에라, 모르겠다. 하루 자지, 뭐."

해변에서 멀지 않은 곳에 번듯한 호텔이 눈에 뜨인다.

"어서 오십시오. 무엇을 도와드릴까요?"

"객실 하나 주세요."

"네, 어떤 룸으로 드릴까요?"

"흐음, 바다가 잘 보이는 방이면 좋겠는데, 있지요?"

"물론입니다, 손님. 그런데 혼자이신가요?"

"네, 그냥 바다만 잘 보이는 방이면 됩니다. 크지 않아도 되구요."

"그럼 디럭스 룸은 어떠십니까?"

"객실 요금은 얼마죠?"

"47만 원입니다. 부가세는 별도구요."

"좋군요. 그 방으로 주십시오."

한번 해봐서인지 체크인이 별로 어색하지 않다.

배정 받은 룸으로 들어와 커튼을 완전히 열어젖히자 푸른 바다가 한눈에 들어온다.

"바다……!"

바닷바람을 느끼고 싶어 창문을 열었다. 찬바람이 들어온다.

"흐으음! 그래도 공기는 아르센 대륙이 훨씬 낫구나. 하긴, 비교할 걸 비교해야지."

문득 생각이 나 전능의 팔찌에 마나를 모았다. 팔찌가 보인다. 그런데 검은색이어야 할 보석은 여전히 회색이다.

"여긴 마나가 희박한 곳이라 했으니……. 쩝, 얼마나 오래 걸릴까? 빨리 모였으면 좋겠는데."

매연과 분진 등으로 오염된 공기 속으로 되돌아가야 하는 것이 마음에 들지 않았다. 맛있는 음식을 먹어본 사람은 맛없는 음식을 더 맛없게 느끼는 그런 원리이다.

현수는 룸에서 현금과 수표를 분류하는 작업을 했다. 그리곤 룸을 나섰다. 사람인 이상 먹고는 살아야 하기 때문이다.

호텔 내에 레스토랑이 있지만 바람을 쐬고 싶어 밖으로 나왔다. 그리곤 저물어가는 해를 바라보며 이 골목 저 골목을 돌아다녔다.

산책과 구경을 겸하면서 마음에 드는 식당을 찾기 위함이다. 그러다 접어든 곳은 해운대구 우동 900번지 일대이다.

"여긴……?"

말로만 듣던 홍등가이다. 다시 말해 집창촌이다.

현수는 화들짝 놀라 돌아 나갔다. 이런 골목에 발을 들여놓으면 여자들이 잡아끈다는 소리를 들은 적이 있기 때문이다.

"휴우! 다행이야. 금방 눈치채서."

나직이 안도의 한숨을 쉴 때 멀지 않은 곳으로부터 아는 얼굴이 뛰어온다. 역전파 두목의 아들 오광섭이다.

"어라? 당신은……?"

"아! 도사님!"

"뭐야? 어떻게 여길……?"

"헉헉! 도사님, 도사님을 찾았습니다."

"나를 찾아? 왜?"

보복을 하려는 것이었다면 조직원들을 데리고 왔을 것이다. 한데 오광섭 혼자이다. 게다가 전혀 공격하려는 모습으로 보이지 않는다. 물론 부하들이 있기는 하다. 그의 뒤에 네 명의 덩치가 멈춰 선 채 이쪽을 바라보고 있다.

"헉헉! 도사님, 염치없지만 도사님께 도움을 청하고자 조직원들을 풀었습니다."

"……!"

"헉헉! 저를 좀 도와주십시오."

"……!"

현수는 다른 폭력 조직을 제압하는 데 일조를 해달라는 느낌을 받았기에 이맛살을 찌푸렸다.

"날 뭐로 보고……?"

현수가 막 나무라려는 찰나, 오광섭의 말이 이어진다.

"아버지가, 아버지가 어젯밤 습격을 당했습니다."

"……?"

"예전에 행동대장을 했던 놈인데 팔공회의 사주를 받

아……. 도사님, 제발 제 아버지 좀 구해주십시오."

"무슨 소리요?"

"이, 일단 차에 오르십시오. 오르시면 가는 동안 말씀드리겠습니다, 도사님! 야, 어서 차 가지고 와!"

"……?"

부하들에게 손짓하는 모습을 보아하니 상당히 황망해한다.

분위기로 보아 오광섭의 말이 사실인 듯하다.

"이봐요, 난 의사가 아니라……."

"네, 압니다. 하지만 도와주십시오. 도사님이 아니면 아무도 도울 수 없을 상태입니다."

"무슨 이야기인지……?"

현수의 말은 또 이어지지 못했다. 검은색 차 한 대가 스르르 와서 멈춰 섰기 때문이다.

딱깍!

"도사님!"

오광섭이 문을 연 채 애원하는 표정을 짓고 있다.

'좋아, 애초의 목적은 해결했으니…….'

현수의 상념은 이어지지 못했다.

"이따가 다시 이곳에 모셔 드리겠습니다. 그러니 어서 승차해 주십시오, 도사님!"

"좋아요. 일단 가봅시다."

현수가 승차하자 기다렸다는 듯 달리기 시작한다.

"아버진 지금 어디에 계십니까?"

"아이고, 도사님, 말씀 낮추십시오. 그리고 아버진 현재 대학병원에 입원해 계십니다."

"대학병원? 하면, 어떤 상태이십니까?"

"아버진 현재 사경을 헤매고 있습니다. 그런데 의사들이 손을 놓았습니다."

"의사들이 손을 놓았는데 왜 날……?"

"도사님이시지 않습니까? 제발, 제발 우리 아버지 좀 살려주십시오. 네?"

"도사라 하여 사람들의 질병을 모두 치유시킬 수 있는 것은 아닌데……."

"그냥 한 번만, 한 번만 살펴봐 주십시오. 아버질 이대로 보낼 수는 없습니다, 도사님!"

말을 하는 오광섭의 부리부리한 두 눈엔 습기가 가득하다. 아까부터 울고 있었는데 미처 모르고 있었던 것이다.

"아버진 제게 그냥 단순한 아버지가 아닙니다. 어머니가 돌아가신 이후 어머니 역할까지 해주신 분입니다. 제가 자라 어른이 되었을 때 손가락질할 수 있다면서 손도 씻으셨습니다."

"……!"

현수는 대꾸 대신 듣고만 있었다. 그러는 동안 자동차는 엄청난 속도로 달리고 있다. 계기판을 흘깃 바라보니 시속 150㎞를 훌쩍 넘기고 있었다.

급하긴 엄청 급한 모양이다.

현수가 병실에 도착한 것은 부산을 떠난 지 한 시간 반도 되지 않았을 때이다.

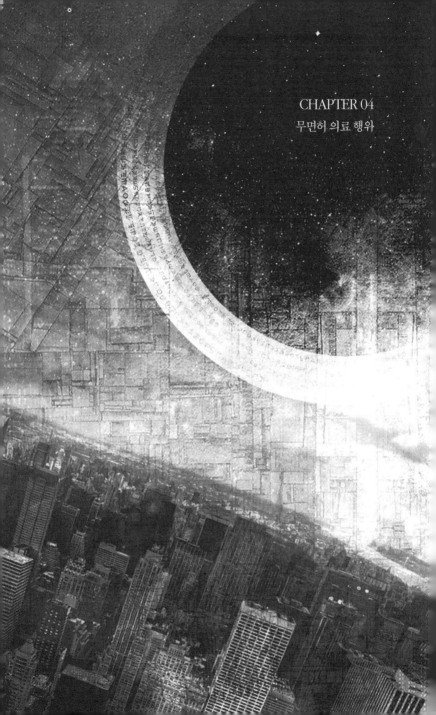

CHAPTER 04
무면허 의료 행위

"도사님, 이분이 저희 아버지이십니다."

중환자실은 원칙으로 보호자 한 명만 드나들 수 있도록 한다. 하나 오광섭의 아버지가 누구인지 안다는 듯 별다른 제지가 없어 바로 들어설 수 있었다.

"의사들이 뇌사 상태인 것 같다고 했다고요?"

"네. 의사들끼리 대화하는 걸 언뜻 들었는데 분명 브레인 데스라고 했습니다."

Brain Death는 오광섭의 말대로 뇌사(腦死)를 의미한다.

외상과 같은 심각한 사고를 당해 뇌간을 포함한 전반적인 뇌 기능이 완전히 정지된 상태이다.

오는 동안 듣기로 교도소 복역을 마치고 나온 예전의 부하를 만났다고 한다. 이 자리에서 오대준은 내내 화기애애한 분위기 속에서 고생하고 돌아온 부하를 위로했다.

그런데 둘만이 할 이야기가 있다 하기에 무슨 중요한 일인가 싶어 그렇게 했다고 한다. 둘만 남게 되자 귓속말을 하려던 옛 부하는 품속의 회칼을 꺼내 오대준을 찔렀다.

창자 깊숙한 곳까지 상처를 입은 오대준이 바닥에 쓰러지자 앉아 있던 의자로 머리를 내려쳤다.

그 결과 뇌사 직전인 것이다.

응급실로 실려 온 직후 칼에 찔린 상처는 수술을 받았지만 두개골 골절은 아직 손을 대지 못했다.

자칫 사망에 이르게 할 수 있기 때문에 현재는 MRI와 CT 촬영 자료를 바탕으로 의사들끼리 논의하는 중이라고 한다.

이곳까지 오는 동안 현수는 오광섭의 진심을 알 수 있었다. 하나뿐인 아버지를 위해서라면 무엇이든 하겠다는 효심을 읽을 수 있었다.

오대준은 과거엔 깡패였지만 현재는 손을 씻은 상태이고, 부하들이 자력갱생할 수 있도록 밑바탕이 되고 보호막이 되려 한다고 했다.

그리고 불우한 환경 때문에 암흑가에 발을 들여놓는 청소년들을 제지하려 노력한다는 것이다.

아무튼 이곳에 도착하기 전 현수는 오대준을 치료해 줄 수 있으면 그렇게 하겠다고 마음먹었었다.

오광섭이 현수의 마음을 움직인 것이다.

"나 혼자 있을 것이니 나가 있으시오. 아, 커튼 밖에만 있으면 됩니다. 절대 안을 들여다보지 말아야 하오."

"네, 알겠습니다."

오광섭이 둘러쳐진 커튼 밖으로 나갔다.

"마나 디텍션(Mana Detection)!"

현수는 손에 마나를 모아 오대준의 전신을 훑어보았다.

머리 쪽의 마나는 유동을 완전히 멈춘 상태이며, 그 양도 매우 적었다. 반면 아랫배의 마나는 유동을 하고 있기는 하는데, 뇌보다는 마나량이 많지만 불완전한 움직임을 보이고 있다.

신체 스스로 뇌보다 아랫배의 외상을 먼저 치유하려는 현상인 듯하다. 자세히 감지해 보니 수술한 곳이 완전하지 않다.

다른 곳에 상처가 있음에도 이를 눈치채지 못하여 손대지 못한 듯하다.

"이실리프여, 열려라!"

스르르르릉~!

매번 느끼는 것이지만 마치 중력 따윈 무시해도 된다는 듯 허공에 둥실 떠 있는 마법서이다.

현수는 목차를 찾았다. 그리곤 7써클 컴플리트 힐의 주문을 다시 한 번 읽어보았다.

"마나여, 상처를 치유하여 완전케 하라. 컴플리트 힐!"

현수의 손으로부터 환한 황금빛이 뿜어지는가 싶더니 이내 오대준의 아랫배로 스며든다.

다시 한 번 마나 디텍션으로 상태를 확인한 현수는 또다시 컴플리트 힐을 시전했다.

그제야 마나의 움직임이 안정된다. 아랫배를 찔린 상처는 이제 생명을 위협할 수 없게 된 것이다.

잠시 후 이번엔 뇌를 집중적으로 확인해 보았다. 아랫배의 상처가 괜찮아지자 이번엔 머리 쪽을 치유하려는 듯 마나의 양이 조금씩 늘어나고 있다.

"흐음, 이런 게 자연치유력이란 건가?"

현수는 고개를 끄덕였다. 그렇게 잠시 기다린 후 다시 한 번 이실리프를 열어 확인했다.

"마나의 힘이여, 손상된 것을 원래의 상태로 되돌려라. 리커버리(Recovery)!"

이번에 현수의 손에서 뿜어져 나온 빛은 서늘한 푸른빛이다.

조금 전엔 금방 빛이 사그라졌는데 이번엔 다르다.

머리 부분을 감싼 현수의 손에서 제법 오랫동안 빛이 나오고 있었던 것이다.

물론 이런 빛은 현수 이외의 눈에는 보이지 않는다. 평범한 사람은 마나를 감지할 수 없기 때문이다.

"도사님! 도사님!"

오광섭은 한참 동안이나 너무도 고요하자 안쪽이 궁금해 물었다. 이 순간 오대준은 중요한 순간을 맞이하고 있었다.

현수의 손으로부터 흘러나온 청량하면서도 부드러운 빛이 그의 뇌를 아주 조심스럽게 주무르고 있었기 때문이다.

"도사님!"

재차 불러도 대답이 없자 오광섭은 커튼을 열고 안으로 들어서려 했다. 그때 스치는 상념이 있었다.

병원에 도착하기 직전 현수가 한 말이다.

"아버님의 상태를 호전시킬 수 있는지 여부는 가봐야 압니다. 그때 내가 밖으로 나가 있으라고 할 수도 있는데 절대 안을 들여다봐서는 안 됩니다. 아시겠습니까?"

"네, 그렇게 하겠습니다."

오광섭은 답답하고 궁금했지만 두 주먹을 움켜쥔 채 서성거리는 것으로 안을 들여다 보고 싶은 마음을 대체했다.

비슷한 순간, 현수는 손끝에 모았던 마나를 풀었다. 한꺼번에 제법 많은 양을 써서 그런지 약간 어지러웠다.

"이 정도면 괜찮겠지? 모르겠군. 기회가 닿으면 의학 서적이라도 읽어봐야지. 인체에 대해 내가 너무 몰랐어."

홀로 중얼거린 현수는 환자 주변의 기기들을 보았다. 심박수를 알려주는 장치, 뇌파의 상태를 알려주는 장치 등이 있다.

그런데 무엇이 정상인지를 알지 못한다. 그렇기에 훑어만 보고 커튼을 열었다.

촤르르르륵!

"아, 도사님! 아, 아버님은요?"

오광섭은 얼른 고개를 커튼 안으로 들이밀었다.

"내가 취할 수 있는 것은 다 했습니다. 이제 환자 본인의 의지가 작용하겠지요."

"고맙습니다. 정말 고맙습니다."

중환자실 밖으로 나온 오광섭은 부산까지 직접 데려다 주지 못함에 대한 용서를 청했다.

현수는 궁금한 점이 있기에 물었다.

아무리 조직이 운영되고 있다고는 하지만 대구도 아닌 부산에 있는 자신을 어찌 찾았는지 궁금했던 것이다.

만일 어느 누구의 도움이나 언질 없이 자신을 찾았다면 정말 대단하기 때문이다.

오광섭은 어제 현수의 용서를 받고 즉시 귀가했다. 한편, 그의 부하들은 그가 있던 방을 열고 대경실색했다.

홍건한 오줌이 이상 상황 발생을 의미하기 때문이다.

그 시각 집으로 돌아가던 오광섭은 부하의 전화를 받고 현수의 인상착의를 알려주었다.

감색 슈트에 노타이 차림은 하나뿐이었기에 부하들은 현수를 금방 발견했다. 그런데 다 놀았는지 나가려 한다.

하여 미행을 붙이려 했다. 그런데 오광섭으로부터 전화가 왔다. 절대 무례를 범치 말라는 내용이다.

이때 현수가 웬 여자와 있었다는 이야기를 듣고는 그녀에 대해 알아보라 하였다. 물론 권지현에 관한 것이다.

밤늦게 권지현의 신상에 대한 보고가 있었다.

대구 지방검찰청장 권익현의 외동딸이라고 한다.

나이는 27세, 서울에 소재한 일류 대학 법학과를 졸업했다.

졸업하던 해에 행정고시를 통과한 5급 공무원으로 청장 비서실에 근무한다고 한다. 함부로 건드려서는 안 될 사람이다.

오광섭이 일련의 보고를 받을 때 오대준이 피습당했다. 부랴부랴 병원으로 향해 밤새 수술실 주변을 맴돌았다.

새벽 5시, 수술을 마치고 나온 의사들로부터 상태에 관한 이야기를 들었다.

그리곤 엘리베이터 안에서 의사들의 대화를 듣게 되었다. 브레인 데스. 수능에서 영어 1등급을 받았던 오광섭이다.

어찌 그 뜻을 모르겠는가!

날이 밝을 때까지 오광섭은 혹시 돌아가실지도 모를 아버지 생각에 몸부림쳤다. 비록 깡패의 길을 걷고는 있지만 아들만큼은 정상적인 사회인이 되게 하겠다는 아버지이다.

그렇기에 대학 졸업 후 서울에 있는 회사에 취직했다는 전화를 받고 너무나 기뻐 밤새 울었다던 아버지다.

성질 더럽고 뇌물만 바라던 상사와 대판 싸우고 사표를 던졌다는 전화를 했을 때 아버진 침묵으로 대답을 대신했다. 하나 조직원을 보내 그 상사를 패거나 하는 일은 하지 않았다.

대구로 내려온 날 아버지는 SB그룹을 물려줄 것이니 그만한 자격을 갖추라고 하였다.

하여 주유소에서 기름 넣는 일부터 했다.

어쩌다 시간이 나면 자신을 불러 절대 암흑가에 발 들여놓지 말라며 신신당부했던 아버지다.

그런 아버지가 뇌사 상태라니 기가 막혔다.

그러던 중 현수가 생각났다. 하여 염치 무릅쓰고 대구 지방 검찰청을 찾아갔다. 경리 여직원을 때린 것 때문에 불구속 기소 상태임에도 검찰청을 제 발로 걸어 들어간 것이다.

도착하자마자 권지현에게 면담을 청했고, 현수로부터 도움 받을 일이 있으니 연락처를 알려달라고 애원했다.

한편 권지현은 오광섭의 신분을 알기에 의아하다는 표정을 지었다. 어젯밤 같은 나이트클럽에 있었지만 둘은 분명히 모르는 사이였다. 그런데 현수를 찾으며 도움받을 일이 있다니 어찌 의아하지 않겠는가!

전화번호는 끝까지 알려주지 않았다. 다만 오늘 부산으로 내려간다는 말을 했었다는 것만 알려주었다.

그 즉시 역전회 전 조직원에겐 현수의 소재를 찾으라는 명령이 떨어졌다. 그리곤 부산을 향해 출발했다.

차를 타고 이동하는 동안 음지에서 양지로 올라오려는 노력을 시작한 이후 소원해진 부산의 칠성파와 유태파, 그리고 영도파 등에 연락을 취했다.

물론 현수의 행방을 찾아달라는 요청이다.

그 결과 현수가 해운대에 있음을 알게 되었던 것이다.

*　　　　　*　　　　　*

"흐으음!"

시원한 바닷바람을 맡으며 현수는 웹서핑을 즐기고 있었다.

그냥 이것저것 닥치는 대로 검색해서 읽어보는 중이다. 그러다 문득 떠오르는 생각이 있었다.

"서울 올라가면 복직 신청부터 할까? 딱히 할 일도 없는데. 아님 수련을 더해?"

아르센 대륙으로 갈 수 없는 현재 수련할 곳이라곤 덕항산 뿐이다. 그 열악한 환경이 떠오르자 고개를 좌우로 저었다.

어찌 지겹지 않겠는가!

"그나저나 백두마트 그놈들은 어찌 되었을까?"

아공간에서 노트북을 꺼낸 현수는 인터넷 검색을 시작했다.

백두마트 세 곳과 라면 공장, 제과 공장까지 털린 사건은 벌써 세인들의 기억에서 사라지고 있는 모양이다.

백두마트 서초점 홈페이지를 들어가 보니 성업 중이다.

기사를 검색해 보았지만 인사 기록이 올라와 있을 리 없다.

"흐음! 잘리진 않았겠지. 그놈들은 반드시 손을 봐야 해. 그날 얼마나 맞았어? 김현수, 넌 맞고는 못살잖아. 안 그래, 7써클 대마법사님?"

스스로에게 반문한 현수는 놈들을 어찌할 것인지를 고심했다. 오광섭에서 걸었던 중증 근무력 마법을 걸면 어떨까 싶다.

그런데 한둘도 아니고 여럿을 그렇게 만들어 버리면 문제가 발생될 수 있다. 의심의 눈으로 바라보는 수사관이 생긴다면 자신에게까지 조사하러 오겠다고 할 수도 있다.

사양하고 싶은 일이다.

그렇기에 각자에게 각기 다른 형벌을 가할 생각을 했다.

우선 싸가지없는 보안실장은 중증 근무력 마법을 가할 생각이다. 가장 먼저 자신을 팼던 최 대리라는 놈은 로어 바디 압스터클(Lower body Obstacle) 마법으로 하반신을 못 쓰게 만들 생각이다.

최 대리의 부하 노릇을 하던 놈에겐 시력을 빼앗는 비주얼 임페르먼트(Visual Impairment) 마법을 쓸 생각이다.

이 밖에도 다른 보안요원들에게도 형벌을 가하기로 마음먹었다.

벙어리, 귀머거리 등이 되게 할 생각인 것이다.

물론 영구히 그런 상태로 두진 않을 것이다. 하는 걸 봐서 풀어줄 만하면 풀어줄 생각이다.

띵똥~!

"웅……? 누구지? 룸서비스를 요구하지 않았는데?"

현수는 의아하다는 표정을 지었다. 자신을 찾을 사람이 아무도 없기 때문이다.

"어라? 여긴 어떻게……?"

"호호, 하루 만에 뵙네요."

의외의 방문자는 권지현이다.

"근데 그냥 이렇게 세워두실 거예요?"

"아, 아닙니다. 들어오십시오."

"어머, 엉큼하시다. 숙녀에게 객실로 들어오라니요."

"아, 참! 잠깐만 기다리십시오. 커피숍으로……."

"호호, 아니에요. 제가 들어갈게요."

"네, 그, 그럼! 근데 앉을 데가 마땅치 않습니다."

제법 비싼 방이지만 소파 세트가 없다.

책상에 의자가 하나 있고 침대 옆에 일인용 소파가 하나 있을 뿐이다.

잠시 후, 현수는 책상 의자에, 지현은 소파에 앉았다. 그리고 둘 사이에 어색한 침묵이 흘렀다.

이걸 깬 사람은 현수이다.

시계를 보니 저녁 8시 반쯤 된다.

검찰청 퇴근 시간이 6시이니 혼잡한 퇴근 시간대에 이곳까지 이동했다면 빠듯한 시간이다.

"저녁 식사를 했습니까?"

"아뇨. 아직 못했어요."

"저도 아직 전인데 나가서 뭣 좀 먹을까요?"

"그래도 되긴 하지만 지금 밖에 비 와요."

"그래요? 이 호텔 4층에 괜찮은 레스토랑이 있어요. 스테이크와 해산물 요리를 한다는데 내려가서 먹는 건 어떨까요?"

"그래요? 그럼 그러시죠."

거절하지 않는 것을 보니 배가 고프긴 한 모양이다.

잠시 후, 둘은 4층에 위치한 벤타나스(Ventanas)라는 레스토랑으로 들어섰다. 50석 규모인데 세 테이블에만 손님이 있다. 전부 외국인이다.

권지현은 그들로부터 가장 멀리 떨어진 곳에 자리를 잡았다.

곧 웨이터가 주문을 받으러 왔다. 현수는 스테이크를, 지현은 해산물 요리를 주문했다.

"술도 하시겠습니까? 저희 호텔 소믈리에가 추천하는 최상급 와인이 있는데……."

웨이터의 말은 이어지지 못했다. 현수가 말을 자른 탓이다.

"잠깐만요. 지현 씨, 와인 괜찮으시겠어요?"

"와인 좋죠. 오늘처럼 비 오는 날엔 더더욱……."

"그럼 제가 주문해도 될까요?"

"물론이에요."

"알겠습니다. 그럼 나는 스텍스 립 와인 셀라 SLV 카베르네 소비뇽으로 주고, 숙녀 분께는 피노 그리지오로 주세요."

"네, 알겠습니다."

웨이터가 물러가자 권지현이 묻는다.

"와인에 대해 잘 아시나 봐요?"

"아뇨. 잘 아는 건 아니고 그냥 여기저기서 주워들은 거죠."

사실 현수의 말은 거짓말이다.

조금 전 이것저것 검색하던 중 문득 떠오른 생각이 있어 일부러 와인에 관한 것을 알아봤다.

나중에 강연희 대리랑 식사를 할 때를 대비하여 찾아본 것이다.

현수가 말한 '스텍스 립 와인 셀라 SLV 카베르네 소비뇽'이라는 긴 이름의 와인은 1973년산으로 대단히 유명한 것이다.

1976년 5월, 영국인 스티븐 수퍼리어는 프랑스 파리에서 와인 전문가 아홉 명을 초청해 와인 블라인드 테이스팅을 했다.

그 결과는 의외였다.

캘리포니아 와인이 엄청난 점수 차로 프랑스 와인을 눌러 버린 것이다. 이 사건은 즉각 미국 타임지에 실렸으며, '파리의 심판(The Judgment of Paris)'이라는 제목으로 기사화되어 전 세계에 알려졌다.

프랑스의 자랑인 '샤토 무통 로칠드'를 누른 와인이 바로 현수가 주문한 레드 와인인 것이다. 이것은 특히 스테이크 요리와 아주 잘 어울린다.

한편, 권지현에게 권한 피노 그리지오는 화이트 와인이다.

이탈리아 베네토 지역에서 생산된 것으로 딸기, 블랙커런트[4] 등 상큼한 과일향이 풍부하며, 엷은 황금색으로 맛은 우아하면서도 달콤한 풍미를 느끼게 한다.

그래서 해물 요리와 잘 어울리는 와인이다.

"그런 이유로 지현 씨께 피노 그리지오를 주문해 드린 겁니다."

"아!"

와인에 대한 현수의 설명을 들은 권지현은 탄성을 내며 새삼스런 눈빛으로 현수를 바라보았다.

오늘 아침, 출근하자마자 인맥을 총동원하여 현수에 대해 알아보았다.

천지건설(주) 자재과 직원이 맞다고 한다. 그런데 질병을 사유로 몇 달 전부터 휴직 중이라고 한다.

---

4) 블랙커렌트(Blackcurrant):까막까치밥 나무 열매.

지현은 더 많은 정보를 얻기 위해 노력을 했다. 그런데 그게 끝이다. 더 이상의 정보가 모이질 않는 것이다.

그러던 차에 오광섭이 방문했다.

모르는 사이인 것이 분명한데 이름을 정확히 대며 어디에 있는지 알려달라면서 애원을 한다.

그래서 부산에 있을 것이라는 정보만 주었다.

오후 4시경 지현은 오광섭으로부터 전화를 받았다.

도움을 주서서 대단히 고맙다는 정중한 감사 전화였다.

더더욱 이상한 기분이 들어 오후 내내 현수에 대한 정보를 수집했다. 그래서 얻은 정보는 현수가 다섯 평도 안 되는 작은 원룸에 기거한다는 것이다.

그리고 자가용을 가져본 적이 없다고 한다.

아프다고 병가를 낸 사람치고는 너무나 멀쩡하다. 그리고 월세를 내어 작은 원룸에서 기거하는 사람치고는 씀씀이가 크다.

하룻밤에 132만 원짜리 방에 머물렀다. 또한 나이트클럽에서도 최상급 양주와 안주를 주문했다.

이런 경우 대부분 문제가 있다.

첫째는 자재과에 근무하면서 많은 뇌물을 수수한 경우를 생각해 볼 수 있다. 오광섭에 의해 이빨을 네 개나 잃고 구속된 경리 여직원 같은 경우이다.

둘째는 로또복권에 당첨되었을 수도 있다.

셋째는 정말 귀한 집 자식일 수도 있다.

넷째는 밀수, 마약, 도박 등 많은 돈을 주무르는 범죄와 관련된 자일 수도 있다.

먼저, 천지건설(주)에 대한 정보를 수집했다. 특히 자재과와 관련된 비리가 있는가를 알아봤다. 그런데 깨끗하다.

천지건설(주)엔 암행감사팀이라는 조직이 있다.

어디에서 근무하는지, 누구인지, 몇 명으로 구성되어 있는지 전혀 알려지지 않은 조직이다.

그들에 의해 비리가 밝혀지면 최하가 파면이다. 부정을 저질렀다면 그에 해당하는 액수를 토해놓아야 한다. 그렇기에 천지건설(주)은 비교적 청렴한 조직으로 알려져 있다.

다음은 로또복권 당첨에 대한 것이다.

지현은 비선을 통해 현수의 나이와 거주지를 알려주고 그런 사람이 당첨되었는지의 여부를 확인해 보았다.

그런데 그런 사람 없다고 한다.

이때 주민등록번호를 알려고 마음먹었으면 불가능한 일이 아니다. 하나 불법이기에 그렇게 하진 않았다.

만일 그랬다면 현수의 아버지가 김포의 작은 연립주택 지하에 세 들어 산다는 사실을 알았을 것이다.

아무튼 세 번째가 귀한 집 자식인지의 여부이다.

하여 천지그룹 사주 일가와 계열사 경영인 등에 대해 알아보았다. 그런데 김 씨는 아무도 없다.

네 번째는 검찰청 컴퓨터를 이용하여 손쉽게 알아보았다. 범죄 경력 조회를 한 것이다.

김현수라는 이름을 가진 범죄자는 많다. 하나 현수와 일치하는 사람은 없었다.

미궁에 빠진 기분이 된 지현은 오광섭에게 전화를 걸어 물었다. 현수의 소재를 물어본 것이다.

그 결과는 금방 알게 되었다. 오광섭이 지현을 현수의 애인 쯤으로 오해하였기에 전심전력을 다해 알아봐 준 결과이다.

그래서 퇴근하자마자 곧장 이 호텔로 왔다.

올라오기 전 객실 요금에 대해 물어보았다. 어제보다는 훨씬 싼 룸이지만 결코 일개 회사원이 머물 만한 방은 아니다.

레스토랑엘 가자고 하여 왔다. 음식을 주문하더니 와인 주문을 해주겠다고 한다. 두말 않고 고개를 끄덕여 줬다.

얼마나 아는지를 확인해 보고 싶었던 것이다. 짐짓 와인에 대해 잘 모르는 척했더니 상세한 설명을 해준다.

그런데 거의 전문가 수준이다.

일부러 와인만 공부한 게 아니라면 늘 이런 것을 즐기는 사람이라는 뜻이다.

"오광섭 씨가 도와달라던 일은 뭐였나요?"

주문한 음식이 나와 그것을 먹던 중 그냥 아무 생각 없이 묻는 것처럼 묻는다.

"별일은 아니었어요."

"말해주기 싫으신 모양이네요?"

"네?"

무슨 뜻이냐는 반문이다.

"오광섭 씨 아까 저한테 와서 현수 씨 어디 있냐고 물으면서 거의 울 듯하던데요? 그런데 별일이 아니에요?"

"아, 그건……."

"뭐, 말씀하시기 싫으면 안 해주셔도 되요."

"네에, 개인적인 일이라……."

현수는 말끝을 얼버무렸다. 무어라 말해야 할지 난감했던 것이다. 인터넷에선 이런 상황을 네 글자로 깔끔하게 정리한다.

대략난감!

"그 사람 아버지가 어제 습격을 당했어요. 그건 아시죠?"

"네."

"그 일 때문에 도움을 청하셨나 봐요."

"그, 그게… 솔직히 말하자면 그래요. 오대준이란 분 때문에 만났어요."

"전부터 아는 사이셨나 봐요."

"아뇨. 어젯밤 나이트클럽에서 처음 봤어요."

권지현은 현수를 추궁하는 듯한 분위기가 되지 않도록 아무렇지도 않은 표정으로 식사를 계산했다.

"어머, 이거 되게 맛있어요. 한번 맛보실래요?"

지현은 포크로 무엇인가를 찔러 앞으로 내민다.

"이건……?"

"일단 한번 드셔보셔요. 정말 맛있어요."

"아, 네."

입안에 넣고 씹으니 향긋한 향과 쫀득쫀득함이 느껴진다.

양념과 잘 어우러진 바다가재의 속살인 듯하다.

"호호, 맛있죠? 이 집 요리 잘하나 봐요. 근데 스테이크는 어때요?"

"조금 드셔보겠습니까?"

"네에."

현수는 얼른 접시를 지현 쪽으로 옮기려 했다.

"아이, 번거롭게. 그냥 현수 씨가 포크로 콕 집어주세요."

"네……? 아, 네에."

현수는 여우에 홀리기라도 한 듯 지현이 시키는 대로 했다.

사내란 미인의 미소에 약하지 않은가!

지현은 신장 165㎝에 체중 48㎏쯤 되는 미인이다.

분위기가 비슷한 탤런트를 고르라면 김태희와 흡사하다.

얼굴만 그런 게 아니라 공부 잘 하는 것까지 비슷하여 행정고시도 패스한 재원이다.

그런 미녀의 말이기에 홀린 듯 하라는 대로 한 것이다.

"오대준 씨는 어떻게 되셨어요? 소문엔 뇌사 상태라고 들었는데. 그렇게 심해요?"

"아뇨. 아마 괜찮아질 겁니다."

현수는 별 뜻 없이 대답했다. 하나 지현은 아닌 듯하다. 의사들도 포기했다고 들었다. 그런데 아니라고 자신있게 말을 한다. 어떤 이유인지 알 수는 없지만 뭔가가 있다.

그렇기에 눈빛을 빛낸 것이다.

식사는 잘 마쳤고, 커피까지 한 잔 마셨다. 그리고 지현은 대구로 돌아갔다.

현수는 캔 맥주 하나를 들고 비 내리는 바닷가를 거닐었다.

그러면서 생각을 정리했다. 우선 내일 당장 서울로 올라갈 것이다. 가면 곧바로 이사를 하고 복직 신청을 할 생각이다.

강연희 대리를 보고 싶다는 생각 때문이기도 하다.

하나 그보다는 불과 며칠이지만 직업 없이 있어보니 한심해서이다.

다음날, KTX를 타고 서울로 온 현수는 집주인에게 이사갈 것임을 통보했다. 주인은 언제든 돈을 빼주겠다고 호언장담했지만 속이 쓰릴 것이다.

사실 현수의 원룸은 몇 달 동안이나 나가지 않던 방이다.

햇볕도 안 들고 바람도 안 통하는데 누가 얻으려 하겠는가!

현수에게 경험이 있었다면 결코 얻지 않았을 방이다. 그런 방을 빼겠다고 하니 부동산 수수료도 수수료지만 몇 달 동안 월세가 들어오지 않을 것을 생각하니 속이 쓰릴 것이다.

현수로서는 그러거나 말거나이다.

집을 나선 현수는 자동차 영업소에 들러 차를 한 대 샀다.

최고급은 아니고 소형차를 골랐다. 크고 좋은 차를 타고 다니면 남들의 시선을 받기 때문이다.

게다가 기름 한 방울 안 나는 나라에서 매일 혼자 타고 다니는데 큰 차가 무슨 소용이 있겠는가!

하여 현수가 고른 것은 현대에서 나온 액센트이다.

1,396CC, 108마력이다. 경차는 아니지만 혼자 타고 다니는

데 힘이 부족하진 않을 것이다.

　현금으로 지불하니 1,400만 원이 조금 넘는 돈이 든다. 마침
갓 전시장에 입고되는 차가 있어 그것으로 받았다.

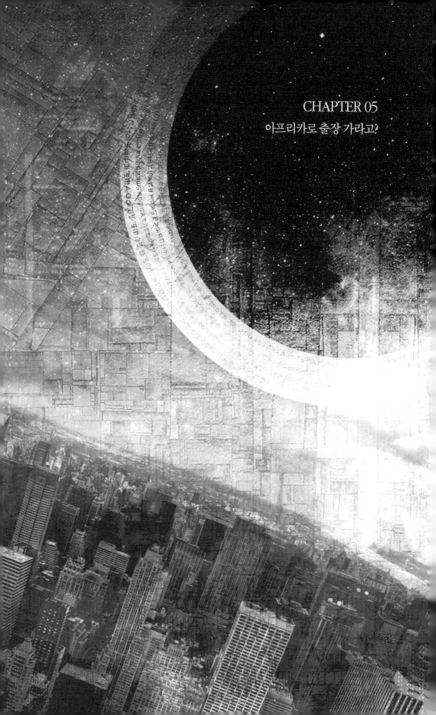

CHAPTER 05
아프리카로 출장 가라고?

차 시트의 비닐을 뜯어내고 첫 번째로 방문한 곳은 우미내 마을 입구에 있는 부동산 중개업소이다.

단독주택 전세를 얻으러 왔다고 했다. 공인중개사 아줌마는 현수의 겉모습을 보고 큰 기대를 하지 않는 눈치이다.

그 아줌마의 안내로 몇 군데를 돌아보았다.

그러는 동안 이것저것을 캐묻는다.

가장 먼저 물은 것은 얼마짜리 집을 찾느냐이다.

이 동네 단독주택 전세 시세가 어느 정도 되느냐고 묻자 평수가 넓어서 제법 비싸다고 한다.

그래서 비싸도 괜찮다고 했더니 더 안 믿는 눈치다. 하긴 현수는 현재 보풀이 일어난 추리닝 차림이다.

다음은 어떤 일을 하느냐고 물었다. 회사원이라고 대답했다. 이 대목에선 별 반응이 없었다.

식구가 몇이냐는 물음에 혼자라고 했더니 조금 삐친 듯하다.

날씨도 추운데 공연한 발품만 팔게 만든다는 생각을 하는 듯하다. 내심 웃음이 나왔지만 애써 태연한 척했다.

그러던 중 마음에 드는 집을 방문하게 되었다.

대지 662㎡, 연면적 264㎡!

200평짜리 땅에 건평 80평짜리 주택이 있다는 뜻이다.

크고 작은 방 여섯 개에 거실은 별도이고, 화장실이 세 개나 있는 2층짜리 단독주택이다.

언덕 위에 있는데 2층 거실에선 한강이 조망된다.

공인중개사 아줌마는 주인에게 급한 사정이 있어 매물로 내놓았는데 안 나가서 전세로 바꾸었다고 한다.

전세가는 3억 5천인데 싼 물건이라고 한다.

그리곤 손에 든 공책을 뒤적인다. 이제 남은 집은 한 집인데 30평짜리 빌라의 1층이라고 한다.

중개인 아줌마를 따라 나온 현수는 다시 한 번 집의 외관을 보았다. 좋아 보인다.

"저어, 사장님."

"왜요, 총각?"

"이 집 마음에 드는데 계약하죠."

"…정말요?"

"네. 집주인 불러주시면 잔금까지 다 치르지요."

"네에……? 아, 알았어요."

부동산 공인중개사들은 거래가 완결되었을 때, 다시 말해 매매든 전세든 잔금을 치렀을 때 중개 수수료를 받는다.

그런데 오늘 다 낸다고 하니 돈 좀 만져보게 생겼다.

"근데 총각, 수수료는 얼마나……?"

"법정 수수료율이 얼마나 되지요?"

"0.8% 이내로 받게 되어 있으니… 가만있어 봐요."

아줌마의 사무실은 며칠 전 내린 눈 때문에 손님이 없었다. 하여 정초부터 빈 가게만 지키고 있었다.

새해 댓바람부터 집을 얻으러 다니는 사람은 드물기 때문이다. 현수가 새해 첫 손님인 셈이다.

그런데 집을 보자마자 계약을 하겠다고 한다. 그것도 일시불로 전부 치른다니 잘하면 오늘 수수료를 받을 수도 있다.

그것만으로도 기분이 좋아진 아줌마는 열심히 계산기를 두드린다. 그리곤 이내 생각을 정리했다는 표정이다.

"총각, 법정 수수료는 280만 원인데 200만 원만 줘요."

"네에, 그러지요."

현수는 이곳에 오기 전 이 집에 대한 정보를 알고 왔다.

물론 인터넷을 통해서이다. 그렇기에 3억 5천이라는 말에 토를 달지 않았다. 깎으려면 조금은 깎을 수 있겠지만 없어지는 돈이 아니기 때문이다.

수수료 역시 계산해 보았다. 280만 원이 법정 최고 수수료인 것 맞다. 여기저기 검색해 보니 3억 이상 주택을 임차할 때에는 수수료를 중개인과 협의하게 되어 있다.

다시 말해 280만 원을 전부 주지 않아도 된다는 것이다. 그렇기에 이것의 75% 수준인 210만 원쯤 하자고 할 생각이었다.

그런데 그보다 적은 액수를 요구했기에 얼른 OK한 것이다.

기분이 좋아진 아줌마는 집주인에게 드디어 집이 나갔음을 알리는 전화를 하며 빨리 오라고 성화를 부렸다.

집주인이 오는 동안 아줌마는 커피도 주고 과자도 주면서 이것저것 조언을 한다. 집이 적은 동네이니 이 집 저 집에 대한 정보를 제공한 것이다.

집주인이 왔다. 60세쯤 된 남자이다.

중개인의 안내에 따라 계약서가 작성되었다. 현수는 보유한 현금과 수표로 전세금을 지불했다. 수표보다는 현금이 훨씬 많았기에 돈 세는 데만 한참 걸렸다.

그러는 동안 집주인이 왜 집을 급하게 내놓았는지에 대한 이야기를 들을 수 있었다.

물론 중개인 아줌마의 수다 덕분이다.

집주인의 부인은 암에 걸려 치료를 받았다고 한다.

병원에서는 항암 치료만 잘 받으면 살 확률이 크다고 하지만 환자 본인은 물론이고 집주인도 믿지 않는다고 한다.

소세포 폐암에 걸렸는데 살았다는 사람이 드물기 때문이다.

자식들은 다 결혼하여 분가했고, 부부만 큰 집에서 살았는데 집 치우는 것도 힘들어 지난해 구리시에 있는 작은 아파트로 이사했다고 한다.

그리곤 집을 내놓았는데 받은 전세금으로 여행을 다닐 계획이라고 한다. 아내가 죽기 전에 해보고 싶었던 일들을 모두 해주고 싶어 집을 내놓은 것이다.

현수는 중개사 수수료까지 모두 지불했다. 그리곤 따로 비용을 들여 집 청소를 부탁했다.

차를 몰고 원룸으로 되돌아오는 동안 마음이 무거웠다.

죽음이 임박했음을 인지한 환자들의 마음이 어떨까를 생각한 것이다.

"혹시 마법으로 암을 치료할 수 있을까?"

얼굴도 모르는 사람이지만 암에 걸려 죽음을 목전에 두고 있다는 소리가 마음에 걸린 것이다.

원룸에 당도한 현수는 의학 전문 서점을 검색했다. 그리곤 상당한 양의 서적들을 주문했다.

"흐음, 내일 복직 신청을 하면 뭐라고들 할까? 강 대리님 반응이 제일 궁금하네."

놀라면서도 환한 웃음을 지을 것이란 생각에 기분이 좋아진 현수는 유쾌한 기분으로 잠자리에 들었다.

다음날 아침, 현수는 출근하여 인사과에 들렀다. 그리곤 복직 신청서를 썼다.

인사과 직원이 말하길, 신청서를 쓴다 하여 당장에 복직되는 것은 아닐 수도 있다면서 연락하겠다고 한다.

강 대리에게 전화를 했는데 받지 않는다. 사수인 곽 대리에게 전화를 했더니 반가워한다. 그런데 전주에 있는 업체를 방문 중이라고 한다. 맥이 빠졌지만 어쩌겠는가!

그나마 안면이 있던 구조계산팀을 방문하여 박 대리를 찾았더니 그새 진급하여 기획실로 인사 발령되었다고 한다.

"박 과장님, 안녕하세요?"

"누구……? 아, 자재과 김현수 씨? 몸은 좀 어때요?"

"네, 많이 좋아졌습니다. 하여 오늘 복직 신청서를 제출했습니다."

"아, 그래요? 축하합니다."

"저도 축하드립니다. 기획실은 아무나 오는 데가 아니잖아요. 앞으로 잘 부탁드립니다."

"하하, 이 사람이 지금 무슨 말을……. 아무튼 복직 축하합니다. 열심히 근무해서 이 회사의 동량이 되어주세요."

"네, 감사합니다."

현수는 구원은 이제 잊고 좋은 감정으로 새 출발하자는 뜻에서의 방문이었다.

그런데 박진영 대리, 아니, 박진영 기획실 과장은 아니었다. 현수의 방문을 받은 이후 한참 동안이나 생각에 잠겨 있었다.

회사를 나선 현수는 우미내 마을로 차를 몰았다.

오늘이 이삿날이기 때문이다. 포장이사를 의뢰했기에 본인은 몸만 가면 되는 것이다.

"호호, 마음에 들어요?"

"네, 고맙습니다. 좋은 집 소개해 주셔서."

중개인 아줌마가 휴지 한 뭉텅이를 들고 찾아왔다.

"총각, 이 동네 살면서 불편한 거 있으면 언제든 말해요. 내가 도와줄 테니. 우리 남편이 이 동네 통장인 건 알죠?"

"네, 고맙습니다."

중개인 아줌마는 텅 빈 집을 보며 얼른 가구를 채워 넣으라고 조언을 한다. 하나 현수는 그럴 맘이 없다.

가구로 가득한 집보다는 넓은 집이 좋기 때문이다.

"넓긴 넓구나. 내가 너무 넓은 집을 골랐나? 흐음, 아버지, 어머니더러 오시라고 해야겠구나."

새벽 3시쯤에 내린 결론이다.

공기도 경관도 나름 괜찮은 집은 분명하다. 하나 혼자 살기엔 지나치게 넓다.

"흐음, 뭐라 말씀드려야 할까? 급한 일로 외국에 나간 선배가 있다고 할까? 아님 회사 소유의 집?"

현수는 이런저런 생각을 하다 잠이 들었다.

띠리리! 띠리, 띠리링!

강연희 대리의 핸드폰에 전화를 걸면 늘 베토벤 바이러스가 흘러나온다. 귀에 익었고, 경쾌한 음악이다.

한참을 기다렸건만 강 대리는 전화를 받지 않는다.

할 수 없어 회사로 전화를 했다.

"저어, 강연희 대리님과 통화하고 싶은데요. 계십니까?"

"누구십니까?"

목소리를 들어보니 업무지원팀 팀장의 목소리이다. 하나 모른 척하고 대꾸했다.

"네, 자재과 김현수 사원입니다."

"김현수씨? 난 업무지원팀장이네. 그리고 강 대리는 지금 출장 중이네."

"아, 출장 가셨어요? 언제 오시죠?"

"한 반년쯤?"

"네에?"

"몰랐나? 강 대리 오늘 영국으로 출국했네. 반년쯤 지난 후에나 오네."

"아, 네에. 알겠습니다. 감사합니다."

수화기를 내려놓은 현수는 멍한 시선이다. 어제 전화를 받지 않은 것은 출국 준비를 하느라 그랬을 것이다.

그녀의 마음이 어떤지는 알 수 없지만 집요하게 전화를 했다면 틀림없이 통화를 했을 것이다.

그랬다면 오랜만에 만날 수도 있었을 것이다.

그런데 이사를 하느라 바빠 더 이상 연락하지 않았다. 그 결과가 지금 통보받은 것이다.

"보고 싶었는데……. 에이, 인연이 아닌가?"

전화기를 내려놓은 현수는 한참이나 실의에 차 있었다.

그러던 어느 순간 전화가 진동을 한다.

부우우우웅! 부우우우웅!

"여보세요?"

"현수니?"

"아, 어머니. 네, 접니다."

"그래, 지금 통화 가능하니?"

"네, 말씀하세요."

왠지 어머니의 음성이 착 가라앉은 듯하다.

"너한테 면목이 없는데 돈 좀 구할 수 있겠니?"

"네? 무슨 말씀이세요?"

"아버지가… 아버지가 다치셨다."

"네에? 어딜 얼마나요? 지금 병원에 계신 거예요?"

"그래, 창경궁 앞에 있는 서울대 병원에 계시다."

"어딜 얼마나 다치신 건데요?"

어머니는 아버지의 상태를 비교적 담담한 음성으로 이야기하셨다. 아버지의 업무는 보석의 광을 내는 일이다.

그런데 오늘 다른 사람의 작업을 돕다가 손가락 두 개가 절단되었다고 한다.

공방 사장은 본연의 임무 이외에 다른 사람의 사사로운 일을 돕다 발생된 일이므로 치료비를 책임질 수 없다고 하였다.

말은 안 했지만 손가락을 다쳐 일을 할 수 없게 되었으므로 해고한다는 뜻도 포함되어 있다고 한다.

아버지에게 작업을 같이 하자고 했던 인물은 공방 사장의 동생이다. 사장 동생이 도와달라는데 어찌 돕지 않겠는가.

아무튼 핸드 그라인더로 작업하던 중 사고를 당한 것이다.

산재보험이라도 들어 있으면 병원비 걱정은 덜할 텐데 불행히도 업주는 보험에 가입하지 않았다고 한다.

병원에서는 손가락 봉합 수술에 앞서 비용을 청구했다. 그런데 그걸 마련할 길이 막막하여 현수에게 전화한 것이다.

전화를 끊은 현수는 즉각 서울대 병원으로 향했다. 그리곤 서둘러 수납 창구에 돈을 입금하였다.

곧이어 수술이 진행되었다. 어머니는 걱정 가득한 얼굴로 수술실 앞을 서성거렸다. 사장은 물론이고 사장의 동생이라는 놈까지 코빼기도 비치지 않았다.

"현수야, 이제 우린 어쩌면 좋으니? 아까 사장님이 말하길, 공방에 더 이상 나오지 말라 했는데……."

저금해 놓은 돈도 없다는 것을 뻔히 안다. 그렇다고 거금을 내놓으며 쓰라고 할 수도 없다. 출처를 물을 것이기 때문이다.

현수는 어찌할 것인지를 궁리했다.

아버지가 수술실에 들어가고 세 시간쯤 지났을 때다. 이제 더 이상 말할 기운도 없다는 듯 어머닌 아무 소리도 없다.

"어머니!"

"왜?"

"말씀드릴 게 있는데요."

"뭔데?"

현수는 자신이 로또복권 1등에 당첨되었다는 이야길 했다. 수령한 당첨금은 7억 원이 조금 넘는다고 하였다.

그 돈 중 3억 5천으로 우미내에 전세를 얻었으며 나머지 3억 5천은 부모님께 드리려 보관 중이라 하였다.

당장 병원비 걱정을 덜게 된 어머닌 너무나 좋아하셨다. 그러면서도 80평짜리 집은 너무 크다고 한다.

현수는 이제 넓은 집에서 살아볼 때도 되었다고 응수했다.

그리곤 3억 5천을 은행 정기예금에 넣었을 때 한 달 수익금에 대한 이야기를 했다. 연 이율 5%에 15.4% 이자세를 내고 나면 매월 140만 원 정도 받게 된다.

다행히도 아버진 국민연금을 불입하였다.

그래서 다다음 달부터는 연금을 받게 되는데 월 수령액이 100만 원이 넘는다고 한다.

현수는 불안해하는 어머니를 다독였다. 드디어 수술이 끝나고 아버지는 중환자실로 이송되었다.

현수는 어머니에게 배가 고프니 김밥을 사다 달라고 말씀드렸다. 그리곤 중환자실로 들어갔다.

아버지가 갑작스레 늙은 것 같고 초췌해 보인다.

현수는 눈두덩이 뜨거워지고 콧날이 시큰해지는 느낌에 억지로 인상을 썼다. 눈물을 흘리고 싶지 않은 때문이다.

잠시 후 커튼이 쳐졌고, 두 손가락에 리커버리 마법을 시전했다. 그리곤 마나 디텍션으로 아버지의 신체를 검색했다.

평소 술을 즐기신 때문인지 간 부위의 마나 움직임이 순조롭지 않다. 이곳엔 컴플리트 힐 마법을 시전했다.

그제야 마나의 움직임이 자연스러워진다.

그 때문인지 아버진 한결 편안한 모습이다.

"아버지, 제가 잘 모실게요. 얼른 쾌차하세요."

오후 늦게 아버지를 수술했던 외과 과장이 회진을 왔다.

"아니? 어떻게 이런……! 정 선생, 이 환자 환부 좀 봐."

"왜요, 과장님?"

"아까 수술한 부위가 벌써 아물고 있어."

"네에? 그럴 리가요?"

상처가 아물려면 시간이 필요한 법이다. 그런데 아버진 아닌 모양이다.

"어라! 정말 그러네요? 과장님, 실 뽑을까요?"

"아냐. 그냥 놔둬. 그런데 어떻게 이런 일이……? 어떻게 이럴 수가 있지?"

"그러게나 말입니다. 이거 학회에 보고할 만한 케이스인 거 같은데요?"

하긴 수술 후 몇 시간 만에 벌써 실밥을 뽑아야 할 정도로 상처가 아문 환자를 보았겠는가!

현수는 마법의 효용성이 상당히 좋음에 만족스러웠다.

마법 덕분인지 아버진 불과 이틀 만에 퇴원했다. 절단되었던 손가락의 움직임도 이전과 크게 다르지 않다고 하신다.

겉으로 보기엔 실밥 뽑은 흔적을 제외하면 언제 다쳤는지 알 수 없을 정도이다.

외과 과장은 학회에 보고해야 할 만한 일이라면서 흥분했다. 병원비를 깎아주겠다고 했지만 거기에 협조할 이유가 없다.

수술은 그 사람이 했지만 낫게 한 것은 현수이기 때문이다.

"우와, 넓네! 이게 우리 집이니?"

"네, 어머니. 어머닌 아버지하고 아래층을 쓰세요. 전 2층을 쓸게요."

"현수야!"

어머닌 목이 메는지 말을 잇지 못하고 있다. 아버진 아예 아래층에서 2층으로 올라오지도 않고 있다.

모르긴 해도 눈물이 그렁그렁할 것이다. 단 한 번도 이렇듯 넓은 집을 구경조차 못해 보았으니 그럴 것이다.

"어머니, 얼른 이사하세요."

"그래……!"

불과 하루 만에 김포 집은 비워졌다. 이사하면서 손때 묻은 가구들은 모두 정리했다.

그렇기에 1톤 트럭 한 대에 짐을 실으니 끝이다.

현수는 부모님의 장롱이 너무 낡았기에 새것으로 장만해 드렸다. 또한 낡은 것 모두를 바꿔 드렸다.

텔레비전, 냉장고, 세탁기, 전자레인지, 침대, 식탁 등이다.

돈 없는데 이러지 말라는 말은 하셨지만 기분 좋아하는 것을 알기에 흔쾌한 마음으로 한 일이다.

그러는 동안 아버진 공방에 나가셨다. 그런데 그만두고 나가라고 한다. 이미 다른 사람을 뽑아서 쓰는 중이란다.

공방 사장은 10년을 넘게 근무했건만 사고를 당한 이후 단한 번도 들여다보지 않은 사람이다.

너무도 섭섭해 부르르 떠는 아버지를 다독이며 이제 집에서 쉬시라고 했다. 졸지에 일자리를 잃은 아버진 실없는 웃음만 지을 뿐이다.

다음날 새벽, 아버지가 일하던 공방 건물이 통째로 주저앉았다. 공방 사장이 소유하던 2층짜리 건축물이다.

이는 현수가 시전한 콜랩스(Collapse) 마법의 결과이다.

며칠 후, 사장 일가가 외식을 나간 후 그의 집에 화재가 발생했다. 그리고 얼마 지나지 않아 그 집 역시 붕괴되었다.

파이어 필드와 콜랩스 마법이 중첩된 결과이다.

그날 밤, 여관에 잠든 사장 부부의 머리맡에 현수가 나타났다. 그리곤 중증 근무력 마법을 시전하였다.

사장은 인간으로서 기본적으로 갖춰야 할 덕목들을 갖지 못했다. 다시 말해 사람 같지도 않은 놈이다. 하여 벌레처럼 기어 다니며 살도록 만든 것이다.

다음에 시전된 것은 메모리 일리머네이션, 즉 기억 삭제 마법이다. 그 결과 금융기관에 맡긴 돈과 부동산이나 주식 등에 투자한 일체의 기억이 삭제되었다.

사장의 동생이라고 하여 멀쩡한 것은 아니다. 자신의 실수 때문에 사람이 다쳤음에도 들여다보지도 않은 싸가지없는 인간이다.

자신의 탓이었다는 사과조차 없었다.

현수는 그가 사는 집의 소유주를 확인해 보았다. 그리곤 그 집 역시 붕괴시켜 버렸다.

물론 사람이 없을 때의 일이다. 그리곤 그에게도 중증 근무력 마법을 걸었다. 인간이 인간답지 않으면 벌레처럼 살아야 한다는 교훈을 내리기 위함이다.

2013년 1월 16일 수요일.

인사과로부터 전화가 왔다.

복직이 허가되었으며 사령장을 받으러 들어오라고 했다.

"안녕하세요? 자재과에 근무하던 김현수입니다. 오늘 사령장을 받으러 오라고 해서 왔는데요."

"아, 어서 오세요. 과장님께 가시면 됩니다."

"안녕하세요? 자재과 김현수입니다."

"아, 김현수 씨! 그렇지 않아도 기다렸습니다. 김현수 씨는 자재과로 복직 신청을 했지만 현재 자재과는 필요 인원이 충원되어 있습니다. 하여 다른 부서로 발령이 났습니다. 여기……."

현수는 인사과장이 내미는 종이를 받아 들었다.

자재과의 충원이 마쳐져 다른 부서로 발령을 낸다 하니 받아들여야 할 것이다. 걱정되는 것은 다른 부서의 일을 잘 모르는데 어찌 적응할지 부담된다는 것뿐이다.

파일을 열자 사령장이 보인다.

그런데 뭔가 이상하다. 해외영업부?

건축이나 토목 전공도 아닌 수학과 출신 사원에게 해외영업부 발령은 의외이다.

그것도 좋다. 어학연수 간 셈 치면 되기 때문이다.

서류의 하단엔 임지가 기록되어 있었다.

"으잉……? 콩고민주공화국?"

현수의 이런 반응을 기다렸다는 듯 인사과장의 설명이 이어졌다.

"아프리카엔 콩고와 콩고민주공화국이 있네. 콩고는 아프리카 중서부 연안에 있는 나라이고, 콩고민주공화국은 중부 내륙에 있는 나라이네. 혼동하지 말게."

현수가 어떤 반응을 보일지 충분히 알고 있었다는 듯 인사과장의 말이 이어졌다.

"콩고민주공화국의 수도는 킨샤사이며, 프랑스어, 일갈라어, 스와힐리어, 키콩고어, 차루바어 등이 사용되네. 일부는 사바나 기후지만 대부분 열대우림 기후 지역이네. 그리고, 예전 이름은 자이르이네."

사바나 기후대는 너른 초지에 나무들이 듬성듬성 있는 곳이다. 반면 열대우림 기후대는 무성한 정글이 있는 곳이다.

사자와 기린, 원숭이와 악어 등이 있다는 뜻이다.

'뭐야? 동물의 왕국으로 가라는 거야?'

현수가 어이없어하는 동안에도 설명은 이어졌다.

"인구는 6,200만에서 7,000만 정도 되며 화폐 단위는 콩고프랑이네. 자네가 갈 곳은 킨샤사에 있는 지사이며, 지사장은 이춘만 과장이네."

"인사과장님!"

"왜?"

"우리 회사에서 해외 영업을 하고 있는 것은 알지만 아프리카 한복판까지 진출해 있는 겁니까?"

"이 사람아, 아프리카가 어떤 땅인가? 이제 곧 개발 붐이 일어날 곳이네. 엄청난 잠재력을 가진 시장이지. 안 그래?"

"그, 그야……."

잠재력에 관한 한 부정할 수 없기에 말끝을 흐렸다.

"따라서 회사로선 당연히 진출해 있어야 할 곳이네. 안 그런가? 아, 거기 가거든 이춘만 과장 밑에서 잘 배우게."

"과장님, 전 건축이나 토목과 출신도 아닌 수학과 출신입니다. 그런데 어떻게 제게 해외 영업을……?"

현수의 말은 중간에서 끊겼다.

"해외 영업을 건축이나 토목 전공자들만 할 수 있다는 법이라도 있나? 자네도 이번 기회에 경험을 쌓아두면 여러모로 도움이 될 것이네."

"그래도 그렇지 어떻게 아프리카에서 해외 영업이라니……."

"이 사람아, 영업은 뭐 특별한 사람들이 하는 건 줄 아는가? 우리 회사에서 건설할 테니 일감을 주시오 하면 되는 것이네."

"그런데 과장님, 저 영어 잘 못합니다."

"무슨 소릴? 여기 인사 카드를 보면 자네 입사 때 영어 성적이 기록되어 있네. 어디 보자. 아니, 이 사람이? 최상급 점수를 받았는데도 영어를 못한다고?"

"끄으응!"

베니스의 상인의 지문을 써 넣은 게 진짜 좋은 성적을 거둔 모양이다.

"이 사람, 엄살이 너무 심하군. 자네 같이 실력 좋은 사람이 가야지. 안 그래?"

인사과장은 콩고민주공화국(Democratic Republic of the Congo, DRC)에서 영어가 거의 통하지 않는다는 말은 쏙 빼고 있었다.

"그래도 콩고민주공화국이라니요? 생전 처음 듣는……."

현수의 말은 또 중간에서 끊겼다. 인사과장이 볼일 다 봤다는 듯 몸을 돌리며 한마디했기 때문이다.

"가기 싫으면 안 가도 되네. 지원자는 넘치니까."

인사과장의 말은 뻥이다.

누가 있어 아프리카 오지까지 가고 싶겠는가!

지금껏 콩고민주공화국에 발령을 받고 사표를 쓰지 않은 사람은 딱 한 사람뿐이다.

지사장으로 나가 있는 이춘만 과장이 그다.

그가 맡았던 현장에서 붕괴 사고가 있었다. 갑작스레 비가 너무 많이 온 결과이기는 하지만 회사에선 책임을 물었다.

이춘만 과장은 회사에서 잘리면 미국으로 유학 보낸 아들의 학비를 보낼 수 없다면서 아무 데로나 보내달라고 했다.

그래서 그 먼 곳까지 간 것이다. 부임 후 얼마 지나지 않아 월급이고 뭐고 회사를 그만두고 싶다는 하소연을 했다.

하긴 문명 세계에서 중세 이전의 세계로 간 것이니 적응하기 힘들었을 것이다. 하나 회사에선 들은 척도 하지 않았다.

그가 아니면 거기에 있을 사람이 없기 때문이다.

그렇게 1년이 지난 지금 이 과장은 더 이상 그 일로 회사에 연락하지 않는다.

적응을 한 것인지 포기한 것인지 알 수 없으나 회사 입장에서는 아프리카에 교두보를 마련한 셈 치고 있다.

어쨌거나 콩고민주공화국은 아프리카 대륙 전체에서 두 번째로 큰 나라이다. 내전이 치열했던 수단이 남수단과 북수단으로 분리된 이후의 일이다.

현재는 조셉 카빌라라는 인물이 대통령으로 9년째 집권하고 있다. 장기 집권이며 독재가 진행 중인 곳이다.

"그곳으로 가게. 내가 볼 때는 기회의 땅이네."

"일단 생각해 보겠습니다."

"좋네, 늦어도 사흘 이내엔 복명서에 사인하게. 안 그러면 자넨 무보직 대기발령 될 것이네. 그게 무슨 뜻인지는 알지?"

어찌 모르겠는가!

아무런 일도 주어지지 않고 복도 한구석에 책상 하나만 덜렁 내주는 것이 무보직 대기발령이다. 이는 곧 잘리거나 퇴직 신청을 하게 될 것이란 신호이기도 하다.

집으로 돌아온 현수는 콩고민주공화국에 대한 자료들을 찾아보았다.

인사과장은 콩고민주공화국의 지사가 앞으로 6개월 내로 이전될 수도 있을 것이라 하였다. 월드컵이 열렸던 남아프리카공화국으로 아프리카 지사가 옮겨간다는 것이다.

이는 중세에서 현대로의 복귀를 의미하는 것이나 마찬가지이다. 같은 아프리카 대륙에 있지만 엄청난 격차가 있기 때문이다. 그러니 일단 6개월만 견뎌보라고 했다.

현수는 갈 것인지 말 것인지를 고심했다.

안 간다는 것은 회사를 그만두겠다는 뜻이다. 그런데 현재로선 백수가 된 이후 할 일이 전혀 없다.

여유 자금은 만들 수 있지만 특별한 기술이 없어 창업할 수 있는 것도 아니다. 또한 평소에 관심 두고 있던 분야가 있어 그쪽으로 진출할 수 있는 것도 아니다.

물론 그렇다 하더라도 그쪽에서 뽑아준다는 보장도 없다.

이런 상태에서 회사를 그만두면 다시 백수가 되는데 며칠 그렇게 지내보니 이건 마음이 제 마음이 아니었다.

그런데 어딘가에 속해 있다는 적(籍)조차 없어지면 얼마나 허전하고 불안하겠는가!

대전, 대구, 부산을 돌아본 사흘 동안엔 복직할 회사라도 있었지만 그런 거 없이 그냥 논다면 금방 폐인이 될 것 같다.

그래서 사람을 사회적 동물이라고 하는 모양이다.

게다가 회사 내에 있어야 강연희 대리와의 인연을 이어갈 수 있을 것이란 생각을 했다.

아프리카가 오지이고 문명이 낙후되어 있지만 아르센 대륙과 비교해 보면 더 나을지도 모른다.

적어도 플라스틱 종류는 보급되어 있을 것이기 때문이다.

"에라, 모르겠다."

상념에 잠겨 있던 현수는 이불을 뒤집어쓰고 잠을 청했다.

"결정했는가?"

"네, 과장님!"

"가는 걸로 결정한 거지?"

"네, 한번 가보지요. 젊어 고생은 돈 주고 사서라도 하라 했으니 말입니다."

"하하, 잘 생각했네. 내가 이럴 줄 알고 그곳에서의 유의 사항 등을 기록해 두었네. 자, 여기……."

회사를 나서는 현수는 인사과장이 준 파일을 들고 있었다.

콩고민주공화국에 관한 내용과 그곳에서 할 일들이 기록된 것이다. 대충 뒤적여 보니 공사 규모와 파견된 기술자의 숫자 등이 기록되어 있다. 이득 대비 비용을 계산해 본 모양이다.

회사에선 출국을 위한 서류들을 요구했다. 하여 여권을 만들어 제출하는 등의 일을 했다.

"25일쯤 출국하는 걸로 일정이 잡혔네. 그동안은 휴가이니 푹 쉬게. 출국 전날 회사에 꼭 오게."

"네, 알겠습니다."

인사과장의 전화를 받은 현수는 인터넷을 뒤져 콩고민주공화국에 대한 정보를 찾아보며 시간을 보냈다.

어머니와 아버지에겐 해외 출장을 가게 되었으며 최하 1년은 근무해야 한다고 말씀드렸다.

가게 될 곳은 콩고민주공화국이며 해외 근무에 대한 수당이 추가되어 월급이 오르게 되었다고 하였다.

 갑자기 너른 집에서 살게 된 이후 부모님은 현수의 말이라면 껌벅하게 되었다. 하긴 자식 덕에 평생 소원이던 것보다도 더 넓은 집에서 살게 되었으니 그럴 것이다.

CHAPTER 06
할아버지를 부탁해요

전능의 팔찌

THE OMNIPOTENT
BRACELET

띠리리링! 띠리리링!

"여보세요."

"안녕하세요?"

"네, 누구시죠?"

"오빠야, 저 지현이에요. 설마 벌써 잊으신 건 아니죠?"

"아, 권지현 씨! 오랜만입니다. 잘 계셨죠?"

"네, 근데 조금 섭섭해요."

"네?"

"서울로 가신 지 열흘이 넘었는데 한 번도 전화 안 주시고."

'힐! 이게 무슨 소리야? 우리가 사귀기라도 한 거야?

현수는 뇌리를 스치는 상념 때문에 대답할 수 없었다.

"하여간, 섭섭해요."

"아, 그랬어요? 미안합니다."

미인이 섭섭하다고 하니 마음에도 없지만 일단 사과를 했다.

"저어, 오빠야한테 도움 청할 일이 있는데 도와주실 거죠?"

"제게 도움을 청해요? 무슨 일인데……."

"시간 있으시면 만나서 말씀드리고 싶은데 가능하시겠어요?"

"만나요?"

"네, 저 지금 서울 올라와 있거든요."

"아, 그래요? 그럼 어디서 뵙죠?"

"워커힐 호텔 아시죠? 거기 커피숍에서 뵙는 거 어때요?"

멀지 않은 곳 정도가 아니라 엎어지면 무릎 닿을 곳이다. 게다가 심심하던 차다.

"그러죠. 언제까지 가면 되죠?"

"가능한 빨랐으면 좋겠어요. 저 지금 워커힐에 있거든요."

"그래요? 알겠습니다. 금방 가죠."

전화를 끊은 현수는 얼른 양복을 걸쳤다. 그리곤 차를 몰고 곧장 워커힐로 향했다.

"어머, 벌써 오셨어요? 회사가 강동구에 있어서 금방 오실 줄은 알았지만……."

"하하, 제 집이 이 근처거든요."

"어머, 그래요? 호호, 제가 장소는 잘 골랐네요."

"네, 그나저나 서울엔 웬일로……."

"그야 오빠야를 뵈려고 왔지요."

"네에?"

권지현이 하얀 치열을 드러내며 웃음 짓는다. 붉은 장미 한 송이가 화사한 향을 뿜으며 만개한 듯한 모습이다.

"아! 장난이시군요?"

"어머, 장난 아닌데. 저 진짜 오빠야 만나려고 왔어요."

웃음기를 지우고 정색하니 반문하지 않을 수 없다.

"정말이십니까?"

"네, 오빠야한테 도움 청할 일이 있거든요. 꼭 도와주세요."

"그래요? 근데 제가 무슨 도움이 된다고……. 아무튼 무슨 일이십니까? 제가 도울 수 있는 일이라면 돕지요."

"고마워요. 먼저 차부터 한 잔 마셔요."

"아, 네에."

웨이트리스가 와서 주문을 받고, 주문한 것들을 가져다 줄 때까지 둘은 그간의 안부만 물었다.

"자아, 이제 무슨 일 때문에 온 건지 말해주실 거죠?"

"네. 오빠야, 우리 할아버지 좀 구해주세요."

"그게 무슨 소리입니까? 구해드리다니요?"

"제 외할아버지께서 지금 삼성병원에 입원해 계세요. 간암 이래요. 그런데 의사들이 손을 쓸 시기를 놓쳤대요."

"저, 의사 아닌 거 잘 아시잖아요."

"네, 알아요, 그건……. 하지만 뇌사 상태였던 오대준 씨를 고치셨잖아요."

현수는 어찌 된 영문인지를 깨달을 수 있었다.

서울에 올라온 다음날 오광섭으로부터 문자 메시지가 왔다.

부친인 오대준의 뇌사 상태가 호전되고 있다면서 감사하다는 뜻이다. 그리곤 거의 매일 경과를 알려주었다.

현수가 다녀간 지 7일 후 오대준은 의식을 완전히 회복했으며, 하복부의 자상 역시 완치에 가깝게 좋아졌다고 했다.

그리고 오늘 아침, 오대준이 자신의 두 발로 걸어서 퇴원했다는 소식을 전했다.

한편, 권지현은 현수가 서울로 올라간 후 업무에 복귀하였다. 그런데 오광섭과 현수가 어떻게 아는 사이인지 궁금하여 계속해서 관심을 가졌다.

그 과정에서 오대준의 상태를 알게 되었다. 뇌사 상태였는데 기적에 가까울 정도로 빠르게 회복되고 있다고 했다.

그러던 차에 서울에 있는 외할아버지가 격통을 느껴 병원에 입원했다는 소식이 전해졌다.

휴가를 내고 부랴부랴 서울로 왔는데 절망적인 소식이 기다리고 있었다.

간암에 걸려 있는데 손을 쓸 수 없는 상태라는 것이다. 어렸을 때부터 지현을 유독 귀여워하고 아껴주시던 외할아버지다. 그래서 눈물이 폭포수처럼 솟구쳐 나왔다.

그렇게 슬피 울다 지쳐 잠이 들었다.

그렇게 며칠이 지났다. 그러던 중 오대준에 관한 생각이 났다. 하여 오광섭에게 연락을 취했다.

현수에게 도움받은 것이 오대준의 치료였는지의 여부를 물은 것이다. 오광섭은 한참을 망설이다 이실직고했다.

지현은 현수가 도사님이라는 말에 어이가 없었다.

지금이 어떤 세상인가!

우주선이 화성은 물론이고 천왕성까지 가는 세상이다. 그런데 도사라니 어찌 믿겨지겠는가!

하여 웃기지 말라는 생각을 했다.

외할아버지를 담당하는 의사를 찾아가 솔직하게 이야기해 달라고 했다. 그랬더니 3개월쯤 남았을 것이라 한다.

또 눈물이 났다. 그렇게 한참을 슬피 울었다.

그러다 문득 현수 생각이 났다. 물에 빠지면 지푸라기라도 잡는다 했다. 하여 오광섭에게 재차 전화를 걸었다.

오광섭은 현수를 거의 신처럼 생각하고 있는 듯하다. 그 역시 서울 소재 이류 대학 출신이다. 그것도 공학 계열이다.

따라서 21세기에 도사님을 운운할 사람은 아닌 것이다.

그런 그가 현수를 그처럼 생각한다 하니 무언가 있다는 생각이 들었다. 그때 청장 비서실 직원들이 위로 전화를 했다.

그러던 중 요즘 대구에 이상한 소문이 떠돈다고 한다.

대학병원 중환자실에 있던 환자의 보호자로부터 시작된 듯한 소문인데, 누군가 오대준을 치료하여 주었다는 것이다.

물론 대학병원에 재직 중인 의사가 아니라고 한다.

그 사람은 현재 오대준을 치료해 준 젊은 남자를 찾느라 산지사방을 돌아다닌다고 한다. 자기 아내 역시 뇌사 상태인데 그를 만나면 살 수 있을 것이기 때문이란다.

이 대목을 듣고 지현은 정신이 번쩍 들었다. 21세기라 하지만 과학이 모든 것을 설명해 줄 수 있는 것은 아니다.

공기는 눈에 보이지 않지만 분명히 존재한다. 그런데 이런 공기가 어떻게 해서 만들어졌는지에 대한 기원은 어느 과학자도 명쾌하게 설명하지 못한다.

그렇다면 도사가 없으란 법도 없다. 너무도 드물기에 만나거나 볼 수 없는 것뿐일 수도 있다.

지현은 가장 깨끗한 옷으로 갈아입고 화장까지 했다. 그리곤 현수의 회사에서 가까운 워커힐 호텔로 향했다.

그리곤 전화한 것이다.

"오빠야, 우리 할아버지도 치료해 주세요. 네?"

오광섭으로부터 이야기를 듣고 온 것이 분명하다. 현수는 잠시 아무런 말도 하지 않았다.

그러는 내내 시선을 마주치고 애원의 눈빛을 보낸다.

가족 중 누군가가 목숨을 잃어가고 있다는데도 현수는 이기적인 생각을 했다.

'참, 예쁘구나!'

김태희처럼 예쁜 아가씨가 슬픈 눈빛을 하고 있는데 너무나 섹시하다는 느낌을 받은 것이다.

이때 지현이 다시 한 번 애원의 눈빛을 쏜다.

"도와주실 거죠? 네?"

'아차…!'

문득 제 정신을 찾은 현수는 괜스레 미안한 마음이 들었다. 가족의 생사 문제가 거론되는 마당이었던 것이다. 하여 어렵게 입을 열었다.

"제가 도움이 되지 못할 수도 있어요."

"아아, 고마워요."

어느새 지현의 맑은 눈엔 눈물 한 방울이 맺혀 있다.

"제 차로 갑시다."

"네, 고마워요."

차를 타고 삼성병원까지 이동하는 동안 지현은 고맙다는 말을 수도 없이 반복했다. 얼마나 외할아버지를 좋아하는지 충분히 느낄 수 있었다.

"여기예요."

현수는 생전처음 종합병원 특실이란 곳을 구경하는 것이다. 이건 특급호텔의 객실과 다를 바 없다. 침대 대신 병상이 있다는 것뿐이다. 그런데 병상이 엄청나게 비싸 보인다.

병상엔 앙상하게 마른 노인 하나가 누워 있다.

"진통제 맞고 잠드셨나 봐요."

"네에."

"살펴봐 주세요."

"그러지요. 지현 씬 잠깐 밖에 나가 계세요. 방해받으면 안 되니까 아무도 못 들어오게 해주고요."

"네에, 그럴게요. 그럼 잘 부탁드려요."

상냥한데다가 말도 참 잘 듣는다.

지현은 가볍게 고개를 숙이곤 얼른 밖으로 향했다.

현수는 잠시 그녀의 뒷모습을 보았다. 나무랄 데가 없는 몸매임에도 그건 보이지 않았다. 다만 할아버지를 진심으로 걱정하는 효성스런 손녀의 뒷모습만 보였을 뿐이다. 문이 닫히자 그제야 노인에게 다가갔다.

그런데 눈에 익은 모습이다.

'이분, 어디서 뵌 분인데 누구시지? 흐음, 분명 어디선가 뵌 분인데……. 어쨌거나 한번 살펴나 보자.'

"마나여, 움직임을 나타내라. 마나 디텍션."

두 손을 뻗어 간이 있는 부위를 검색해 보았다. 마나의 양도 적은데 움직임까지 거의 멈춰 있다. 천천히 움직여 보니 한쪽엔 마나가 뭉친 채 꼼짝도 못하는 모습니다.

"간뿐만이 아니라 다른 곳까지 전이가 된 듯한데, 내가 이걸 고칠 수 있을까?"

나직이 중얼거리는 동안에도 현수의 신중한 표정엔 변화가 없었다. 노인의 몸 전체를 스캔하다시피 하고 있기 때문이다.

"간과 장, 그리고 척추까지 전이되었나 보네. 석 달 남았다는 말이 맞는 것 같군. 어쩌지? 한 번엔 힘들겠는데."

현수는 이맛살을 찌푸린 채 잠시 생각에 잠겼다.

"흐음, 일단 간부터 손을 보자."

두 손에 마나를 모았다. 그리곤 나직이 중얼거렸다.

"컴플리트 힐."

황금빛 마나 줄기가 간이 있는 부위로 스며든다. 그런 상태로 대략 5분을 버텼다. 간에서 시작하여 소장과 대장, 그리고 척추까지 치료 효과가 있는 마나가 스며들도록 한 것이다.

현수는 한국으로 귀환한 후 마법을 시전할 때마다 체내에 모아둔 마나를 사용했다.

대기 중 마나량이 너무 적은 때문이다.

"휴우! 조금 어지럽군."

이제 마나량이 고갈되어 가는 듯한 느낌이다. 하여 의자에 앉아 측정해 보았다. 예상대로 10%도 채 남지 않은 상태이다.

"으으음! 뭔가 대책을 세워야 해. 하지만 일단 치료가 먼저야."

자리에서 일어난 현수는 다시금 마나를 모았다.

그리곤 나직이 소리쳤다.

"마나여, 원상으로 회복시켜라! 리커버리!"

서늘한 푸른빛 마나 줄기들이 현수의 손끝에서 뿜어져 노인의 체내로 스며들었다.

이제 체내 마나량은 5% 정도 남았을 뿐이다.

치료를 마치고 마나를 얻을 방법을 고심하던 현수는 자리에서 일어났다. 기다리고 있을 권지현을 떠올린 것이다.

문을 열어주니 단박에 달려든다.

"현수 씨! 할아버지는요?"

"제가 할 수 있는 건 다 했습니다. 다만 간으로부터 시작하여 소장과 대장, 그리고 척추까지 암이 전이된 상태라……."

이곳에 오기 전 현수에겐 간암이라는 말만 했다.

하나 지현은 알고 있었다, 신체의 다른 곳까지 암세포가 전이되어 있었다는 것을.

그래서 의사들이 손을 놓은 것이다.

그런데 현수는 말하지 않은 것까지 언급하고 있다. 새삼 신뢰가 간다.

"고마워요. 흐흑! 정말 고마워요."

"고마워하긴 이르지요. 제가 할 수 있는 조치는 취했지만 병이 낫는다는 보장은 없어요. 다만 조금 더 생명이 연장되기는 할 거예요. 큰 기대는 마세요."

"아무튼 고마워요."

지현은 고개를 숙이며 감사의 표시를 했다.

집으로 돌아온 현수는 이실리프 마법서를 펼쳤다. 그리곤 아공간을 뒤져 스테린리스판을 꺼냈다. 가로 세로 모두 1m 정도 되는 것이다.

이것엔 마나 집적진이 그려질 것이다.

마법서를 보면 마나 집적진의 효율을 너무 많이 올리면 중간계의 조율자인 드래곤의 쓸데없는 관심을 받게 되니 효율 30% 이하가 되도록 하라고 되어 있다.

그런데 지구에선 마나라는 것을 아는 사람이 없다.

드래곤도 당연히 없다. 그렇기에 남의 눈치 볼 것 없이 효율 100%짜리 집적진을 그렸다.

이 진이 유지되기 위해 필요한 마나석을 꺼내 박았다. 전처럼 오토 리차지 역시 적용된다.

각종 공구를 꺼내 모든 일을 마친 시각은 새벽 2시 30분이다. 시험 삼아 한 시간 정도 안에 들어가 마나심법을 운용했다. 효율 100%임에도 아르센 대륙에서 1초 만에 얻을 마나량을 얻는 데 10분은 걸리는 것 같다.

산술적으로 계산해 보면 지구의 마나량과 아르센 대륙의 마나량 차이는 대략 1대 600쯤 된다는 뜻이다.

"이런 제길!"

필요한 양의 마나를 얻으려면 또다시 결계 속에 들어가 고독한 시간을 보내야 함을 깨달은 것이다.

그러던 어느 순간 문득 떠오르는 상념이 있었다.

"이실리프여, 열려라!"

스르르르릉~!

"어디 보자. 흐으음, 회복 포션 제조 비법이라……. 음, 주원료로 트롤의 피를 쓰는 이유가 원상회복 기능이 탁월해서라고? 그래, 그러니 상처를 쉽게 회복시키겠지."

이실리프 마법서를 막 덮으려던 순간 눈이 번쩍 뜨이게 하는 구절이 보인다.

"어라! 이건 뭐지? 마나 포션 제조 비법? 마나량이 부족할 때 신속히 공급해 준다고? 주원료가 만드라고라라고?"

내용을 다 읽은 현수는 허탈한 기분이 들어 자리에 털썩 주저앉았다.

만드라고라라는 이계의 식물만 있으면 지금처럼 마나가 부족할 때 이를 공급해 줄 포션을 제조할 수 있다.

그런데 주원료가 없다. 한때 상당히 많이 있었다.

알베제 마을을 떠나 올테른으로 향하는 중간 만드라고라 서식지를 발견하게 되었다.

그때 상당히 많은 양을 수확하여 아공간에 보관했다.

그런데 케이상단에 몬스터 가죽 등을 꺼내주면서 그것까지 모두 준 것이다.

"에이, 이런 줄 알았으면……. 흐음, 이래서 경험이 중요하다는 거군. 아쉽지만 할 수 없지."

현수는 입맛이 씁쓸했다. 하나 어쩌겠는가!

"일단 회복 포션부터 만들어보자."

아공간에는 트롤 두 마리로부터 얻은 피가 있다. 이것들을 정제하면 대략 50~100여 병 정도가 만들어진다.

정제 솜씨가 얼마나 좋으냐에 따른 것이다.

이실리프에 기록된 것들을 보니 정제 기구는 마법사들이 쓰던 것보다 현대의 것이 더 나은 것 같다.

하여 현수는 필요한 기구들의 목록부터 꼼꼼히 작성했다. 그리곤 서둘러 차를 몰고 각종 실험 기구 등을 다루는 곳으로 향했다.

금 팔러 가던 종로 3가에 이런 가게들이 밀집되어 있다는 것을 기억해 낸 것이다. 현수는 먼저 금화 열 개를 처분했다.

그리곤 곧장 비커, 플라스크, 피펫, 디스펜서, 알코올램프, 클램프, 클립, 플레임 등을 구매했다.

원심분리기와 교반기(액체와 액체, 액체와 고체, 또는 분체 등을 휘저어 섞기 위한 기구) 등도 구입했다.

　집으로 돌아온 시간은 밤늦은 시각이었다.

　"현수냐, 밥은 먹고 다니니?"

　"네, 어머니!"

　"근데 그건 다 뭐니?"

　"네, 회사에서 출장 갈 때 가져가야 하는 거라 사왔어요. 지하실에 넣을 거예요."

　"그러니? 우린 먼저 잔다. 자기 전에 꼭 이빨 닦고 자라."

　"네, 걱정 마세요. 근데 아버지는요?"

　"먼저 다니던 공방 옆에 있던 추씨네 공방 혹시 아니?"

　"네, 추씨 아저씨라면 아버지더러 자기네 공방으로 오라던 사람 아니에요?"

　"그래, 그 추씨가 소일 삼아 집에서 작업하라고 했단다."

　"아, 그래요?"

　"그래서 기분이 좋아 약주 한잔 자시고 주무신다."

　"정말 잘되었네요."

　"그래. 모든 게 술술 풀리는 기분이라 너무 좋다. 이 모든 게 네 덕인 듯하다."

　"아이고, 아니에요. 하여간 먼저 쉬세요. 전 작업 좀 해야 할 것 같으니까요."

　"그래, 배고프면 라면이라도 끓여 먹어라."

　"네, 안녕히 주무세요."

어머니가 들어가신 후 현수는 각종 기구들을 배치했다. 그리곤 이실리프의 마법서를 펼쳐 놓고 회복 포션 제조에 돌입했다.

아침 7시, 현수는 120병의 회복 포션을 흐뭇한 마음으로 바라보고 있었다.

현대 기구들 덕에 최상의 정제 작업을 할 수 있어 손실율이 제로에 가까웠기에 얻은 결과이다.

작업을 시작하고 얼마 지나지 않았을 때 현수는 권지현의 외조부가 누구인지를 기억해 낼 수 있었다.

대전에서 금화를 처분한 날 자그마한 여관에 투숙했었다.

그날 캔 맥주를 홀짝이면서 본 텔레비전 프로그램이 있는데 어떤 독립운동가에 관한 다큐멘터리였다.

그때 방송에 나와 자신의 일생을 회고한 노인이 있었다.

1935년에 불과 15살의 나이였다고 한다. 지금으로 치면 중학교 2학년인데 그때 일제에 의해 학도병으로 강제 징집 당했다.

하지만 탈출하여 광복군에 몸담았다고 한다.

이후 각종 전투에 참여하여 혁혁한 전공을 세웠다. 그 공을 인정받아 광복 후 다섯 개의 훈장을 받았다고 한다.

광복 후에는 변호사가 되어 힘없고 부당한 대우를 받는 이들을 위해 무료 변론을 맡아 했다고 한다.

현재에도 독립운동가에게 주어지는 보훈연금 전액을 부하의 유족들을 돕는 데 쓰고 있다고 했다.

이런 노영웅이 병마와의 싸움에 져서 진통제가 없으면 잠잘 수 없는 고통에 시달리고 있다.

그렇기에 밤잠 안 자고 정성을 기울여 포션 제조에 몰두했던 것이다.

모든 것이 끝난 후 잠깐 눈을 붙였다. 그리곤 밥을 먹는 둥 마는 둥 하곤 차를 몰고 나섰다.

현수가 병원에 당도한 것은 12시 30분쯤 되었을 때이다.

"오셨어요?"

"네, 좀 어떠십니까?"

"많이 좋아지신 것 같아요. 고맙습니다."

권지현은 고개 숙여 정중히 인사를 했다.

오늘 아침 할아버지로부터 모처럼 깊은 잠을 잘 수 있었다는 소리를 들었을 때 지현은 뛸 듯이 기뻤다.

현수가 부린 조화 덕분에 몸이 좋아진 것이 분명하다.

오랜만에 미소 짓는 할아버지 앞에서 이런저런 이야기를 하던 중 현수로부터 전화가 걸려왔다.

어제의 치료만으로는 조금 부족한 듯하니 잠시 후 방문하겠다는 것이다. 당연히 환영한다.

그렇기에 밥도 안 먹고 현수가 당도하길 기다렸다.

"할아버지, 제가 잘 아는 분인데요, 어제 주무실 때 치료를 해주었어요. 그래서 잠을 잘 주무실 수 있었던 거예요."

"아, 그래? 젊은이, 고맙네."

텔레비전에 방송된 것이 언제 녹화된 것인지는 알 수 없지만 노인은 몹시 쇠약한 모습이다.

"아이고, 아닙니다. 제가 한 건 별로 없습니다. 그냥 한번 살펴봐 드린 것뿐입니다."

"아니네. 내 몸은 내가 잘 알지. 아침에 자고 있어났더니 몸이 전과 다르게 아주 가뿐했네. 통증도 별로 느껴지지 않고."

"네에, 그러셨군요. 다행입니다."

"고맙네."

"별말씀을 다 하십니다. 그나저나 몸을 한 번 더 살펴보고 싶은데 괜찮으시겠습니까?"

"그래? 그럼 그러게."

노인이 몸을 눕히자 현수가 입을 열었다.

"지현 씨!"

"알았어요. 밖에 나가 아무도 못 들어오게 할게요. 대신 우리 할아버지 잘 부탁드려요."

지현이 나가고 난 뒤 현수는 잠시 눈을 감고 마나를 두 손에 모았다. 그리곤 병상의 노인조차 들을 수 없을 정도로 작은 소리로 마법을 영창했다.

"마나여, 움직임을 나타내라. 마나 디텍션!"

어제와 달리 간에도 적당량의 마나가 움직이고 있다.

소장과 대장, 그리고 척추의 마나 움직임도 정체되거나 꼬이지 않고 그런대로 천천히 움직인다.

"흐음, 많이 좋아지셨네요."

"그런가? 고맙네."

노인은 현수가 그저 두 손을 내밀어 자신의 몸 위를 쓰다듬듯 하는 것을 보았다. 그런데 그 손이 움직일 때마다 그 부위가 시원해지는 듯한 느낌이었다.

　과학적으로 입증되진 않았지만 효과만큼은 있다고 알려진 기 치료를 하는가 보다 했다.

　"할아버지, 처음 뵈었지만 저를 믿으실 수 있는지요?"

　"믿네. 난 젊은이를 믿네."

　"고맙습니다. 이건 제가 만든 치료 보조제입니다. 먼저 한 병을 들이켜십시오."

　"알겠네."

　노인은 두말 않고 현수가 내민 회복 포션을 들이켰다.

　"그리고 이것들은 하루에 하나씩 드십시오. 더 드시면 안 됩니다. 그리고 이 병원의 의료진들에겐 결코 보여줘서는 안 되는 겁니다."

　"알겠네. 젊은이 말대로 하지."

　"네, 믿어주셔서 고맙습니다."

　"무슨 말을……. 오히려 이 늙은이가 젊은이에게 더 고맙네."

　"네에. 얼른 쾌차하시기만 바랄 뿐입니다."

　"고맙네."

　잠시 후 권지현이 들어왔다. 그녀는 현수로부터 단단한 주의를 들었다. 그리곤 아홉 병의 포션을 소중히 간직했다.

　조금 전 병실에 들어섰을 때 말로 형언할 수 없는 그윽한 향기를 맡았다. 아마도 병 속의 물질 때문인 것 같다.

그리고 그것이 할아버지를 암이라는 질병으로부터 구해줄 절세 영약이라 생각하였다. 그렇기에 신주단지 모시듯 소중히 보관한 것이다.

"더 봐드리고 싶은데 회사로부터 해외 지사에 발령을 받아 다음 주 수요일에 출국해야 합니다."

"……!"

"별일없는 한 출국 전까지 한 번 더 방문해서 봐드리고 싶은 데 괜찮지요?"

"물론이에요. 출국 준비를 하려면 바쁘실 텐데 일부러 시간 내서 와주신다니 저야 더 고맙죠."

"그래요, 그럼. 자, 그럼 오늘은 이만 가겠습니다."

"네에, 고마웠어요."

"어르신, 편한 마음으로 계세요. 또 뵙겠습니다."

"젊은이, 고맙네."

병실을 나선 현수는 과연 회복 포션으로 효과가 있을지 궁금했다. 그때 스치는 글귀가 있었다.

삼국지의 수인사대천명(修人事待天命)이란 말로부터 기인한 진인사대천명(盡人事待天命)이란 글귀이다.

자신이 할 수 있는 어떤 일이든지 노력하여 최선을 다한 뒤에 하늘의 뜻을 받아들여야 한다는 것이다.

즉, 자신의 일을 성실히 하지 않고 요행을 바라는 사람에게 최선을 다하라고 강조하는 말이다.

"내가 할 수 있는 최선을 다했어. 이제 어떤 결과가 나올지는 두고 봐야지."

현수가 우미내 마을 입구로 좌회전하였을 때 눈에 익은 사람이 보인다.

"어! 안녕하세요?"

"아, 세입자 총각이네. 어디 갔다 오는가?"

집주인이 반갑다는 표정을 짓는다. 집을 내놓았는데 한동안 나가지 않아 애를 끓였다. 그런데 어느 날 갑자기 계약과 동시에 잔금까지 다 치러주는 덕에 마음고생을 덜 수 있었다.

그렇기에 현수를 반가운 표정으로 보는 것이다.

"네에, 여긴 어쩐 일로……?"

"아, 여기 부동산 아줌마가 암에 좋다는 약을 준다고 해서……. 거 뭐더라? 맞아. 차가버섯 달인 물을 준다고 해서 왔네."

"아! 그러시군요. 참 제가 이런 거 여쭤봐도 되는지 모르겠는데, 사모님이 소세포 폐암이라고 하셨죠?"

"휴우! 그렇다네. 평생 담배라곤 한 가치도 피우지 않았는데……. 휴우, 어쩌면 젊었을 때 내가 피운 담배 때문인지도 모르지."

집주인의 얼굴엔 자책하는 빛이 가득했다.

"병원엔 다니시죠?"

"아닐세. 항암 치료를 마쳐서 퇴원했네."

"그렇군요. 근데 제게도 암에 좋은 약이 조금 있는데 드려볼까요?"

"암에 좋은 약?"

"네, 장담하진 못하지만 암에 좋다는 약이 있어요."

"어, 얼만가? 내가 사겠네."

암에 좋다고만 하면 모조리 사들이는 모양이다.

"근데 제가 사모님을 한번 뵈어도 될까요?"

"자네가? 회사원이라면서?"

천지건설(주) 자재과 직원이라면서 무슨 뜻이냐는 것이다. 현수는 할 수 없이 거짓말을 했다.

"제게 약을 준 사람이 말하길, 암에 걸린 사람에게 이 약을 복용시키면 효과가 있을 거라고 했어요. 하지만 눈에 황달이 온 사람에겐 복용시키지 말라고 했거든요."

순간적으로 둘러댄 말이다.

"혹시 사모님 눈에 황달이 왔나요?"

"황달이라면 노랗게 되는 걸 말하는 거지?"

"네. 근데 그 정도를 제가 봐야 해서……."

"가세. 내 차를 따라오게."

"네……? 아, 네에."

집주인이 차를 몰고 구리시 쪽으로 좌회전해 나갔다. 현수 역시 그 차의 뒤를 따랐다.

현수가 지구에는 없는 귀하디귀한 회복 포션을 집주인에게 주려는 것엔 두 가지 이유가 있다.

첫째는 계약할 때에도 느꼈지만 부부애가 대단하다. 부인이 죽으면 따라 죽을지도 모른다는 걱정을 할 정도였던 것이다.

인상을 보아하니 인품이 후덕한 듯싶다. 다시 말해, 남의 등이나 치면서 한 세상을 살아온 인물 같지는 않다.

그렇기에 도와주고 싶은 마음이 든 것이다.

둘째는 회복 포션의 효과를 조금 더 알고 싶다. 권지현의 외조부에게 열 병을 건네주었지만 그것이 얼마만큼 효과를 내는지는 두고 봐야 한다.

그렇기에 구할 수 없는 것이기는 하지만 흔쾌히 써보기로 마음먹은 것이다.

"마누라! 나 왔어!"

"네에, 몸도 성치 않은데 어딜 그렇게 다녀요?"

힘없는 목소리이지만 남편에 대한 걱정이 묻어난다.

엘리베이터를 타고 오는 동안 보니 집주인은 현재 몸살이 난 상태이다. 그럼에도 마누라 몸에 좋다는 약을 준다고 하자 얼른 달려나갔던 것이다.

"안녕하세요?"

"누구신지……?"

"이 청년이 우미내에 있는 우리 집 전세로 들어온 사람이야."

"아, 네에. 어서 오세요."

60살쯤 된 노부인의 안내로 소파에 앉은 현수는 부인의 얼굴부터 살폈다.

병마에 시달린 때문인지 약간 그늘져 보인다.

"이 청년에게 좋은 약이 있다는데 당신이 그 약을 먹을 수 있는지 여부를 봐야 한다고 해서 데리고 왔어."

"그래요?"

지금껏 이런 경우가 꽤 있었는지 부인은 별다른 반응을 보이지 않는다.

"제가 잠시 몸의 상태를 살펴보고 싶은데 괜찮으시겠어요?"

"그럽시다."

"그러려면 누우셔야 하는데……."

"그럼 침대로 가면 되지. 마누라, 어서 일어나."

"네에."

남편이 시키는 대로 순순히 침대로 갔다.

"주인어른, 시원한 물 한 잔만 부탁드리겠습니다."

"그러게."

집주인이 방을 나서는 것을 확인한 현수는 부인으로 하여금 눕도록 했다. 그리곤 마나 디텍션으로 스캔했다.

과연 폐 쪽의 마나 움직임이 상당히 정체되어 있다. 뿐만 아니라 임파선 부위도 좋지 않다. 전이된 듯하다.

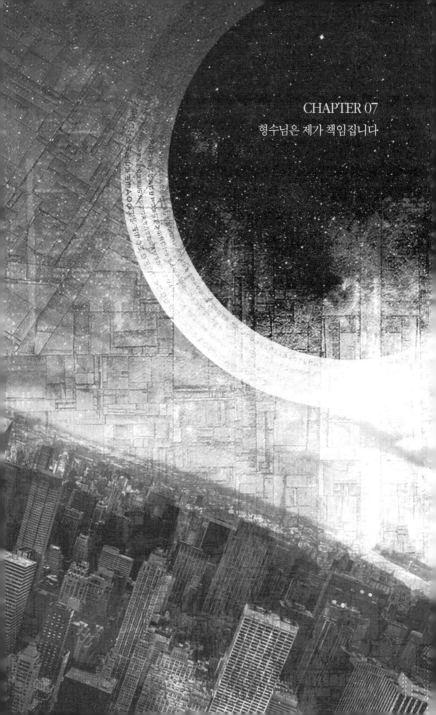

CHAPTER 07
형수님은 제가 책임집니다

전능의 팔찌
THE OMNIPOTENT
BRACELET

"여기 물 떠왔네."

"네에, 고맙습니다. 사모님, 이거 마시세요."

현수가 포션을 건네자 부인은 두말 없이 받아 마셨다.

"물로 입가심을 하세요."

"고마워요."

다시 소파로 돌아온 현수는 집주인이 손수 타온 커피 잔을 들며 입을 열었다.

"조금 전에 드신 것과 같은 것을 아홉 병 더 드리고 가겠습니다. 매일 한 병씩 드시면 효과가 있을지도 모릅니다."

"고맙네. 귀한 물건인 것 같은데……."

"귀한 물건 맞습니다. 그러니 꼭 복용하세요."

집주인은 약값이 얼마냐면서 사례를 하겠다고 했다. 하나 현수는 사양했다. 돈을 받으려고 한 일이 아니기 때문이다.

집주인은 현수의 차까지 배웅을 나왔다.

병을 땄을 때 집 안 가득 풍긴 그윽한 향기로 미루어 짐작컨대 진짜 귀한 물건을 준 것이라 생각했기 때문이다.

집으로 들어온 현수는 마나 집적진 위에 앉아 마나심법을 운용했다. 매우 적은 양이기는 하지만 마나가 조금씩 쌓였기에 식사하고 잠자는 시간을 빼곤 모조리 그것에 몰두했다.

2013년 1월 24일 목요일.

"오빠야! 여기예요."

"아, 지현 씨! 할아버진 좀 어떠세요?"

"아마 말씀드려도 못 믿으실 걸요? 호호, 우리 할아버지 뵈러 어서 올라가요."

병원 로비에서 기다리던 지현은 스스럼없이 팔짱을 끼고는 앞장섰다.

"어서 오게."

"아, 어르신! 안녕하세요? 몸은 좀 어떠십니까?"

"고맙네. 다 자네 덕이네."

지현의 외조부는 불과 며칠 만에 거의 정상인이 다 되어 있었다.

"어제 CT를 다시 찍었어요. 그런데 그걸 보고 의사 선생님들이 뭐라고 한 줄 아세요?"

"뭐라고 합니까?"

"암세포가 눈에 뜨이게 줄어들었대요."

"그래요?"

어떤 결과가 나올지 몰라 잔뜩 긴장했던 현수의 얼굴에 환한 웃음이 번진다.

"네에, 이게 다 현수 씨 덕이에요. 정말 고마워요."

"아닙니다. 제가 뭘 했다고. 그나저나 암세포가 얼마나 줄어들었다고 합니까?"

"전에 비해 거의 절반 정도로 줄었대요. 이런 일은 본 적도 없다면서 몹시 흥분했어요."

"아, 정말 다행입니다."

"고맙네, 젊은이. 자네 덕에 내가 요즘 아프지도 않고 참 편하다네. 이 정도면 정말 살맛 나겠어."

"네에, 어르신. 오래오래 사셔야죠. 그래서 여기 있는 지현 씨 시집가는 것도 보시고, 증손자도 보셔야죠. 또 그 녀석이 장가가는 것까지 보셔야 하지 않겠습니까?"

"예끼, 이 사람아! 그러려면 내가 몇 살까지 살아야 하는지 알아?"

역정을 내는 듯하지만 얼굴엔 환한 웃음이 배어 있다. 현수가 말한 것이 희망사항이기 때문이다.

눈에 넣어도 아프지 않을 손녀가 시집을 가고, 그래서 태어난 아이가 다시 결혼하는 모습을 보고 싶어하지 않을 할아버지가 어디 있겠는가!

현수는 짐짓 익살스런 표정을 지었다.

"네, 한 150살까지 사시면 됩니다."

"어머나! 호호! 호호호호!"

권지현이 손으로 입을 가린 채 교소를 터뜨린다. 그런데 참 예쁘다. 하여 시선을 주고 있는데 노인이 입을 연다.

"근데 말이네, 자네가 준 그 약 말이야."

"네, 어르신. 무슨 부작용이라도 있었나요?"

"아니, 그런 건 없고, 그거 뭐로 만든 건가? 냄새도 좋고 몸에도 아주 좋은 것 같네."

"그러셨어요? 그런데 그건 왜 묻습니까?"

"내가 아는 사람 중에도 병에 걸려 오늘내일하는 이들이 좀 있거든. 돈 주고 살 수 있는 거라면 내 돈 주고 사서라도 주고 싶어서 그러네."

"으음! 그런데 어쩌죠? 그건 돈이 있어도 살 수 없는 겁니다. 원재료를 구하는 데 너무 어려워서……."

현수는 얼른 권지현에게 눈짓을 했다. 무슨 뜻인지 어찌 모르겠는가!

"할아버지, 그건 현수 씨가 어렵게 구한 원료로 만든 거라고 했어요. 다시는 만들지 못할지도 모른다고 했단 말이에요."

"아, 그런가?"

노인은 아쉽다는 표정을 지었다.

"그나저나 제가 한 번 더 살펴보고 싶은데 괜찮으시겠어요?"

"그럼. 되고말고."

노인이 침대에 눕자 지현은 말하지 않았는데도 문밖으로 향한다. 현수는 마음에 든다는 생각을 했다.

예쁜데다 똑똑하다. 게다가 조신하고 상냥하기까지 하다.

집안은 독립운동가의 후손이고, 흠결없는 법조인의 딸이다.

그러나 그게 끝이다. 현수의 마음속엔 강연희 대리가 화인처럼 새겨져 있기에 현재로선 지현이 있을 자리가 없다.

문 닫히는 소리를 들은 현수는 나직이 중얼거렸다.

"마나여, 움직임을 나타내라. 마나 디텍션!"

현수의 손끝을 떠난 마나 줄기들은 노인의 장기들을 샅샅이 뒤지며 상태를 알려줬다.

'으음, 확실히 좋아졌구나. 회복 포션이 제 역할을 하는 모양이군. 간은 좋아졌고, 소장과 대장은? 흐음, 좋아! 이번엔 척추를 보자. 좋아, 이곳도 좋아졌구나. 정말 다행이야.'

"어떤가? 차도를 느꼈는가?"

"네에, 정말 많이 좋아지셨어요. 이젠 통증도 덜하시죠?"

"그럼. 그래서 살맛이 나네. 마음 같아선 당장이라도 퇴원했으면 좋겠는데 의사 선생들이 놔주질 않네."

노인의 얼굴엔 웃음이 배어 있었다.

"네에, 그러시군요."

잠시 후, 지현을 불러들였다. 현수는 노인의 상태에 대해 이야기했다. 둘 다 너무나 기뻐한다.

그러는 동안 속으로 계산해 보았다. 지난 19일에 컴플리트 힐과 리커버리 마법을 시전해 치료했다.

다음날인 20일에 포션 열 병을 주었으니 오늘까지 다섯 병을 복용한 것이다. 그런데 암세포가 절반 정도로 줄어들었다.

나머지 다섯 병을 마시면 완치에 가까워져야 한다.

포션이 암 치료에 도움이 된다는 것을 확인하기는 했다. 하나 날짜별로 그렇게 된다는 보장은 어디에도 없다.

'흐음, 혹시 모르니 조금 더 주고 가야겠구나. 출장 가면 못만날 테니.'

현수는 지현의 외조부에게 내일 오전에 출국한다면서 몸조리 잘하시라는 말을 드렸다.

노인은 섭섭해했지만 어쩌겠는가!

직장인이 회사의 명을 받아 출장 간다는데 말릴 수는 없는 노릇이다. 권지현도 내놓고 섭섭해했다.

현수가 병실을 나서자 지현도 따라나선다. 로비까지 배웅해 주겠다는 것이다. 그 마음이 따뜻하다고 느낀 현수는 병원 로비의 커피숍으로 갔다.

그리곤 포션 열 병을 추가로 더 주었다.

"전에 드린 것만으로도 충분할 것 같기는 해요. 그래도 혹시 몰라 여분으로 드리는 겁니다. 이 중 두 병은 더 드시도록 하고 열두 병째 드시고 나면 CT 촬영을 해보세요."

"네."

"암세포가 없어졌다고 하면 더 드셔봤자 도움이 안 될 거예요. 그렇지 않다면 계속해서 복용하도록 하세요."

"정말 고마워요. 바쁘실 텐데 이처럼 신경 써주시는데 저는 현수 씨에게 아무 것도 드릴 게 없네요."

"뭘요. 전 괜찮습니다. 사실 지현 씨 외조부님이 나오는 방송을 본 적이 있어요. 그때 진짜 존경받을 만한 분이라 생각했습니다. 그래서 제 스스로 도와드리고 싶어서 이런 것이니 마음 쓰지 마세요."

"그러셨군요. 그래도 고마워요."

"네."

"근데 얼마나 오래 출장 가시나요?"

현수는 어디로 출장 가는지, 얼마나 오래 있어야 하는지를 이야기해 줬다. 놀라면서도 섭섭해한다.

"잘 다녀오세요. 제가 가끔 연락드려도 되죠?"

"네, 그러세요."

권지현과 헤어진 뒤 차 문을 열고 막 출발하려는 찰나 전화가 걸려온다.

띠리리리잉! 띠리리링!

"여보세요."

"아, 형님. 저 오광섭입니다."

"네? 형님이라니요? 혹시 전화 잘못하신 것 아닙니까?"

현수는 29살, 오광섭은 30살이다. 그러니 이런 물음은 당연한 것이다.

"아닙니다, 김현수 형님. 오늘부터 저 오광섭은 형님을 영원한 형님으로 모시겠습니다."

"에구, 대체 무슨 일 때문입니까?"

"오늘 아버지가 정상인이라는 판정이 내려졌습니다."

"아, 그래요? 그거 다행입니다."

"형님, 대구로 한번 내려오십시오. 제가 거하게 쏘겠습니다."

"이런, 나 내일 출장 떠나요. 아프리카로."

"네에……? 언제 오시는데요?"

"글쎄요. 반년이 걸릴지 1년이 걸릴지 아직은 잘 몰라요."

"섭섭하군요. 알겠습니다. 형님이 안 계시는 동안 형수님은 제가 잘 알아서 모시겠습니다."

"형수님이요?"

"네, 대구지방법원 검찰청에 근무하시는 권지현 형수님 말입니다. 제가 형님 오실 때까지 날파리 끼지 않도록 잘 보호해 드리겠습니다."

"이런……."

현수는 아니라고 부인하려다 말았다.

역전회는 폭력 조직으로 출발하였지만 현재는 정상적인 사람들처럼 살려고 노력한다고 했다.

그래도 조직력은 무시 못한다. 손을 씻은 상태이기는 하지만 언제든 기회가 생기면 되돌아갈 수도 있다. 그렇기에 부산의 칠성파 등에 협조 요청을 할 수 있었던 것이다.

이러니 보호해 준다면 안전하기는 할 것이다. 그렇기에 부인하지 않은 것이다.

"형님, 잘 다녀오십시오. 형수님은 저희가 책임집니다."

"네에, 그럼 다음에 만납시다."

"네, 형님."

전화를 끊은 현수는 피식 실소를 머금었다. 권지현을 자신의 애인으로 생각하고 있다는 게 괜히 웃겼던 것이다.

또한 한 살 많은 동생이 생겼다는 것도 우스웠다.

우미내로 되돌아온 현수는 집주인에게 전화를 걸어 차도를 물었다. 다행히 많이 좋아졌다고 말한다.

컴플리트 힐이나 리커버리 마법을 시전받지 못해 그런가 싶은 생각이 들었다. 하여 다시 전화를 걸어 포션 열두 병을 건네주었다.

세상 사람을 다 구할 수는 없다. 하나 가까이 있으면서 인연이 닿은 사람들은 돕고 싶다는 마음의 발로이다.

어머닌 짐을 싸야 하지 않겠느냐고 물었지만 현수는 짐을 싸지 않았다. 마트 세 개가 아공간 속에 고스란히 있으니 짐 쌀 이유가 없기 때문이다.

다음날 아침, 여권을 챙겨 들고 어머니께 인사를 드렸다.

아버진 새벽부터 추씨 공방에서 기계를 가져와야 한다며 외출하셨기에 뵙질 못했다.

현수는 급여 통장을 어머니께 맡겼다. 매월 이체되는 월급을 찾아서 쓰라는 뜻이다.

어머닌 돈 한 푼 없이 외국에서 어찌 생활할 것인지를 물었다. 하여 회사에서 따로 돈은 준다고 얼버무리고는 떠났다.

그전에 현수는 서른여섯 병의 회복 포션을 어머니께 드렸다.

혹시라도 다치시는 일이 있거든 그때 드시라는 상세한 설명서도 드렸다. 이제 남은 것은 마흔두 병뿐이다.

"흐음, 먼저 프랑스 파리로 가야 하는군. 오늘이 금요일이니 내일 새벽에 콩고민주공화국의 수도인 킨샤사로 향하는 에어프랑스를 타야겠군."

회사에서 만들어진 일정표를 읽으며 비행기 티켓을 꺼내 들었다. 그리곤 출국 수속을 밟았다.

모든 절차를 마치고 시계를 확인했다.

"출발하려면 세 시간쯤 남았군. 가서 뭣 좀 먹을까?"

두리번거리니 3층에 푸드 코트가 있다는 안내문이 보인다. 현수는 가방을 끌고 천천히 움직였다. 그때였다.

"오빠야!"

두 손을 흔들며 다가오는 사람은 권지현이다.

"아니, 지현 씨가 여길 어떻게……?"

"배웅해 드리려구요. 저 괜한 걸음 한 거 아니죠?"

"네에, 고맙습니다. 신경 써주셔서."

"어머, 아니에요. 저희가 더 고맙지요. 아버지께서 인사도 못 드렸다고 정말 죄송하다는 말씀 전해달래요."

"아이고, 아닙니다. 죄송하다니요? 그런 말씀 마세요."

"할아버진 현수 씨 배웅 가라면서 절 떠밀었어요."

"괜찮으신 거죠?"

"그럼요. 정말 많이 좋아져서 병원에서도 깜짝 놀라요."

"다행입니다. 쾌차하셨으면 좋겠어요."

"네. 아마도 그럴 거 같아요. 다 현수 씨 덕분이에요."

"무슨 말씀을……."

"근데 출국하기까지 시간 있으시죠? 제가 식사라도 대접해 드리고 싶은데 어떠세요?"

"네, 그렇지 않아도 떠나기 전에 뭘 먹으려던 차입니다. 식사 같이 하십시다."

"네, 제가 자주 가는 집 있어요."

"그럼 그쪽으로 가죠."

지현이 안내한 곳은 베니건스 마켓오였다. 둘은 몬테크리스 토와 치킨 퀘사디아, 그리고 맥주를 주문했다.

오랫동안 헤어져 있어야 하니 건배나 하자는 뜻이다.

지현은 거듭해서 감사하다는 말을 했다.

그러면서 말하길 C&C 나이트클럽에서 자신의 부팅 요구를 세 번이나 거절해주어 고맙다고 한다. 그러지 않았다면 이런 인연이 만들어지지 않았을 수도 있다는 것이다.

그렇게 시간을 보내고 현수는 탑승 절차를 밟았다. 지현은 손을 흔들며 잘 다녀오라고 말했다.

너무도 예쁜 여인이 열성적인 배웅을 하자 사람들의 시선이 그녀에게 미쳤다. 그리곤 이내 현수를 바라본다.

부럽다는 뜻일 것이다.

현수는 왠지 애인에게 배웅받는 기분이 되었다.

잠시 후, 현수를 태운 보잉747 비행기는 활주로를 박차고 나가 창공의 한 점이 되었다.

세상에 태어난 이래 처음으로 타보는 비행기다.

이륙하고 얼마 지나지 않아 귀가 먹먹하여 답답함을 느꼈으나 이내 아래 세상을 바라보느라 여념이 없었다.

집들이 성냥곽만 하게 보이더니 곧 점처럼 작아 보인다.

시들해진 현수는 시트에 기대 지그시 눈을 감았다.

그리곤 덕항산에서 전능의 팔찌를 얻은 이후부터 지금까지를 천천히 더듬었다.

아르센 대륙에 첫발을 들였을 때의 상쾌함을 떠올리니 새삼 기분이 좋아진다.

알베제 마을의 처참하다 해도 좋은 열악한 환경을 생각하고는 이맛살을 찌푸렸다. 그때 그곳 사람들에게 피자, 호떡, 소주, 콜라, 환타 등을 베푼 일은 참 잘한 일인 것 같다.

멀린의 레어에서 가까운 곳이니 인연이 되면 그곳의 영주가 되어보자는 생각을 했다.

그 마을을 떠나 올테른에 당도하기까지의 과정도 되짚어 생각해 보았다.

오우거, 오크, 고블린, 와이번 등 몬스터들이 정말 많았다. 그놈들을 대상으로 공격 마법 연습은 정말 실컷 했다.

대상 마법과 범위 마법을 교대로 시전해 보기도 했다. 덕분에 공격 마법은 능숙해졌다.

언젠가 팔찌의 보석이 검은색으로 변하면 또다시 그곳으로 향하게 될 것이다.

그때 어떻게 할 것인지를 생각해 보았다.

가진 것이 많으니 많이 베풀자는 생각을 했다. 보상이나 대가를 바라는 베풀기가 아니어야 할 것이다.

아무런 희망도 없는 사람에게 희망이 되어주고, 도움을 필요로 하는 사람에겐 도움을 주는 사람이 되고 싶다.

영화 속 주인공 슈퍼맨보다도 더 좋은 사람으로 인식되고 싶은 것이다.

12시간에 걸친 비행 끝에 파리 드골 공항에 내렸다. 택시를 타고 머큐어 소르본 호텔로 향했다.

가보니 3성급 호텔이다. 어차피 하루만 자고 떠날 것이니 좋고 나쁘고를 따지지 않기로 했다.

배정받은 룸에 가방을 두고 나와 시테섬, 퐁네프, 노틀담 성당 등을 구경했다. 그리곤 소르본 대학 앞 식당가에서 적당한 것을 먹었다. 생각보다 값이 싸서 좋았다.

콩고민주공화국행 비행기는 내일 아침 9시에 뜬다. 그렇다면 공항에 6시쯤엔 도착해 있어야 하기에 일찍 잠자리에 들었다.

모처럼 온 유럽인데 기껏 몇 군데 관광지를 둘러보고 배를 채운 게 고작이다.

다음날, 현수는 무사히 콩고민주공화국에 당도했다.

"안녕하십니까? 제가 김현수입니다."

현수는 자신의 이름이 쓰인 도화지를 들고 있는 사내에게 다가가 고개를 숙여 인사했다.

"어서 오게. 이춘만 과장이네."

"아, 반갑습니다, 지사장님!"

"그래, 먼 길 오느라 힘들었지?"

지사장은 자연스럽게 말을 놓고 있다. 그런데 전혀 반감이 들지 않는다. 40은 분명히 넘었고 50에 가깝거나, 혹은 그 이상일지 모를 정도로 보이기 때문이다.

다소 뚱뚱한 지사장은 연신 흘러내리는 땀을 닦아내면서도 웃음을 잃지 않았다.

지금껏 혼자였는데 드디어 부하 직원이 왔기 때문일 것이다.

"아닙니다. 생각보다 훨씬 편하게 잘 왔습니다."

"다행이구만. 한데 짐은 이게 전부인가?"

"네. 여기도 사람 사는 곳이니 부족하면 사서 쓸 생각으로 조금만 싸왔습니다."

순간 지사장은 어이없다는 표정을 짓고 있었다. 어찌 그 의미를 모르겠는가!

"하하, 농담입니다. 제 짐은 따로 화물로 부쳤습니다. 며칠 후면 당도하겠지요."

"아, 그런가? 난 또. 여긴 뭐든지 부족한 곳이라네."

"네에, 그렇군요. 근데 사무실은 어디에 있는 겁니까?"

"사무실……? 조금만 가면 있네."

"아, 그래요?"

말이 조금이지 공항에서 차를 타고 한 시간 반이나 달렸다.

멀어서이기도 하지만 도로 사정이 나빠 속력을 낼 수가 없었기 때문이기도 하다.

콩고민주공화국의 도로는 한국과 달리 붉은 빛이 나는 황토색이다. 전혀 포장되어 있지 않았던 것이다.

도로 사정이 좋지 못해 계속해서 덜컹거렸다. 천장에 머리를 몇 번이나 박고 나서야 시트를 뒤로 제치고 반쯤 누웠다.

그렇게 해서 도착한 곳은 사방이 담장으로 둘러싸인 슬레이트 지붕을 씌운 단층집이다.

1970년대에 시골에 가면 흔히 볼 수 있는 것이다.

가까이 가서 보니 블록도 아닌 흙벽돌을 쌓아 만든 것이다.

지사장은 사무실 문에 걸린 자물쇠 네 개를 익숙한 솜씨로 땄다. 그러면서 말하길, 도둑이 너무 많다고 한다.

"들어오게. 겉보기엔 이래도 안은 제법 시원해."

지사장의 안내를 받아 안으로 들어가니 제법 넓다.

한국식으로 표현하자면 약 50평 정도 되는 실내이다.

중간중간 기둥이 박혀 있는데 너무 가늘어서 제 역할을 할까 싶은 정도이다.

지사장의 말대로 그렇게 덥지는 않았다.

처음 슬레이트 지붕을 보았을 때 안은 찜통일 것이라 생각했다. 현수가 군 생활을 하던 곳에는 콘센트 막사가 있었다.

여름에 푹푹 쪘고 겨울엔 덜덜 떨었다.

그래서 굉장히 더울 것이라 생각한 것이다.

왜 그런가 싶어 살펴보니 외벽은 이중벽인 듯하다.

벽과 벽 사이에 스티로폼이라도 끼워둔 모양이다.

천장을 보니 슬레이트가 아니라 샌드위치 패널이다. 그 위에 약간의 간격을 두고 슬레이트 지붕을 하나 더 얹은 것 같다.

이 정도면 직사광선으로 인한 열이 많이 차단될 것이다. 8개월 동안 건설회사 밥을 먹으면서 주워들은 지식이다.

"잠시만 기다리게."

지사장이 실내의 다른 문을 열고 무언가를 작동시키니 에어컨이 가동되기 시작한다.

"여긴 전기 사정이 열악해서 발전기가 필수품이지."

"아, 네에."

"자넨 저쪽의 책상을 쓰게."

시선을 돌려보니 먼지가 뿌옇게 앉은 빈 책상이 보인다. 책상 위엔 아무것도 없다.

"숙소는 사무실 뒤의 민가를 빌렸네. 호텔이 있기는 하지만 워낙 치안이 흉흉한 곳이라 혼자서 오가기엔 무리가 있을 것 같아 이곳으로 정했네."

"네에, 감사합니다."

"서울에서 갓 왔으니 자네 보기엔 형편없겠지만 어쩌겠는

가. 여기에 적응해야지. 안 그래?"

"네에, 그래야겠지요."

"좋아, 오늘은 첫날이니 우리끼리 파티 한번 하세."

"네에."

"마투바! 마투바!"

지사장이 소리치자 문이 열리고 웬 여인이 들어선다. 검은 피부에 울긋불긋한 원피스를 걸친 젊은 여인이다.

"Avez-vous appelé?"

"Oui. Allez et prenez-moi une bière."

현수는 여자의 입에서 생전처음 들어보는 언어가 들리는 순간 잠시 당황했다. 프랑스어인 듯하다.

당연히 하나도 모른다. 무슈, 마드모아젤, 봉주르, 쥬뗌무, 뚜레주르가 무슨 뜻인지만 아는 정도이다.

하여 전능의 팔찌에 마나를 모았다.

여인이 한 말은 '불렀어요?' 라는 뜻이고, 지사장은 '그래, 가서 맥주 좀 가져와' 라 하였다.

마투바라는 여인은 대답 대신 묻는다.

"Qui est ce mec?"

'이 남자 누구예요?' 라는 뜻이다.

"C'est nos nouveaux employés. Dites bonjour."

'새로 온 우리 회사 직원이야. 인사해.'

"Euh, bonjour? Je suis Matuba."

'아, 안녕하세요? 나는 마투바라고 해요' 라는 뜻이다.

"Nice, de vous répondre. Eh bien, je t'en supplie."

현수가 한 말은 '만나서 반갑습니다. 잘 부탁드려요' 라는 뜻으로, 유창한 불어로 이야기한 것이다.

"이 사람, 영어만 조금 할 줄 아는 것으로 알고 있었는데 불어도 수준급이구만."

지사장이 깜짝 놀라는 표정을 지었다. 그도 그럴 것이, 현수의 불어는 거의 마더텅(Mother Tongue)이었기 때문이다.

이후의 대화는 불어로 이어졌다.

"마투바, 맥주 안 가져올 거야?"

"보스, 이 사람 총각이에요?"

"마투바, 쓸데없는 데 관심 쏟지 말고 가서 맥주나 좀 가져다주면 안 될까?"

"알았어요. 맥주 심부름은 회사 일이 아니니까 안 해도 되지만 착한 내가 가져다줄게요."

웃기는 대화를 하던 마투바가 어디론가 사라졌다.

"불쌍한 애야. 너무 괴롭히지 말게."

"네? 제가 왜 괴롭히겠습니까?"

"그래, 오늘은 일단 맥주나 한잔하고 푹 쉬게. 본격적인 일은 내일부터 차근차근 배우고."

"네에."

"그나저나 자네가 불어를 할 줄 알아 다행이야. 여긴 통역하는 사람 구하는 게 하늘의 별 따기거든. 게다가 본사에선 자네를 위한 통역 비용을 보내지 않았어."

"그게 무슨 소리입니까? 여긴 영어가 제대로 통하지 않는 곳이라고 하는데."

"그래, 영어 알아듣는 사람 구하기가 하늘에 별 따기인 곳이지. 하여간 자네 통역 비용은 배정되지 않았어. 모르긴 해도 본사 놈들은 여기서도 영어가 통하는 줄 아는 모양이지."

"흐음, 그럴 수도 있겠군요."

영어가 만국공통어 비슷하게 된 요즈음 그런 생각을 할 만도 하다. 그렇기에 별일 아니라는 듯 고개를 끄덕였다.

하나 이는 사실과 다르다.

천지건설(주)은 대한민국에서도 도급 순위 5위 안에 드는 거대 기업이다. 그런 조직이 어찌 그리 허술하겠는가!

본사에선 콩고민주공화국의 공식 언어가 프랑스어이며, 영어가 제대로 보급되지 않은 곳이라는 걸 확실히 알고 있다.

그럼에도 현수의 업무 편이를 위한 통역사 비용을 배정하지 않은 것은 의도적인 것이다.

현수가 회사에 복직 신청을 한 날 기획실 박진영 과장은 인사과장과 저녁 식사를 같이했다. 그 자리에서 둘 사이에 오간 대화 덕분에 현수가 이런 오지에 와 있는 것이다.

사실 자재과의 자리는 만들면 있는 것이다.

그럼에도 없다 하고 멀고 먼 아프리카로 보낸 것은 박진영 과장의 음모이다. 자신이 흠모하는 강연희 대리와의 대면은 물론이고 대화조차 할 수 없도록 하려는 것이다.

하여 전화 사정이 극악에 달한 이곳을 골라 보낸 것이다.

사실 박 과장은 현수가 회사를 그만둘 것이라 생각했다. 그런데 의외로 아프리카 행을 선택했다.

박 과장은 한때나마 자신이 점찍은 여인이 가깝게 두었다는 것이 마음에 들지 않아 어찌하면 더 골탕을 먹일까를 고심했다.

그날 업무지원팀장과의 술자리가 있었다. 그 결과 통역 비용이 통째로 누락된 것이다.

어쨌거나 마투바는 올해 21세로 소녀 가장이다.

아버지와 오빠 둘은 반군에 가담했다 총격전에 사망했다. 오빠가 하나 더 있는데 행방불명인 상태라고 한다.

현재는 나이 어린 동생 셋을 키우며 산다고 한다.

마투바의 거처는 사무실 바로 뒤쪽에 있다.

다음날, 현수는 시내 구경을 했다. 지사장은 자동차 시트 밑에 권총 한 자루가 있으니 유사시에 그걸 사용하라고 했다.

꺼내보니 리볼버 한 자루가 있다.

"흐음, 브레이크 오픈 방식의 웨블리 리볼버군요."

"어라? 자네, 총에 대해 잘 아나?"

"그럼요. 국방과학연구소 소화기 개발팀에서 군 생활을 했습니다."

"그래? 그럼 그 총에 대해 말해보겠나?"

"이건 구시대의 유물 같은 거죠. 38구경으로 1, 2차 세계대전 때 영국군에 대량으로 보급된 겁니다. 6.25 전쟁 때도 쓰던 겁니다."

"잘 아는군."

"근데 권총이 이런 것밖에 없습니까?"

"다른 게 필요해? 하긴 그건 내 것이니 자네 것이 필요하겠군. 좋아, 말만 하게. 이곳에 부임한 기념으로 하나 선물하지."

"K—5도 구해주실 수 있나요? 아, 미국과 유럽에선 K—5라 하지 않고 DP—51이라고 하는 겁니다."

"말만 하면 뭐든지 되는 줄 아는가? 여긴 콩고민주공화국이네. 그런 건 없지."

"그럼 헤클러 & 코흐 USP[5]는 구해주실 수 있나요?"

"USP? 그 이름은 들어본 것 같군. 그건 어떤 총인가?"

"현재 나온 권총 중 명중률, 정확도, 견고성, 간편성이 좋은 놈이죠. 그래서 특수부대원들이 가장 선호합니다."

"흐음, 그런가?"

"아마도 명중률도 명중률이지만 조작이 간편하고 사용하기 편한 때문인 것 같습니다."

"그렇담 나도 그걸로 바꿔야겠군."

"기왕이면 9㎜탄을 사용하는 걸로 구해주십시오."

"9㎜? 그러면 뭐가 다른데?"

"그건 15발 장전되는 거거든요. 참고로 45구경은 12발, 40구경은 13발 장전됩니다."

"어떻게 생긴 건가?"

---

5) USP:Universal Self-loading Pistol.

"그건······."

잠시 현수의 설명이 이어졌다. 하나 어찌 총을 말로 설명할 수 있겠는가!

현수는 수첩을 꺼내 그림을 그려 보여주었다.

"알겠네. 꼭 구해보지."

"네."

어제와 마찬가지로 킨샤사의 거리는 거의 모두가 비포장이다.

"보게, 이 어마어마한 잠재력을! 도로 포장 공사만 맡아도 떼돈이네. 안 그래?"

"그렇긴 하죠. 그런데 재원이 없잖아요."

"이 땅엔 다이아몬드, 구리, 코발트, 원유가 있네. 그거 개발하는 것도 떼돈 버는 일 아닌가?"

"그렇긴 한데 너무 뜬구름 잡으시는 것 아닙니까? 그런 거 개발하려면 권력자들과 끈이 닿아 있어야 하는데 여기 권력자 중에 아는 사람 있어요?"

"당연히 없지."

차 안엔 한참 동안 침묵이 흘렀다.

이 침묵이 깨진 것은 차가 멈춰서이다.

"내리게. 콩고민주공화국 유일의 한국 식당이네."

"여기에 교포가 하는 식당이 있어요?"

"그럼. 교민이 한 150명쯤 있지. 김치찌개 맛이 괜찮은데 비싼 게 흠이네."

"그래요?"

식당 이름은 아카시아이다. 우리 고유 수종도 아닌데 왜 이런 이름을 붙였는지는 알 수 없다.

CHAPTER 08
세계 성폭행의 수도

전능의팔찌
THE OMNIPOTENT
BRACELET

　"어라, 이 과장님! 이 친구가 말씀하신……?"

　식당에 들어서자 반갑다는 표정을 지으며 중년의 사내가 다가온다.

　"하하, 네에. 어이, 현수 씨, 인사드려. 아카시아 사장님이네."

　"김현수입니다."

　"아이고, 반갑습니다. 앞으로 종종 뵙시다."

　"네, 그러지요."

　자리를 잡고 김치찌개를 주문했다. 그런데 1인분이 무려 28달러나 한다. 한국 돈으로 3만 원쯤 되는 것이다.

　"엄청 비싸군요."

"그렇지. 근데 맛은 괜찮아."

한술 떠서 맛을 본 현수가 고개를 끄덕인다.

"그러네요. 근데 여기에 교민이 150명이나 있다고요?"

"그렇지. 여긴 말일세."

잠시 지사장의 설명이 이어졌다.

킨샤사에는 한국 교민 150여 명이 거주한다.

광업 분야 진출과 컴퓨터, 에어컨 등 전자제품, 그리고 자동차 수출이 늘어난 때문이다.

여기에 농업 분야와 IT 등 원조 사업도 활발히 전개되고 있어 교민 수가 늘어나는 추세이다.

교민들에게 있어 이곳에서 가장 필요한 것은 자포니카[6] 쌀과 무, 배추 등 김치 재료이다. 그래서 대부분의 교민이 우리 채소 종자를 가져다 텃밭을 만든다.

혹시라도 무, 배추 등이 시장에 보이면 싹쓸이를 한다고 한다. 배추 한 포기 가격은 무려 2만 원 정도이다.

"이러니 비쌀 수밖에 없지."

"으음, 그렇군요."

식사를 마치고 숙소로 돌아온 현수는 샤워부터 했다. 그리곤 후텁지근한 실내 공기를 날려 버리기 위한 마법을 구현했다.

현수가 오기 전까지는 빈방이었기에 아직 에어컨이 설치되지 않은 때문이다.

---

6) 자포니카 쌀:쌀의 품종 중 하나의 명칭으로 모양새가 둥글고 굵은 단중립형 쌀로 분류된다. 자포니카 쌀은 한반도, 일본, 지나 북부에서만 주로 소비가 되며, 전 세계에서 생산되는 쌀 중 10% 가량 된다.

"마나여, 기온을 낮춰라. 컴퍼터블 템퍼러쳐(Comfortable Temperature)!"

금방 에어컨을 틀어놓은 것처럼 시원하고 쾌적해진다.

아공간에서 마나 집적진이 그려진 스테인리스 철판을 바닥에 깔고는 그 위에 앉았다. 그리곤 마나심법에 몰두했다.

방문을 잠가두었으니 방해받지는 않을 것이다.

마나심법을 운용한 직후 현수는 깜짝 놀랐다. 빨려드는 마나의 양이 서울에서와 달리 상당히 짙었기 때문이다.

아르센 대륙과 서울의 비율은 600대 1 정도 되었다. 그런데 이곳은 120대 1 정도 된다는 느낌이다.

다시 말해 마나 농도가 서울의 다섯 배 정도 된다는 것이다.

그렇게 두 시간쯤 지났을 때다.

쿵쿵!

"자는가?"

"아, 아닙니다."

마나심법을 해제한 현수는 창문부터 열었다. 금방 후텁지근한 공기가 가득해진다.

"어휴, 이 더운 방에서 뭘 했나?"

"더워요? 전 별로……. 부모님께 편지 쓰고 있었습니다."

"그런가? 나오게."

"네?"

"셋이서 맥주나 한잔하자고."

"네에, 저야 좋죠."

자리를 잡자 지사장은 냉장고를 열어 맥주를 꺼내왔다. 그때 마투바가 뭔가를 가지고 들어온다.

"뫔비(Mwambe)라는 음식이에요. 땅콩 소스와 함께 요리한 닭 요리지요. 아마 미스터 킴 입에도 맞을 거예요."

"네에, 신경 써주셔서 감사합니다."

"자, 자네와 나, 그리고 마투바, 이렇게 셋은 이제 공동운명체이네. 앞으로 잘해보세."

"네, 그래야지요. 그런데 이곳에 우리 회사가 수주할 만한 공사가 있기는 한 겁니까?"

콩고민주공화국은 국토의 크기가 대한민국의 약 열 배이다. 국민은 망고족, 루바족 등 200여 부족들로 이루어져 있다.

1인당 GDP는 전 세계 229개 국가 가운데 228위로 323달러에 불과하다.

참고로 식량 부족으로 굶어 죽는 사람이 속출하고 있다는 북한의 1인당 GDP가 1,700달러이다.

치안 상태는 개판이며, 곳곳에서 내전이 일어나고 있다.

인프라는 되어 있는 것이 거의 없다. 전기, 전화, 수도는 물론이고 인터넷 등 제대로 되는 것이 없다.

수도인 킨샤사의 거의 모든 도로가 비포장 상태라는 것이 하나의 예가 될 것이다.

다만 다이아몬드, 구리, 코발트 등 풍부한 광물자원을 갖고 있으며, 석유 매장량도 15억 배럴에 이르는 것으로 추정된다.

이런 자원은 동부 지역에 많이 매장되어 있다.

다이아몬드는 전 세계 생산량의 30%, 코발트는 50%, 휴대전화의 원료인 콜탄은 70% 정도 된다.

이를 차지하기 위해 정부군과 반군이 부딪치고 있다.

현수의 물음에 지사장은 피식 실소만 지었다.

"이틀씩이나 보고도 묻나?"

"그럼 여기서 뭘 합니까?"

"여기? 기회의 땅이지. 잘만 하면 큰돈 벌 수 있는 곳이야. 따라와 보게."

지사장을 따라가니 뒤쪽에 창고 비슷한 것이 보인다. 사무실을 통하지 않으면 들어갈 수 없는 곳이다.

"이게 뭔지 아는가?"

컴컴한 창고엔 상당히 많은 짐이 쌓여 있다. 보아하니 신발인 듯하다.

"이건 신발 아닙니까?"

"맞네. 한국에서 가져온 신발이지."

"우리 회사는 건설회사인데 웬 신발입니까?"

"이건 내 개인 사업이야. 한국에서 땡처리하는 물건을 가져와 팔면 제법 짭짤하거든."

"그래도 되는 겁니까?"

"어차피 우린 여기서 할 일이 없어. 회사에선 잠재력 타령을 하는데, 언제 그 잠재력이 발현될지는 아무도 모르는 일이야. 다만 한 가지 확실한 게 있다면 지금은 그 잠재력이 잠자고 있는 시기라는 거지."

"......!"

"그렇다고 아무것도 안 하고 있을 순 없지 않나? 그래서 용돈이라도 벌 겸 이런 사업을 하고 있네. 자네도 가져올 수 있는 물건이 있으면 가져다 팔게. 눈감아줄 테니."

이날 현수는 지사장과 상당히 많은 이야기를 했다.

이 일은 유학을 보낸 자식 학비에 보태기 위해 시작했다고 한다. 처음엔 한국에서 땡처리 신발을 가져왔다.

워낙 물자가 귀한 곳인지라 며칠도 지나지 않아 들인 돈의 다섯 배가 넘는 대박을 쳤다.

다음엔 옷이다. 한국에서 촌스럽다 하여 외면받은 울긋불긋한 옷을 무게로 달아 사 온 뒤 이곳에 풀어 떼돈을 벌었다.

그렇게 하여 번 돈으로 자식들 유학 비용에 보탰고, 노후를 위해 저축하는 중이라고 한다.

지사장이 한 일은 도덕성에 흠집 나는 일이 아니다. 그렇기에 웃음으로 맞장구쳐 주었고, 대단하다고 추켜세웠다.

밤늦도록 셋은 맥주를 마시며 하하, 호호 했다.

마투바는 아직 어린 나이임에도 상당히 주량이 셌다. 하나 어찌 사내들을 당해내겠는가! 10시쯤 너무 졸려 자야겠다며 갔다.

문이 닫히자 현수가 말을 꺼냈다.

"마투바 말입니다."

"왜? 여자가 필요한가?"

"아이고, 그게 아니고요. 그냥 마투바의 월급이 얼마나 되는

지 궁금해서 여쭤보는 겁니다."

"이곳 공립학교 교사 월급은 대략 30달러 수준이네."

"30달러요? 그럼 3만 원이 조금 넘는다는 말씀이십니까?"

"그렇다네. 대통령의 충견이라 할 수 있는 경찰의 월급도 10만 원을 넘지 않네."

"그럼 마투바는요?"

"한 달에 200불을 주네. 그래서 절대 충성을 하는 중이지."

"200불이요? 회사에서 책정된 금액이 그건가요?"

"아니. 물론 그보다 많지."

"근데 왜?"

"더 줄 수도 있지만 그러지 않고 있네. 왠 줄 아는가?"

"왜죠?"

"돈을 더 주면 파리들이 꼬이기 때문이네. 그래서 마투바의 공식적인 월급은 20달러로 알려져 있네."

"그래도……."

"이곳 킨샤사의 별명이 뭔 줄 아는가?"

"도시에도 별명이 붙어요?"

"그래. 이곳의 별명은 '세계 성폭행의 수도'라네. 지난 일 년간 최소 8,300건에 이르는 성폭행이 있었지. 마투바에게 돈이 있다는 것이 알려지면 언제 끌려 나가 성폭행당하고 돈까지 빼앗길지 모르는 일이네."

"으으음!"

"그래서 마투바는 집과 사무실 이외엔 나가지 않네. 앞으로도 외부 심부름은 시킬 생각은 말게. 그리고 여자가 필요하면 마투바에게 말해보게. 자네를 마음에 두는 듯하니 어쩌면…….."

"지사장님!"

현수가 정색하자 이춘만 과장이 너털웃음을 짓는다.

"하하하, 마지막 말은 농담이었네."

"…제가 이곳에서 할 일은 뭡니까?"

"한마디로 표현하자면 회사 일은 할 게 없네. 아무런 지원도 없이 사람만 달랑 두 명 보내놓은 것이 전부인데 무엇을 할 수 있겠는가?"

"으으음……!"

"그러니 내일부턴 자네가 하고 싶은 일을 하게. 여행을 하고 싶으면 그렇게 하게. 단, 믿을 만한 호위를 달고 다녀야 할 것이네. 시내에선 덜하지만 외곽으로 나가면 관광객은 좋은 사냥감이 되거든."

"네, 알겠습니다."

다음날 현수는 일꾼을 사서 커다란 상자 하나를 만들었다.

그리곤 공항에 가서 굴러다니는 수화물 꼬리표 하나를 주워왔다.

"헉! 이건… 기, 김치가 아닌가?"

"네."

"이건 고추장, 된장, 막장에 쌈장까지?"

"조금 드릴까요?"

"그럼 고맙지. 하하, 하하하하!"

이춘만 과장은 현수의 짐 속에서 나온 물건들에 환장하는 모습이다. 아이스박스에서 별의별 것이 다 나온 때문이다.

물론 잘 상하지 않는 식품들이 거의 대부분이다. 냉장고 네 개를 가득 채우고도 상당히 많은 통조림들이 남았다.

소주도 몇 병 나왔다. 술 좋아하는 이 과장을 위해 어젯밤 아공간에서 꺼내 담은 것들이다.

한동안 같이 있어야 하는데 껄끄러운 것보다는 호의적인 것이 좋기에 내 편을 만들기 위한 포석이다.

알베제 마을에 물건을 풀어놓은 것도, 케이상단의 알론에게 호의적으로 대한 것도 모두 이러한 발상에서 나온 것이다.

아르센 대륙엔 아는 이가 하나도 없다. 그런데 가는 곳마다 편을 들어줄 사람들을 만들어두어 나쁠 일이 무어 있겠는가!

그렇기에 퍼준다는 생각이 들 정도로 많이 베푼 것이다.

아무튼 현수의 짐 속엔 마투바를 위한 물건도 있었다.

선글라스와 머리띠, 샌들과 여러 장의 원피스가 그것이다. 심지어 생리대까지 준비되어 있다.

선물을 받은 마투바는 현수에게 다가와 와락 껴안기까지 했다. 그런데 몸에서 냄새가 나는 듯하다. 하여 슬쩍 샴푸랑 비누, 그리고 치약과 향수를 짐 속에 끼워 넣었다.

짐 풀기를 마친 후 현수는 훨씬 살가워진 이 과장과 마투바의 태도에 기분이 좋았다.

확실한 내 편이 이제 두 명이나 생겼기 때문이다.

"내일은 여기저기 둘러볼 생각입니다."

"내가 호위 붙여줄까?"

"아니에요. 우선은 혼자 다녀볼게요."

"위험할 텐데……. 총을 꼭 들고 다니게. 근데 자네가 말한 총은 아직 못 구했는데……."

"일단 리볼버라도 들고 다녀보죠."

"그러게. 하나 유의하게. 이곳 치안은 엉망이네. 킨샤사 밖으로 절대 나가지 말고."

훨씬 살가워진 느낌이 들어 기분이 좋았다.

"네, 알겠습니다."

자동차를 몰고 킨샤사 거리를 샅샅이 누비며 사람들 사는 모습을 살펴보았다. 한국과 비교해도 괜찮을 정도로 깨끗한 마트도 있지만 대부분 매우 어려운 삶을 사는 듯하다.

킨샤사의 인구는 1,500만에 육박한다. 하나 이 모든 인원을 수용하기엔 식량도 생활용품도 부족한 듯 느껴진다.

단편적인 현장 학습이지만 현수는 결론을 내렸다. 콩고민주공화국은 빈부의 양극화가 진행되는 곳이다.

물론 부자는 극히 드물고, 거의 대부분이 가난하다. 경제 구조보다는 잘못된 권력 구조 때문일 것이다.

되돌아오는 내내 이곳에서 무엇을 할 것인가를 고심했다. 전능의 팔찌에 차원 이동할 수 있을 정도의 마나가 모였다면 이런 고민을 하지 않았을 것이다.

확인해 보니 검은색이어야 할 마나석은 여전히 회색이다. 아르센 대륙으로 가려면 아직 멀었다는 뜻이다.

얼마나 될지는 모르지만 제법 긴 기간 동안 무엇이든 해야 한다. 하는 일 없이 먹고 자고를 반복하고만 있을 수는 없기 때문이다.

사무실에 거의 당도했을 즈음 결론을 내렸다.

기회의 땅이라 일컫는 아프리카에서 돈을 벌어보기로 한 것 이다. 평생을 가난하게 살았다. 이제 그 가난을 자식에게 대물 림해 주지 않기 위해 돈을 벌 생각을 한 것이다.

제일 쉬운 방법은 아공간의 물건을 팔아치우는 것이다. 하 나 그럴 순 없다. 출처를 캐물으면 대답할 수 없기 때문이다.

그리고 그것으로 돈을 벌고 싶지는 않다.

하여 사무실 앞에서 차를 돌렸다. 킨샤사에서 콩고민주공화 국의 제3도시라 할 수 있는 항구도시 마타디로 가는 길 역시 비포장이었다. 앞서가는 트럭엔 흑인들이 가득 타고 있다.

정기적으로 오가는 버스 같은 교통편이 없어 돈 내고 타는 것이다.

길가엔 대통령인 조셉 카빌라의 사진이 유난히도 많이 뜨인 다. 수도인 킨샤사를 비롯한 서부 지역에 지지기반이 약해서 라고 하는데 좋아 보이지 않는다.

내걸린 사진 하나를 줄이면 굶주린 아이 셋은 허기를 면할 세상이기 때문이다.

한참을 달려 마타디에 당도하였다.

수많은 물품이 하역되고 선적되는 항구이기에 상공업이 활발한 곳이다. 이곳에 오기 전 출력해 온 자료엔 수확한 커피와 카카오를 수출하는 무역항이라고 되어 있었다.

아무튼 최근 들어 무역항으로서의 역할이 커져 큰 도시로 변모하는 중이라고 알려져 있다.

하나 이는 겉모습만 그렇다.

항구의 뒤쪽은 1970년대 초반 한국의 산동네 같은 모습이다. 다른 점이 있다면 도로 포장도 되어 있지 않다는 것이다.

하역장에는 컨테이너들이 산더미처럼 쌓여 있다. 그런데 바쁜 발걸음이 보이지 않는다.

이런 적체 현상은 보나마나 항만 관계자의 업무 태만 내지는 뇌물과 관련되어 있다. 수입업자들이 돈을 주지 않으면 반출 허가 지연 등으로 골탕 먹이고 있는 것이다.

자료를 보니 마타디 항구는 20피트형 컨테이너 3,500개를 수용할 능력을 갖추고 있다고 한다.

그런데 쌓여 있는 컨테이너만 8,000개는 됨 직하다. 이쯤 되면 항만이 아니라 하치장이다.

"어딜 가나 이놈의 부정부패는… 쯧쯧!"

자신의 잇속만 챙기려는 항만 관계자들의 속셈이 뻔히 보인다. 그렇기에 나직이 혀를 찼다. 그러면서 중얼거린다.

"내가 이 항구를 이용할 때에도 이런 일을 벌이면… 마법의 무서움을 깨닫게 될 거야."

사무실로 돌아오니 마투바가 시원한 주스를 건네준다. 한국에서 가져온 분말 오렌지 주스를 얼음물에 탄 것이다.

　"마투바, 그거 맛있어?"

　"네, 정말 맛있어요. 이런 맛을 보게 해줘서 고마워요."

　"고맙긴, 근데 지사장님은 어디 가셨니?"

　"네, 마타디 항구에 가셨어요."

　"그래? 무슨 물건 들어왔대?"

　"네, 한국에서 보낸 물건이 도착했다고 해서 가셨어요."

　"그래? 언제 들어오는데?"

　"글쎄요? 한 나흘쯤 있으면……."

　"나흘? 무슨 통관 작업을 나흘이나 해?"

　"오늘은 돈 주고 서류 작업하고, 내일은 하역 작업하고, 모레는 검사하고, 나흘째 되어야 물건 가져와요."

　"돈 주고 서류 작업 하다니?"

　뻔히 알면서도 물었다.

　"뇌물 안 주면 물건 안 줘요."

　"으으음……!"

　현수는 조금 늦게 올 것을 하는 생각을 했다.

　그랬다면 지사장을 만났을 것이고, 어떻게 통관되는지를 보았을 것이기 때문이다.

　"참, 미스터 킴, 한국에서 팩시밀리 왔어요."

　"아! 그래?"

　"여기요."

마투바가 건넨 팩시밀리에는 다음과 같은 내용이 있었다.

보고픈 현수 씨에게!

콩고민주공화국엔 잘 도착하셨는지요?

부디 그러셨기를 바랍니다.

적도 바로 아래라 몹시 더울 텐데 건강에 유의하세요.

오늘 아침 할아버지께서 퇴원하셨답니다. 병원에서는 할아버지에게서 일어나는 기적적인 현상에 깜짝 놀라는 중이에요. ^^

연세가 많으셔서 항암 치료조차 하지 않았어요.

그런데 저절로 암세포가 줄어드는 것만으로도 기적인데 어제 했던 검사에서는 아예 암세포가 발견조차 되지 않았다고 하네요.

호호! 너무 기뻐요! ^^

전 세계 의학회에 보고할 만한 일이라면서 조금 더 입원해 달라고 했지만 할아버지가 답답하다 하셔서 퇴원하셨답니다.

고맙습니다. 정말 고맙습니다.

제 머리카락을 모두 뽑아 현수 씨의 신발이라도 만들어 드리고 싶을 정도로 고맙습니다.

유난히도 저를 예뻐하셨던 할아버지께서 다시 건강한 몸이 되셔서 무엇보다도 기쁘답니다.

참, 요즘 출퇴근 시간마다 역전회 깍두기 아저씨들이 저를 보호하고 있어요. 현수 씨를 형님으로 모시기로 한 오광섭 씨의 배려라고 합니다.

덕분에 편한 출퇴근을 한답니다. 전엔 한두 명씩 찝쩍거리는 사람이 있었는데 알아서 차단해 주니 고마운 거지요.

이것 역시 현수 씨 덕분이라 생각합니다. 고마워요! ^^

참, 오대준 씨도 쾌차하셨다고 합니다. 그 일 역시 현수 씨 덕분이겠지요.

어떻게 해서 그런 능력을 갖게 되셨는지는 여쭙지 않겠습니다. 대신 현수 씨 덕에 할아버지의 건강을 되찾은 것에 대한 보답을 할 기회를 꼭 주셨으면 합니다.

검색해 보니 그쪽 사정이 열악한 듯한데 혹시 필요한 물품이 있으면 알려주세요. 최선을 다해 보내 드리겠습니다.

헤어진 지 얼마 되지 않았지만 언제 오실지를 여쭙고 싶습니다. 오시는 그날, 공항에 나아가 건강한 모습으로 돌아오는 현수 씨의 모습을 보고 싶거든요.

2013년 1월 29일

현수 씨께 너무 큰 은혜를 입은 권지현 올림.

날짜를 보니 어제 보낸 것이다. 이곳 사정이 어떤지 짐작될 일이다.

팩시밀리의 내용이 모두 좋은 소식을 알리는 것이었기에 현수의 얼굴엔 흐뭇하다는 미소가 배어 있다.

이런 모습을 마투바가 빤히 바라본다.

"애인한테서 온 편지? 미스터 킴, 애인 있어요?"

"응? 애인 아니야. 그냥 아는 사람한테서 온 편지야."

"그랬구나. 미스터 킴, 시원한 맥주 줘요?"

"그래. 부탁해도 될까?"

"미스터 킴이니까 부탁해도 돼요. 이제 지사장님은 안 줄 거야. 잠깐만 기다려요."

이춘만 과장의 말대로 어쩌면 마투바가 현수를 점찍었는지도 모를 일이다. 하나 현수는 아무런 관심도 없다.

그저 같이 일하는 동료로서 친하게 지내려고 스스럼없이 대화하는 것뿐이다.

마투바가 맥주를 가지러 간 사이에 현수는 팩시밀리의 내용을 다시 한 번 찬찬히 읽었다.

워드 프로세서로 타이핑한 것이 아닌 손으로 쓴 글이었기 때문이다. 그런데 글씨 참 예쁘게 쓴다.

"보고 싶은 현수 씨에게? 후후, 후후후!"

현수는 나직이 웃음 짓고는 팩시밀리를 잘 접어 수첩 뒤에 끼웠다. 이런 글귀로 시작되는 편지는 생전 처음이다.

초등학생 때에도 '보고 싶은 현수에게' 라는 글귀로 시작하는 편지나 쪽지를 받아본 적이 없다.

그래서 괜히 그래야 할 것 같은 생각 때문에 보관한 것이다.

마투바가 가져온 맥주를 마시고 잠시 이곳에서 무엇을 할 것인가를 생각해 보았다. 적응이 덜 되어 그러는지 아무런 생각도 떠오르지 않는다.

책상 위에는 다이어리 비슷하게 생긴 것이 펼쳐져 있다. 보아하니 뭔가를 기록해 놓은 것이다.

11월 7일 용산전자상가 임지훈 삼성 20인치 텔레비전 11.
11월 16일 LG 29인치 13, 삼성 20인치 15.
12월 14일 LG29 11, 삼성29 23.
　　　　　…….
2013년 2월 10일까지 LG20 16, 삼성29 14.

내용을 보던 현수는 이게 무엇인지를 파악할 수 있었다.
"마투바!"
"왜요?"
"지사장님, 텔레비전 가지러 마타디에 가신 거야?"
"아마 그럴 거예요. 한국에서 그거 부쳤다는 팩시밀리가 며
칠 전에 왔거든요."
"그래? 알았어."
이춘만 지사장은 전자제품까지 손을 뻗은 모양이다.
'돈을 벌기로 했는데 난 무얼 취급하지?'
현수는 밤 깊도록 고심하다 잠들었다. 물론 자기 전에 마법
으로 실내 기온을 떨어뜨렸기에 편안한 잠을 잘 수 있었다.
다음날, 현수는 아침 식사를 마치자마자 마타디로 향했다.
킨샤사에서 350㎞나 떨어진 곳이다. 한국에서라면 네 시간
이내에 갈 수 있는 거리이건만 일곱 시간이나 걸렸다.
비포장이라곤 하나 잘 닦인 도로였기에 그 시간만큼 걸린

것이다. 다른 곳이었다면 아마 열 시간 이상 걸렸을 것이다.

'1월 2일 지구로 왔으니 오늘로서 딱 30일이 지나는군. 아드리안 공국은 아직 괜찮겠지?'

현수는 멀린의 부탁을 바로 들어주지 못함이 약간 미안했다.

'이실리프 마법사들이 총출동했다고 뻥쳤으니까. 아니, 뻥은 아니지. 총출동한 것은 맞지. 나 하나라서 그런 거지.'

스스로를 자위하듯 고개를 끄덕이고는 중얼거렸다.

'케이상단의 알론과 용병들이 제대로 소문을 내주었다면 세 나라에서 함부로 대하진 않겠지?'

실제로 현수의 이런 생각은 적중하고 있다.

*   *   *

기세 좋게 아드리안 공국으로 쳐들어가던 미판테, 쿠르스, 그리고 엘라이 왕국은 이실리프의 마법사들이 대거 하산하였다는 소문을 듣고 숨죽이고 있는 중이다.

소문을 듣자마자 이들 세 나라는 일단 진군을 멈췄다. 조심해서 손해 볼 일은 없기 때문이다. 그리곤 소문의 근원을 쫓아 케이상단의 알론을 비롯한 상인들과 용병들을 접촉했다.

이들이 소속된 국가는 테리안 왕국이다. 하여 테리안 국왕의 협조를 얻어 이들 모두를 왕궁으로 불러 모은 것이다.

그리곤 이실리프의 마법사가 어떤 실력을 보여주었는지에 대해 꼼꼼하게 물었다.

당시의 상황, 대항했던 몬스터의 숫자, 발현된 마법의 구체적인 모습 등을 세세하게 묻고 또 물었다.

알론을 비롯한 상인과 용병들 모두 개별적인 심문을 받았다. 말이 엇갈리는 부분이 있으면 확인하고 또 확인했다.

나중엔 대질 심문까지 했다.

이 자리엔 세 나라의 고위 마법사들이 모두 참석해 있었다. 무엇보다도 정확한 정보가 필요하기 때문이다.

덕분에 현수에 대해서는 상당히 많은 부분을 알게 되었다.

첫째, 바세른 산맥에서 하산하였다.

이실리프 마탑이 바세른 산맥 어딘가에 있다는 전설 같은 이야기가 사실인 것이다.

둘째, 알베제 마을에 며칠 간 머물렀다.

이것을 파악하고는 곧장 알베제 마을로 몰려갔다. 그곳에서 마레바 촌장을 비롯하여 엘베른 등을 심문하였다.

처음엔 고압적인 자세였으나 보존되어 있는 샤벨타이거의 사체를 보고 난 뒤엔 태도가 싹 바뀌었다.

어쩌면 이실리프 마탑의 관심 내지는 보호를 받는 마을일지도 모른다는 생각을 한 때문이다.

촌장이 소주병과 한국산 천일염을 보여주었다면 더욱 확실했을 것이다. 하나 촌장은 이를 끝까지 숨겼다.

보여주면 빼앗길 것이 뻔했기 때문이다.

그들은 엘베른이 데리고 있는 샤벨타이거의 새끼를 보고는 할 말을 잃었다. 절대 복종을 한다는 사실을 확인한 것이다.

아직 새끼이니 길들일 수는 있지만 엘베른의 말 한마디에 움직이고 멈출 정도까지는 할 수 없기 때문이다.

아무리 심문해 보아도 하인스 마법사가 이실리프 마탑에서 어느 정도 위치에 있는 인물인지는 알 수 없었다.

하나 상당히 강하다는 것만은 분명했다.

세 나라 마법사들 모두 고개를 절레절레 흔들며 물러설 정도의 경지에 있는 듯하다.

샤벨타이거의 내부를 진동시켜 단번에 죽일 만한 실력을 가진 마법사가 하나도 없었던 것이다.

이후 사람을 풀어 이실리프 마법사들의 행방을 찾았다.

하나 하늘로 솟았는지 땅으로 꺼졌는지 세상 어디에서도 이실리프 마탑 소속 마법사들의 움직임은 없었다.

만일 아드리안 공국에 벌써 스며들어 있다면 공격하다 전멸당할 수 있다.

대부분의 마탑은 마법사 300여 명 정도를 보유한다.

이실리프 마탑 또한 그러하다면, 그리고 현수가 보여주었던 윈드 블레이드를 모두 시전할 수 있다면 치명적인 결과가 초래될 것이다.

수만의 병사들이 도륙되는 데 걸리는 시간이 불과 1~2분일 수도 있는 것이다. 기사라 하여 다를 바 없다.

갑옷을 걸치고 있기에 화살 따윈 두려워하지 않는다. 하나 샤벨타이거를 죽인 쇼크 웨이브라면 일순간에 끝이다.

미판테 왕국과 쿠르스 왕국, 그리고 엘라이 왕국은 각기 소드 마스터들을 보유하고 있다. 미판테엔 세 명, 쿠르스에도 세 명, 엘라이 왕국엔 다섯 명이나 있다.

이들에게 의견을 물었다. 한참을 고심한 끝에 다음과 같은 대답을 했다.

"국왕이시여, 만일 이실리프 마법사가 하나라면 저희가 어찌 감당하겠으나 그런 마법사가 열 명 이상이라면 저희가 전멸당할 수도 있사옵니다."

이 대목에서 이야긴 끝났다.

이들이 이런 결론을 내린 이유가 있다. 마법사들에게 전설처럼 전해져 오는 이야기가 있기 때문이다.

CHAPTER 09
짜식들, 맛 좀 봐라!

전능의팔찌
THE OMNIPOTENT
BRACELET

"멀린 아드리안 반 나이젤 후작께서 창안하신 마법은 아르센 대륙의 다른 마법과 궤를 달리하며, 같은 써클 마법이라도 그 위력이 세 배 이상 강하다."

오래전, 멀린에게 모멸감을 안겨주었던 카이엔 제국의 영광의 탑이란 마탑의 탑주였던 7써클 대마법사 헬리온 드 스타이발 후작이 공식석상에서 한 말이다.

헬리온 후작은 그 자리에서 예전에 멀린 후작에게 범했던 잘못을 처절히 뉘우치고 있다면서 무릎까지 꿇었다.

마탑의 탑주가, 그것도 7써클에 이른 대마법사가 공식석상에서 멀린에게 용서를 청하며 무릎을 꿇은 것이다.

만일 이실리프 마탑 마법사들이 세 나라의 수도에 스며들어 있다면 더욱 큰일이다.

알론은 만일 아드리안 공국에 위해를 가할 경우 신의 징벌에 해당하는 궤멸적인 재앙을 당할 수 있다고 경고했다고 한다. 뿐만 아니라, 왕족과 귀족 모두 죽임을 당할 것이며 백성들 모두 노예가 될 것이라 했다.

시전되었던 마법들을 확인해 보니 허풍이 아닌 것 같다.

오우거 다섯 마리를 단 한 번에 내부를 진동시켜 죽음에 이르게 했다. 그때 아무런 소리도, 아무런 기척도 없었다.

그저 하인스 대마법사가 입술만 달싹였을 뿐이라 한다. 어쩌면 언령 마법이 시전되고 있는 것인지도 모른다.

언령이란 중간계의 조율자인 드래곤만의 전유물로 마법 구현을 위한 수식 계산이나 영창 없이 말로만 마법이 시전되는 것이다.

이는 9써클에 해당하는 마법이다. 그리고 멀린이 9써클이었다는 것은 공공연한 소문이다.

이런 상황이니 어찌 아드리안 공국을 집어삼키겠다고 하겠는가! 하여 일단 진군을 멈춘 것이다.

한편, 아드리안 공국에선 환호성이 울려 퍼지고 있다.

이실리프 마탑에서 공국을 구하기 위해 하산했다는 소문 때문이다. 또한 세 나라가 쫄아서 진군을 멈춘 때문이기도 하다.

국운이 다하는가 싶었는데 기적적으로 회생한다 생각하니

어찌 환호성이 터져 나오지 않겠는가!

세 나라가 주춤하고 있는 동안 그간 포기하고 있던 재건 작업을 하는 중이다.

새로운 기사단장을 뽑고, 기사들을 수련시키고 있다.

마탑에서는 모든 마법사들이 마법 연구에 한창이다.

미구에 당도할 이실리프의 마법사들로부터 교육받을 영광을 누리기 위함이다.

헥사곤 오브 이실리프 역시 난리가 벌어졌다.

수백 년 만에 주인 될 사람들이 온다는 소식 때문이다.

언제 올지 모르기에 대청소를 하고, 몸단장을 하느라 소란이 벌어지고 있다.

한편, 깊은 탄식을 내는 곳들도 있다.

백작가 내지는 후작가로 시집간 전대 이실리프의 여인들이 내는 탄식이다. 몇 년만 더 빨랐다면 하는 생각 때문이다.

*   *   *

"여전하군!"

하역 작업은 이루어지고 있다. 그런데 화물을 인수받아 떠나는 차들은 매우 드물다.

"지사장님은 어디 계시지?"

두리번거리며 찾았으나 보이지 않는다. 하여 근처 술집들을 뒤졌다. 아직 한낮인데도 이춘만 과장은 만취해 있었다.

"에이, 쉬펄! 개새끼들! 해도 해도 너무하잖아."

'어라? 왜 이러시지?'

가까이 다가가는 순간 들려온 중얼거림에 현수는 멈췄다. 그리곤 이 과장의 뒷자리에 자리를 잡았다.

"뭐? 한 대당 1,000달러를 내라고? 개새끼들, 그 텔레비 한 대에 800달러 받는데. 에이, 쉬펄! 더러운 새끼들!"

보아하니 통관 담당자가 뇌물을 요구한 듯하다. 그런데 뇌물치곤 그 액수가 많다.

한국에선 2012년 12월 31일 새벽 4시를 기해 아날로그 방송 송출이 끝났다. 하여 기존의 브라운관 형식의 TV는 컨버터를 달지 않으면 방송을 수신할 수 없다.

그 결과 사용하던 중고 텔레비전이 쏟아져 나왔다.

LG나 삼성, 대우전자 등에선 일찌감치 이에 대한 대비를 했다. 하나 이미 시장에 풀렸으나 팔리지 않은 TV가 제법 있다.

재고 상품 또는 전시 상품이 이에 해당된다.

이춘만 지사장은 용산전자상가에서 일하는 지인에게 부탁하여 이런 텔레비전을 이곳에 들여와 팔았다.

대당 매입 가격은 4만 원 선이다. 전자상가의 지인은 여기에 4만 원의 이윤을 붙여 이 과장에겐 8만원에 넘겼다.

이것을 배에 실어 보내면 거의 45일 만에 당도한다.

여기에 관세와 국영 통운비, 그리고 항구 사용료까지 더하면 들어가는 총 비용은 대당 16만 원 정도 된다.

여기까지는 적법 절차를 거치는 것이기에 아무런 불만이 없다. 문제는 마타디 항에 도착한 이후부터이다.

통관을 결정하는 사람은 노골적인 뇌물을 요구한다.

만일 이를 거절하면 갖가지 트집을 잡아 질질 끈다. 그러면 비싼 창고 사용료가 더 들게 되고, 벌금까지 부과된다.

그런데 창고 사용료와 벌금은 완전히 지들 마음대로이다. 물론 정해진 법이 있지만 그건 보여주지도 않는다.

남는 것은 자기들끼리 나눠 먹기를 한다.

오늘 이춘만 지사장은 LG, 삼성 텔레비전 50대씩을 수령하러 왔다. 그런데 대당 1,000달러씩 뇌물을 요구한다. 100대이니 10만 달러, 한화로 약 1억 원 이상을 요구한 것이다.

전에도 뇌물을 주고 빼오곤 했다. 그때는 대당 10달러 정도를 줬다. 대수도 얼마 되지 않아 기껏해야 30대 정도 되니 300달러, 즉 30만 원 정도를 뇌물로 준 것이다.

그런데 오늘 통관 절차를 밟기 위해 왔더니 담당자가 바뀌었다. 뚱뚱하고 느물느물하게 생긴 놈이다.

통관 때문에 왔다고 하자 송장을 들여다보더니 이 과장을 부른다. 그리곤 대당 1,000달러를 요구했다.

처음엔 100대 전부에 1,000달러를 요구하는 줄 알고 그렇게 하겠다고 했다. 그런데 아니란다. 그러면서 언제든 돈이 마련되면 오라고 했다.

이춘만 지사장이 콩고민주공화국의 권력자들과 아무런 연줄도 없다는 것을 확인한 모양이다.

이 과장은 이번 화물에 1,000만 원 이상을 들였다. 통관 절차까지 다 마치고 운송비까지 지불하면 2,000만 원쯤 들 것이다.

그런데 느닷없이 뇌물 1억을 요구한다.

들어주지 않고 상부에 항의를 하면 컨테이너를 바다 속에 잠깐 담갔다 꺼내줄 수도 있다.

다시 말해 고의적으로 화물을 못 쓰게 한다는 것이다. 아무도 없는 밤에 이루어질 일이기에 증거도 없다.

화물 운송 책임보험을 들었지만 하역 작업을 마친 뒤의 일인지라 배상을 받을 수도 없는 상황이다. 다시 말해 뇌물을 주지 않으려면 화물을 포기하여야 한다는 뜻이다.

이 지사장은 홧김에 술을 마시기 시작하여 만취 상태가 된 것이다. 모든 내용을 파악한 현수는 술집 주인에게 돈을 주고 지사장을 내실 쪽에 눕혔다.

그리곤 슬슬 걸어 항구 쪽으로 다가갔다. 총을 든 경비원들이 삼엄한 경계를 하고 있다.

반군의 느닷없는 공격에 대비하기 위함일 것이다.

마치 경치 구경하듯 어슬렁거리며 마샬링야드[7] 뒤편을 살펴보았다. 제법 많은 컨테이너들이 쌓여 있다.

통관 작업 직전에 화물이 제대로 실려 있는지 확인하는 과정을 거쳤기에 이 과장은 어디에 있는지 알았던 것이다.

---

7) 마샬링 야드(Marshalling Yard):컨테이너선으로부터 선적하거나 양륙하기 위하여 컨테이너를 정렬시켜 놓도록 구획된 부두 가운데 일부 공간. 각 컨테이너별로 쌓을 수 있도록 사각형의 선으로 표시된 부분이 슬롯(Slot)으로 구획되는 것이 특징.

"흐음, 저거군."

주위를 둘러보니 인적이 드문 곳인지라 사람이 없다.

"퍼펙트 트랜스페어런시!"

현수의 모습이 사라졌다.

"플라이!"

투명인간이 된 현수가 마샬링야드까지 접근하는 것은 식은 죽 먹기보다도 쉬운 일이다.

"아공간 오픈!"

현수의 말이 떨어지기가 무섭게 같은 슬롯 안에 있던 컨테이너들이 아공간 속으로 빨려든다.

한꺼번에 약 스무 개의 컨테이너를 가져온 것이다.

이 과장은 물론이고 다른 이들의 컨테이너까지 집어넣은 것은 통관 작업을 하는 놈들을 골탕 먹이기 위함이다.

이곳에 있는 화물은 주인의 확인을 거쳤지만 아직 반출되지 않은 것들이라 한다. 다시 말해 곧 반출 작업이 이루어질 화물들만 쌓아놓은 것이다. 이것들이 사라지면 책임은 항구를 관리하는 자들이 지어야 할 것이다.

아무런 관련도 없는 남의 물건을 훔칠 생각은 없다.

다시 말해 놈들이 골탕을 먹을 대로 먹으면 그 뒤에 다시 가져다 놓을 생각을 한 것이다.

안에 담긴 것을 확인하지 않았기에 이때까지만 해도 이 일이 얼마나 크게 번질지 상상조차 하지 못했다.

이춘만 과장은 곯아떨어져 있었다. 현수는 차를 몰아 킨샤사로 되돌아왔다.

돌아오긴 전, 항구에서 가장 한적한 곳을 찾아 그곳의 좌표를 확인했다. 언젠가 여길 다시 와야 하는데 덜컹거리는 차를 타고 올 생각을 하니 끔찍했던 것이다.

다음날, 이 과장은 축 늘어진 어깨로 사무실로 들어온다. 뇌물로 줄 돈을 마련할 길이 없으니 도착한 화물을 잃게 생긴 때문이다.

"과장님, 왜 이렇게 힘이 없으세요?"

"응? 으응. 근데 자넨 왜 안 나가고 있나?"

"날씨가 너무 더워서요. 조금 있다가 나가려구요. 근데 제가 말씀드렸던 그 총 구하셨어요?"

"총? 아, 권총? 미안해. 내게 바쁜 일이 있어서 아직 구하지 못했어. 지금이라도 사러 나갈까?"

"그러셔도 되겠어요?"

이 과장의 내심을 알기에 물은 것이다.

"그럼. 가자. 지금 나가서 구해줄게. 근데 자네에게 권총 사줄 돈이 없어. 자넨 돈 있나?"

"얼마나 있으면 되는데요?"

"글쎄? 리볼버를 살 때 100달러 줬으니 그보단 많이 들겠지? 한 150달러쯤 들까? 같은 권총이잖아."

"그 정도면, 뭐. 가시죠. 운전은 제가 하겠습니다."

"그래, 내가 좀 피곤하거든."

이 골목 저 골목을 돌고 돌아 당도한 곳은 양철 간판에 '휘발유 팝니다' 라는 글씨가 쓰여 있는 곳이다.

"이게 주유소에요?"

주유기는 보이지 않고 마당 앞쪽에 나무로 만든 엉성한 매대가 세워져 있다. 그 위엔 하얀 플라스틱 통에 담긴 휘발유가 진열되어 있기에 물은 것이다.

"여긴 이래. 자, 안으로 들어가지."

"오오, 이 사장!"

"멘델, 잘 있었는가?"

"옆의 청년은 누구지?"

"아, 우리 회사 직원."

"그래? 무슨 일이야? 총이 또 필요해?"

새삼 느끼는 거지만 흑인이 프랑스어를 하니 조금 이상한 느낌이다.

"그래. 이 친구 호신용으로 하나가 더 필요해."

"오케이. 어떤 걸로 줄까?"

멘델이라는 흑인의 시선을 받은 현수가 입을 열었다.

"헤클러 & 코흐 USP 있냐?"

"오오! 명품을 찾는 친구가 왔군. 물론 있어."

"가격은?"

"딱 600달러! 근데 이 사장 동료니까 590달러에 주지."

"중고겠지?"

"당연한 말 아닌가? 신품은 1,000달러는 줘야 해."

"흐음, 암시장이 더 비싸군."

실제로 현수가 요구한 총의 가격은 600달러이다. 물론 신품이다. 이것은 정상적인 루트로 구입할 때의 가격이다.

그런데 이곳은 암시장인 듯하다. 그러니 주인이 부르는 것이 값이고, 깎는 것은 사는 놈의 수완에 달려 있다.

"500달러 주지. 탄창은 두 개, 총알은 500발 줘."

"오케이! 화끈한 친구구만."

많이 깎을 줄 알고 부른 값이다. 속으론 450달러까지 생각했다. 이 가격이면 총알 300발이 포함된 것이다.

그런데 흔쾌히 값을 치른다니 이빨을 드러내며 웃는다.

"멘델, 다른 무기도 구할 수 있나?"

"웬만한 건 다 구하지. 필요한 거 있어?"

"지금 당장은 아냐. 다음엔 나 혼자 와도 되지?"

"오케이. 언제든 환영이야. 단, 외상은 사절이야."

"물론이야."

"참, 쓰던 거 바꾸고 싶어도 이리로 와. 좋은 값 쳐줄게."

"오케이."

멘델과는 만난 지 5분도 되지 않았건만 친근하게 굴었다. 이런 놈과는 일단 친해두는 것이 상수라는 판단을 한 것이다.

그러면서 500달러를 꺼냈다. 돈을 건네주자 한 장 한 장 탁자 위에 내려놓으며 센다.

그리곤 둘둘 말아 주머니에 넣고는 씩 웃는다.

"잠시만 기다려 줘."

"오케이!"

멘델이 나가고 난 뒤 새삼 실내를 훑어보았다. 사방의 벽은 두께 1cm쯤 되는 나무판자이다. 천장은 슬레이트이다.

실내엔 낡은 나무 탁자 하나와 철제 접의자 하나, 그리고 오래된 선풍기 하나가 전부이다.

전등도 하나 달려 있다. 220V에 30W짜리라 조금 어둡다.

바닥은 그냥 흙이다.

6.25 전쟁으로 전 국토가 폐허로 변한 1950년대 중반의 한국과 다를 바 없다.

"어이구, 이런 나라에서 뭘 하라고."

해외영업부라면서 이 같은 오지에 보내는 이유를 알 수 없어 한숨을 쉬었다.

"자, 여기."

멘델이 가져온 총은 현수가 원했던 바로 그것이다. 당연한 이야기이지만 새것이 아닌 중고이다.

현수는 그 자리에서 분해와 조립을 해보았다. 혹여 빠진 부품이라도 있는지 확인한 것이다.

"뭐야? 당신, 군인이었어?"

"나……? 한때는."

너무도 능숙한 솜씨였기에 멘델의 입이 벌어져 있다. 늘 무기를 다루는 자신조차 보여줄 수 없는 솜씨에 감탄한 것이다.

"한국에서는 젊었을 때 누구나 군대를 가."

지사장의 설명을 듣고 이해가 간다는 듯 고개를 끄덕인다.

"가시죠."

"그래."

멘델의 주유소를 나선 둘은 차를 타고 중심가로 향했다. 그곳엔 쇼핑센터가 있는데 부자와 외국인을 위한 것이라 한다.

눈치를 보아하니 이춘만 과장은 항만 관리자의 마음을 살 뇌물을 준비하려는 것이다. 웃음이 나왔지만 모른 척했다.

내일 대신 통관 작업을 하겠다고 하고는 마타디에 다녀오는 척한 뒤 물건을 꺼내줄 생각인 것이다.

이 과장은 총을 내려놓고 하차하라고 한다. 이곳부터는 제법 치안이 잘 잡힌 곳이라는 뜻이다.

시키는 대로 했다. 그리곤 하차하여 주변을 둘러보았다.

킨샤사에 이런 곳도 있나 싶을 정도로 번화하다. 상점도 많고 가게들도 번듯하다.

"자넨 필요한 물건 없나?"

"저요? 저는 괜찮은데요."

현수는 말을 하면서도 주변을 살펴보았다. 조심해선 손해 볼 일이 없기 때문이다.

"오늘 저녁엔 마투바더러 스팸을 요리하라고 할까? 맥주 안주론 딱이잖아."

"지사장님, 마투바가 말하길, 통관할 거 있다고 했는데 그거 어떻게 되었습니까? 내일 오나요?"

슬쩍 염장을 질러보았다. 아나나 다를까, 이춘만 지사장의 이맛살이 확 좁혀든다.

그 순간이다.

앞에 있던 골목에서 공 하나가 튀어나온다. 그런데 멀지 않은 곳에서 트럭 한 대가 달려오고 있다.

많은 짐을 실었는데 운전사는 노래를 따라 부르는지 입을 벙긋거린다. 그런데 시선이 전방이 아니라 룸미러로 향해 있다.

한 손으로 자신의 머리를 쓱쓱 쓰다듬으며 거울로 보고 있었던 것이다.

이곳은 킨샤사에서도 길이 잘 닦여 있는 곳이라 그런지 시속 60~70㎞는 되어 보이는 속도이다.

아니나 다를까, 아이 하나가 골목에서 튀어나온다.

튀어나간 공을 잡으려는 것이다. 아마도 아이의 눈에는 공 이외엔 보이지 않는 모양이다.

"멈춰……!"

아이가 튀어나오는 바로 그때 트럭이 달려든다. 운전자의 시선은 여전히 거울에 있다. 그 순간 현수의 신형이 그야말로 번개처럼 앞으로 향했다.

"아아앙……!"

아이가 차의 앞바퀴 밑으로 파고들려는 바로 그때 현수가 낚아챘다. 그리곤 오전에 내린 비에 젖은 땅을 서너 바퀴나 굴렀다.

"아아악! 포올~!"

촤아아악~!

현수가 아이를 잡아채는 바로 그 순간 고여 있던 흙탕물이 아이와 현수를 덮쳤다. 그와 동시에 찢어질 듯한 여인의 비명이 터져 나왔다.

사실 현수는 마법으로 트럭을 비켜가게 할 충분한 실력이 있다. 하나 이곳은 지구이다.

함부로 마법을 쓸 수 없는 곳이다.

그렇기에 몸을 날린 것이다. 차에 치일 것이 뻔한 아이가 있기에 본능적으로 움직인 것이다.

이런 민첩한 움직임을 보일 수 있었던 것은 결계 안에서 체력을 키우기 위한 훈련과 검술 연습을 거듭한 결과이다.

"포올~!"

"괜찮니?"

"네에."

여자가 아이의 이름을 부르고 현수가 흙탕물에 젖은 아이를 살펴본 것은 거의 동시에 이루어진 일이다.

꽃무늬가 요란하게 그려진 옷을 입은 여인은 아이의 어미인 모양이다.

"다행이다. 앞으론 조심하거라."

"네에."

대답은 하지만 아이의 시선은 저쯤 굴러가 있는 축구공을 향해 있었다.

"고맙습니다. 정말 고맙습니다."

어느새 다가온 여인이 아이를 안아 들며 연신 고개를 숙인다.

"다치지 않아 다행입니다."

"네, 정말 고맙습니다. 근데 외국이시죠?"

"네, 한국에서 왔습니다."

"주재원이신가요? 어디 회사 소속이신지요?"

젊은 여인의 물음에 대답한 이는 이춘만 지사장이다.

"한국에서 온 천지건설(주) 직원입니다."

"아, 그러시군요. 정말 감사합니다."

"네, 아이더러 차 조심하라 이르십시오."

여인과 아이가 멀어져 간 이후 이춘만 과장은 쇼핑센터에서 비싼 양주를 구입했다.

최고급 위스키 발렌타인 30을 두 병이나 산 것이다. 한 병당 가격이 무려 1,000달러, 100만 원이다.

한쪽에서는 식량이 부족하여 굶어 죽는데 다른 한쪽에는 병당 100만 원짜리 술이 즐비하다.

쇼핑을 마친 둘은 사무실로 돌아와 맥주를 마시면서 오후 시간을 보냈다.

밤 8시쯤 되었을 무렵이다.

쾅쾅! 쾅쾅!

"이보게, 이 과장 있는가?"

술잔을 기울이고 있던 현수가 물었다.

"과장님, 아니, 지사장님, 이 시간에 누구죠?"

"글쎄? 목소릴 들어보면 대한실업 김 부장인 것 같은데, 그 친구가 이 시간에 웬일이지?"

문을 여니 50살은 되어 보이는 살찐 사내가 들어온다.

"이 지사장, 큰일 났네!"

"큰일? 무슨 큰일?"

"마타디 항구에 하역되어 있던 우리 컨테이너가 감쪽같이 사라졌다고 하네."

"무슨 소리야?"

술에 취한 이 과장의 반문에 김 부장이 설명한다.

설명을 들어보니 이 과장의 화물인 텔레비전 옆에 있던 땡 처리 옷의 주인인 듯하다.

현수는 흥미없다는 듯 자신의 방으로 향했다.

"마나여, 체내의 노폐물을 제거하라. 바디 프레쉬!"

단박에 술기운이 날아갔다. 밖에선 둘이 떠드는 소리가 들렸 지만 현수는 마나 집적진에 올라 고요히 마나 모으기를 했다.

쾅쾅! 쾅쾅!

"끄응! 누구야, 이 새벽에?"

새벽까지 마나심법에 심취해 있다가 4시쯤 잠들었던 현수 는 새벽 6시쯤 문 두드리는 소리에 깼다.

"에이, 쉬펄!"

눈을 비비며 문을 여니 정복 경찰들이 보인다. 당연히 다부 진 체격의 흑인들이다.

"무슨 일입니까?"

말은 이렇게 했지만 현수의 얼굴엔 당황한 기색이 완연하다.

'혹시 항구에서 컨테이너를 쏙싹한 걸 눈치챈 건가? 아냐. 지구에서 투명 은신 마법을 알아차릴 사람은 없어. 근데 경찰이 왜 날 찾아온 거지?

한국이나 콩고민주공화국이나 경찰이 보자고 하면 껄끄럽기는 마찬가지다.

그렇기에 잠시 당황하고 있을 때 방문한 경찰이 입을 연다.

"여기가 천지건설(주)입니까?"

"네, 그런데 웬일로 온 거죠?"

"어제 어린아이 하나를 구한 적이 있습니까?"

"그렇습니다. 그런데요?"

"당신이 아이를 구한 장본인입니까?"

"그렇습니다."

"청장님께서 부르십니다. 옷을 입고 나오십시오."

"청장님이요?"

현수는 의아하다는 표정을 지었다. 어디서나 흔히 볼 수 있는 아이 하나를 구했을 뿐인데 경찰의 최고 권력자가 부른다니 이상한 것이다.

'흐음, 내가 외국인이라 그런가?

"네, 킨샤사 경찰청 청장님께서 만나자고 합니다."

"경찰청장이? 날 왜 만나자고 하죠?"

"어제 구한 아이가 청장님의 아들입니다."

"아, 알겠습니다. 준비하죠."

현수가 청장을 대면한 것은 오전 10시다.

6시에 깨워 서둘러 옷을 입게 하여 그렇게 했다. 연후에 경찰청에 도착하니 7시도 안 되었다.

그때부터 무려 세 시간이나 기다린 것이다.

'하여간 권력자들이란! 그리고 그 밑에서 설설 기는 놈들이란! 에이, 쉬펄! 슬슬 짜증나려 하네.'

모르긴 해도 청장은 현수를 보고 싶다는 말만 했을 뿐이다. 그런데 꼭두새벽부터 닦달한 것이다.

과잉 충성의 극치이다.

"반갑네. 후조투 쿠아레이네."

"네, 천지건설(주)의 김현수입니다."

에어컨을 틀어놓아 춥다는 느낌이 들 정도로 시원한 실내에 나타난 이는 경찰 정복을 걸친 킨샤사 경찰청 청장이다.

그의 뒤에는 비슷하지만 덜 화려한 정복을 걸친 사내 하나가 더 있다.

"여긴 내 동생 아델 쿠아레이네. 자네가 어제 구한 폴은 내 아들일세."

"아, 안녕하십니까?"

"어제 위험으로부터 아이를 구해주어 고맙네. 아내가 미스터 킴에 대한 이야기를 하더군. 그 때문에 옷을 다 버렸다고 들었는데 괜찮은가?"

권력을 쥐고 있어서인지 은인에 대한 태도가 아니다. 고압적이란 느낌이 든 것이다. 하나 발작하진 않았다.

"아, 네에. 뭐어… 세탁하면 되겠지요."

현수가 치열을 드러내며 웃자 두 사내 역시 환한 웃음을 짓는다.

"자자, 자리에 앉지."

청장의 안내로 소파에 앉자 비서로 보이는 여자가 시원한 냉커피를 가져온다.

현수는 특별히 할 말이 없기에 말없이 커피만 마셨다.

"미스터 킴, 천지건설(주) 직원으로 우리나라에 파견되었는데 이곳에서 하는 일이 구체적으로 뭔가?"

"전 해외영업부 소속입니다. 다시 말씀드려 이곳에서 공사를 수주해 오라고 보낸 겁니다."

"그래서 공사를 수주했나?"

"아닙니다. 이곳에 지사가 개설된 지 올해로 3년이 된다는데 아직 한 건도 수주한 바 없습니다."

"하하, 그렇군. 그런데 왜 하나도 못했지?"

"아시다시피 저희 회사는 해외에 있습니다. 따라서 일정 규모 이상의 공사를 수주해야 공사를 할 수 있습니다. 그런데 그만한 일감을 만날 수가 없었다고 합니다. 그래서……."

현수가 말끝을 흐리자 청장이 입을 연다.

"여기서 공사를 하려면 권력자와 선이 닿아 있어야 한다는 말은 들은 바 없나?"

"비슷한 말을 듣기는 했습니다."

"그래? 그럼 그렇게 하려 노력했는가?"

"아니요. 그러지 않았습니다."

"공사 수주를 하러 왔다면서 왜 쉽고 빠른 길이 있는데 택하지 않았나?"

"문제 발생 소지가 있기 때문입니다."

"문제……? 무슨 문제를 말하는 겁니까?"

"권력자의 특혜로 공사를 하는 것은 좋습니다. 그런데 공사 품질에 문제가 발생되었을 때 그 권력자에게 누를 끼칠 수 있다는 겁니다."

"……!"

대꾸가 없자 현수가 말을 이었다.

"모처럼 공사를 하게 해줬는데 그분께 누를 끼칠 수는 없지 않습니까?"

"그야… 공사를 제대로 하면 되지 않나?"

"네, 물론 그렇습니다. 그런데 제대로 된 공사를 하려면 자재 수급이랄지 인력 동원이 적재적소에 이루어져야 합니다."

"당연한 말이군. 근데 뭐가 문제지?"

"제가 파악한 바에 의하면 마타디 항만에서의 통관에 문제가 있더군요."

"……!"

청장은 무슨 말인지 대강 짐작이 간다는 듯한 표정을 짓고 있다.

뇌물을 건네야 통관이 된다는 것 정도는 알기 때문이다.

게다가 오늘 아침엔 스무여 개의 컨테이너가 사라진 사건에 대한 보고를 받았다.

"그래서 좋은 품질의 공사를 해드리고 싶어도 할 수 없는 경우가 발생될 수 있습니다."

"그건 그렇다 치고, 인력 수급에도 문제가 있는가?"

"네, 저의 지사장님의 말에 의하면 계속해서 값을 올리는 것이 문제가 된다고 하더군요."

"흐음, 계속해서 값을 올린다고?"

"네, 처음엔 정해진 금액에 일을 시작하기는 하는데 얼마 지나지 않으면 돈을 더 달라는 요구를 하는데, 그게 처음의 몇 배가 되는 경우도 있다고 합니다."

"무슨 소리인지 알았네."

"네에."

알아들었다는데 무얼 더 말하겠는가.

현수는 입을 다물고 커피만 마셨다. 그렇게 1~2분 정도 지나자 청장이 자리에서 일어난다.

주인이 일어나니 당연히 따라서 일어났다.

"미스터 킴, 어제 아들을 구해주어 고맙네. 이곳에서 하는 일이 잘 되길 비네."

"네, 감사합니다."

숙소로 되돌아온 현수는 넥타이를 풀며 중얼거렸다.

"그깟 일로 사람을 오라 가라야? 에이!"

다시 편한 옷으로 갈아입고 밖으로 나오니 지사장이 심각한 표정을 짓고 있다.

"왜 그러세요?"

"놈들이 내 물건을 빼돌렸어."

"네에?"

"내가 수입한 텔레비전이 어제 감쪽같이 사라졌다고 하네."

"······!"

"나쁜 자식들! 그게 지금 내 전재산이나 마찬가지인데. 뇌물 안 준다고 지들이 그걸 가로채?"

지사장은 점심나절도 안 되었는데 벌써 취해 있었다.

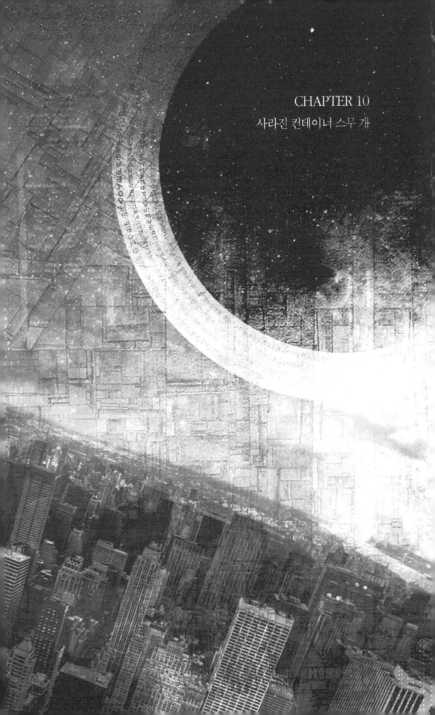

CHAPTER 10
사라진 컨테이너 스무 개

전능의팔찌

THE OMNIPOTENT
BRACELET

현수가 나가고 얼마 지나지 않아 이춘만 지사장도 밖으로 나섰다. 교민들에게 사정하여 돈을 꿀 생각을 한 것이다.

놈들이 요구하는 대로 대당 1,000달러씩 뇌물을 쓸 생각은 없다. 파는 가격이 그것보다 작기 때문이다.

하지만 대당 100달러까지는 줄 용의가 있다. 팔면서 값을 조금 올리고 나머진 손해를 감수하면 되기 때문이다.

그래도 얼마간의 이문은 남는다.

하여 돈을 빌리러 나선 것이다.

어젯밤 김 사장으로부터 컨테이너가 사라졌다는 소리를 들은 이후 놈들의 수작이라 생각했다.

빨리 뇌물을 가져오라는 뜻으로 파악한 것이다.

그런데 한국 식당 아카시아에 들렀을 때 청천벽력과 같은 소릴 들었다.

　항만에 있던 컨테이너 스무여 개가 진짜 없어졌다는 것이다.

　당연히 대경실색했다. 서둘러 확인해 보니 지사장의 물건이 있던 컨테이너도 포함되어 있다고 한다.

　한국 같으면 즉각 항만 책임자가 사과하고 적절한 배상까지 해줄 것이다. 하나 이곳은 한국이 아니다. 항의 전화를 했더니 유감스럽다는 말이 전부이다.

　자신들은 잘 보관하고 있었는데 감쪽같이 사라져서 사태를 파악하는 중이라고는 하는데 물어준다는 소리는 없다.

　지사장은 놈들이 아예 내놓고 수작을 부리는 것으로 짐작했다. 그도 그럴 것이, 컨테이너가 있는 곳은 아무나 들어갈 수 없는 곳이다.

　경비원의 허가를 받지 못하면 접근조차 못할 곳의 물건들이 사라졌음은 짜고 치는 고스톱이란 것이다.

　마음 같아선 길길이 날뛰고 싶지만 그럴 수 없다.

　치안이 좋지 못한 이곳에서 난동을 부리다간 자칫 총 맞아 죽을 수도 있다. 그렇기에 속을 달래기 위해 술을 마신 것이다.

　같은 순간, 마타디 항구는 완전히 뒤집어져 있다.

　지금껏 이런 일이 한 번도 안 일어난 것은 아니다.

　몰래 화물을 가로채서 나눠 먹기를 한 적이 여러 번 있다.

그럴 경우 이미 떠난 배에서 화물이 하역되지 않은 것처럼 서류를 꾸며 상부에 보고했다.

다시 말해 물건을 아예 받지 못한 것으로 처리한 것이다.

상부에서도 받아먹은 뇌물이 있기에 모르는 척 눈감고 묵인해 줬다. 하여 이번 일도 그런 일의 연장이라 생각하고 보고했다. 어떤 놈들이 빼돌렸는지 알 수는 없지만 조만간 용돈 정도는 생길 것이란 생각에 오히려 희희낙락했다.

그런데 불벼락이 떨어졌다.

당장 모든 컨테이너를 샅샅이 뒤져서라도 반드시 찾아내라는 명령이 떨어진 것이다. 만일 찾아내지 못하면 항만 관계자 전원을 처벌하겠다는 무시무시한 경고도 있었다.

항만청장이 직접 헐레벌떡 달려와 전직원을 집합시켜 놓고 누가 한 짓인지를 물었으나 아무도 대답하지 않는다.

그렇게 두어 시간이 지났어도 사태 해결의 조짐이 보이지 않았다. 하긴 가져간 장본인이 따로 있으니 아무도 내가 했다는 소리를 할 수 없는 것이다.

그러는 와중에 군인들이 등장했다. 거의 일개 중대 병력이 동원되어 온 것이다. 이들은 도착 즉시 항만 직원 하나씩 떼어 놓고 개별 심문에 들어갔다.

"말을 해! 말을 하란 말이야! 바른 대로 말하면 용서해 줄 테니 말해! 이 자식이! 너 죽고 싶어? 엉?"

퍼퍽! 퍼억~!

"크윽! 으으윽!"

심문하는 방마다 이런 소리가 나기에 항만 직원들은 전전긍긍하고 있었다. 특히 이 지사장에게 뇌물로 대당 1,000달러를 달라던 놈의 낯빛은 시퍼렇게 변해 있었다.

덩치만 컸을 뿐 겁이 많은 모양이다.

"말 안 해? 어쭈? 입을 다물어? 지금부터 뇌 속에 있는 걸 모두 꺼내놓는다. 실시!"

"이 자식이 뒈지고 싶어 환장했나? 한번 죽어볼텨?"

퍼퍽! 퍽, 퍽, 퍼퍼퍼퍽!

"으악! 케엑! 끄으윽! 사, 살려줘! 크윽!"

"평상시 조금이라도 이상한 행동한 놈이 있으면 지금 즉시 분다. 실시! 어쭈! 안 불어? 매가 부족해? 좋아, 너 오늘 한번 죽어봐라! 이잇!"

퍼어억!

"아아악!"

이날 이후 항만 관계자들 간엔 노골적인 반목이 발생됐다. 서로가 서로를 고발했고, 서로가 서로를 믿지 못하여 감시하는 체제가 되어버린 것이다.

한편, 화물을 강탈당했다 생각한 화주들의 거센 항의가 있었다. 하나 없어진 화물을 어쩌겠는가!

군인들은 총으로 항의하는 화주들을 밀어냈다.

그러거나 말거나 현수는 킨샤사 거리를 오가면서 돈 될 만한 것을 찾았다.

"빌어먹을! 너무 가난한데다 기업이라고 할 만한 것도 없잖

아. 이런 데서 뭘 수주하라는 거야? 나라에서 하는 공사 외엔 할 게 없는 데잖아. 에이, 퉤!"

핸들을 움켜쥔 손에 괜스레 힘만 주어보았다. 그렇게 거리를 돌다가 돌아온 것은 늦은 저녁이다.

"지사장님은?"

"술 먹고 뻗었어요."

"마투바, 밥은 먹었어?"

"네, 전 먹었어요. 미스터 킴은 배고프죠? 조금만 기다려요."

잠시 후 가져온 것은 김이 무럭무럭 나는 라면이다.

"이거 맛있어요. 미스터 킴, 먹어요."

"마투바도 이거 먹어봤어? 매울 텐데?"

"나도 매운 거 잘 먹어요. 내 동생들도."

보아하니 이춘만 과장이 각별하게 생각하여 도움을 주는 듯하다. 자기 욕심만 채우는 사람이 아니라 생각하니 왠지 더 정이 가는 것 같아 현수는 희미한 웃음을 지었다.

"그래? 동생들 얘기 좀 해봐."

"네, 동생이 셋 있는데 큰놈은 열 살, 둘째가 아홉 살, 막내가 여덟 살이에요."

"마투바하고 나이 차이가 많이 나네?"

"네. 근데 참 예뻐요."

현수가 라면을 먹는 동안 마투바는 개인 신상을 줄줄이 공개했다. 엄마는 병에 걸려 죽었지만 아빠와 오빠는 반정부 시위를 하다 총에 맞아 죽었다.

또 다른 오빠가 하나 있는데 실종된 상태이다. 이런 상황에서 소녀 가장이 되어 동생들을 보살피고 있다는 것이다.

마투바는 현재 외출을 자제하고 있다. 길에서 군인이라도 만나면 끌려가서 성폭행을 당하기 때문이다.

킨샤사에선 군인이 국민을 보호하는 게 아니라 강간한다.

며칠 전엔 일흔 살이 넘은 할머니와 임산부, 그리고 열여덟 살짜리 소녀를 포함해서 다섯 명의 여성이 같은 날 같은 지역에서 모두 군인들에 의해 성폭행당했다.

작년엔 마투바도 공격을 당했다. 운이 좋아 그 공격을 피할 수 있었다. 이후 아예 외출을 하지 않고 있는 것이다.

실제로 킨샤사에선 성폭행 때문에 오후 6시 이후에는 여성들이 집 밖으로 나가지 못한다.

밤이 되면 화장실도 가지 못할 정도이다.

듣고 보니 불쌍하다. 그럼에도 구김살없어 보이는 것이 대견해 머리를 헝클어뜨리며 말했다.

"힘내, 마투바! 내가 도와줄 수 있는 거 있으면 언제든 말해. 힘 닿는 데까지 도와줄게."

"네에, 고마워요."

다음날 아침, 현수는 콩고민주공화국에서의 일곱 번째 아침을 맞이했다.

새벽에 비가 내렸는지 습도가 높아 기분이 상쾌하지 못했다.

마투바는 별다른 말 없이 현수가 식사를 마칠 때까지 시중 들어 줬다. 설거지하러 그릇을 가져가자 물 잔을 끌어당겼다.

　"마나여, 열을 가하라! 히팅!"

　전자레인지보다도 훨씬 빠르다. 부글부글 끓는 물에 커피믹스 하나를 털어 넣었다.

　그리곤 기분 좋게 커피를 마셨다.

　"어라? 미스터 킴, 직접 물을 데웠어요? 내게 말하면 내가 해줄 텐데."

　"마투바는 설거지하느라 바빴잖아."

　"미스터 킴은 좋은 남자예요."

　"하하! 내가?"

　현수가 환한 웃음을 짓자 마투바가 입을 연다.

　"미스터 킴, 오늘은 일요일인데 내 부탁 하나 들어줄래요?"

　"부탁? 뭐지?"

　"동생들 바람 좀 쐬게 해주고 싶은데 차 태워줄 수 있어요?"

　"물론이야. 어딜 가고 싶은데?"

　"콩고강을 구경시켜 주고 싶어요."

　"오케이. 나오라고 해."

　잠시 후 현수의 랜드로바가 달리기 시작했다.

　킨샤사의 은질리 공항에서 북쪽으로 40~50분쯤 달리면 콩고강을 볼 수 있는 유원지가 몇 곳이 있다고 한다.

　어린 시절 아빠를 따라서 가보았는데 오늘 문득 거기 생각이 나서 동생들을 데리고 가고 싶었다고 한다.

현수는 운전을 하고 마투바는 조수석에 앉았다. 동생들 셋은 뒷좌석에 앉았는데 난리가 아니다.

온종일 집에 갇혀 있다시피 하다가 탁 트인 곳에 나오니 신나는 모양이다.

한바탕 신나는 구경을 하고 돌아왔다. 그런데 사무실 입구에 쪽지가 붙어 있다.

미스터 킴, 천지건설(주)의 시공 실적서를 가지고 경찰청장실로 오기 바랍니다.

"뭐야? 일이라도 주려는 건가? 마투바, 우리 회사 시공 실적서 어디에 있어?"

"시공 실적서가 뭐예요?"

"끄으응! 알았어. 내가 찾아볼게."

지사장의 책상 서랍을 열어보니 시공 실적을 기록한 서류가 있다. 대한민국에서도 손꼽히는 거대 건설회사이기에 시공하지 않은 분야가 없을 정도로 화려한 실적들이 기록되어 있다.

"흐음, 이거군. 마투바, 나 좀 나갔다 올게. 지사장님 오시면 그냥 외출했다고 해줘."

"네에."

현수가 경찰청에 도착한 것은 뜨거운 뙤약볕이 한풀 꺾인 오후 5시경이다.

"정지! 무슨 용무이십니까?"

현수는 사무실 앞에 붙어 있던 쪽지를 보여주었다. 글귀 아래엔 콩고민주공화국의 경찰 로고가 그려져 있다.

"청장실로 오라는 전갈을 받고 왔습니다."

"넵! 들어가십시오."

위병을 서던 경찰이 경계까지 붙여줘 기분이 좋았다.

"어서 오십시오. 청장님께서는 지금 손님과 함께 계시니 잠시 기다려 주십시오."

어제 냉커피를 가져다주었던 그 비서다.

"네, 알겠습니다."

현수는 한 시간 가까이 기다렸다. 그러는 동안 왜 시공 실적서를 요구했을지를 생각해 보았다.

그러는 사이에 적지 않은 시간이 흘렀다.

"안으로 들어오시랍니다."

"알았습니다."

문을 열고 안으로 들어가자 청장 이외에도 나이를 짐작할 수 없는 정장 차림 사내가 있다.

"안녕하십니까?"

"어서 오게. 이쪽은 콩고민주공화국의 내무장관이시네."

"안녕하십니까? 대한민국 천지건설(주)의 김현수입니다."

"반갑네. 가에탄 카구지라 하네."

현수는 내무장관이 내미는 명함을 공손히 받았다.

"만나 뵙게 되어 영광입니다."

웃는 낯에 침 못 뱉는 법이다. 현수는 자신을 낮춰 상대로 하여금 우월감을 느끼게 해주었다.

그래서 손해날 일 없기 때문이다.

"그런가? 자리에 앉지."

"네."

자리에 앉자마자 내무장관이 묻는다.

"천지건설(주)은 대한민국에서 어느 정도 규모의 건설회사인가?"

"저희 회사는 도급 순위 5위인 대형 건설회사로서⋯⋯."

현수는 설명을 하면서 여러 자료들을 꺼내서 보여주었다.

회사가 시공한 아파트, 빌딩, 각종 공장, 플랜트 설비, 댐, 발전소, 비행장, 고속도로 등등이다.

이 밖에도 부지 조성 공사, 대규모 하수관로 공사, 그리고 매립 공사 등 토목공사 실적이 빼곡하게 기록되어 있다.

경찰청장과 내무장관은 이 정도로 큰 회사일 것이라곤 전혀 상상치 못했는지 크게 놀라는 표정이다.

"이건 저희 회사에서 시공한 시공 실적서입니다."

현수가 내놓는 걸 보니 거의 두꺼운 책 한 권이다. 이것을 대강 훑어본 둘은 질렸다는 표정으로 서로를 바라보았다.

심지어 원자력 발전소 건설과 우주선 발사 기지까지, 그야말로 안 해본 것이 없을 정도이니 할 말을 잃은 것이다.

천지건설(주)은 2012년 시공능력평가8)에서 10조 8천억을

8) 시공능력평가:건설업체 시공 능력을 공사 실적 경영 상태 기술 능력 신인도 등을 종합해 평가하는 것으로 매년 7월 말께 공시된다. 발주자가 적정한 업체를 선정할 수 있게 하려는 취지에서 만든 제도이다.

인정받은 회사이다.

현수는 자료를 손으로 짚어가며 차분하게 설명을 이어갔다.

"저희 회사의 2012년 매출액은 약 105억 달러(11조 1천억 원)였으며, 올해 목표는 120억 달러(12조 7천억 원)입니다."

다음에 보여준 것은 건설회사 세계 순위표이다.

천지건설(주)에서 제작한 것이 아니라 미국의 타임지에 실린 기사 내용이다. 여기엔 2012년 세계 100대 건설회사 이름과 실적 등이 기록되어 있다.

천지건설(주)은 이중 50위를 마크하고 있다.

자료를 보던 청장과 장관은 하찮게 생각했던 현수가 새삼스레 다시 보인다는 표정이다. 당연히 우쭐한 마음이 든다. 하여 얼굴 가득 미소를 머금으며 말을 이었다.

"어떤 공사를 계획 중인지 알 수는 없지만 저희 회사에 맡겨주시면 차질없이 완벽한 품질의 시공을 기대하실 수 있을 겁니다."

현수의 말에 내무장관이 고개를 끄덕였다.

"좋아요. 그럼 천지건설(주)의 장점을 짧게 설명해 보시오."

"네, 저희 회사에 일을 맡겨주시면 세계 유수의 건설사에 비했을 때 비용은 덜 들고 공사 기간은 짧지만, 품질은 대등한 결과를 얻으실 겁니다."

"정말 그렇다면 훌륭하오. 알겠소. 이 서류들을 놓고 가시오. 나중에 연락하리다."

"네, 알겠습니다."

내무장관의 말하는 투가 약간 바뀌었다는 느낌에 현수는 흐뭇한 미소를 지었다.

정중히 허리 숙여 인사를 한 현수는 고개를 드는 순간 입술을 달싹였다.

"마나여, 이 사람들의 마음을 사로잡아 내게 호감을 느끼게 하라. 참 어펜시브(Charm Offensive)!"

눈에 보이지 않는 마나의 파동이 있었다. 당연히 둘은 이를 눈치채지 못한다.

"아, 미스터 킴, 갈 때 차 조심 하시오."

내무장관의 말에 이어 청장이 어깨를 두드린다.

"이곳에서 지내면서 어려운 일 있으면 언제든 전화하게."

"네, 알겠습니다."

청장실을 나서는 현수의 입가엔 만족한 미소가 어려 있다. 둘의 태도 자체가 확연히 달라진 때문이다.

오늘 경찰청장 후조토 쿠아레가 현수를 부른 것은 어제의 은혜를 갚기 위함이다.

청장은 콩고민주공화국의 내무장관인 가에탄 카구지와 같은 고향 친구 사이이다. 그리고 장관의 누이동생이 바로 청장의 아내이니 처남 매부지간이다.

어제 구해준 폴은 장관의 조카가 되는 것이다.

아무튼 경찰청장은 현수를 도와주려는 마음을 품었다.

하나뿐인 아들을 구해준 은인이 아닌가!

하여 계획 중인 새 경찰청 청사 신축 공사를 맡겼으면 하는 생각을 했다.

그런데 이것에 대한 허가권이 처남인 내무장관에게 있다.

하여 어제의 사고 소식을 전하면서 현수가 했던 말도 전했다. 조금이라도 유리하게 해주려는 의도이다.

그리곤 새 경찰청 청사 신축 공사를 맡겨보는 것이 어떻겠느냐는 의견을 제시했다. 그랬더니 현수를 한번 보자고 했다.

그 결과 대면하게 된 것이다.

애초에 맡기려던 경찰청 청사 건물의 신축 예산은 설계비를 포함하여 약 500만 달러이다. 한국 돈으로 50억 정도 된다.

그런데 만나서 이야길 해보니 천지건설(주)은 그만한 공사에 눈 하나 깜박하지 않을 거대 건설회사다. 그렇기에 청사 신축에 대한 이야기는 한마디도 하지 않고 돌려보낸 것이다.

현수가 나가고 난 뒤 둘은 한동안 대화를 했다.

전과 다른 점이 있다면 둘 다 현수에게 어떻게든 공사를 주려는 마음이 생겼다는 것이다.

물론 참 어펜시브 마법이 이들에게 작용한 결과이다.

2013년 2월 11일 월요일.

현수는 내무장관의 부름을 받고 이춘만 지사장과 동행했다.

지사장이 화물을 잃고 하도 안달복달하여 현수는 아무도 모르게 마샬링야드 뒤편에 컨테이너 열여덟 개를 꺼내놓았다.

두 개의 컨테이너를 마저 꺼내놓지 않은 것은 이것이 완전히 밀봉되어 있었기 때문이다. 다시 말해 컨테이너의 문 부분이 완전히 용접되어 있었다. 내용물이 무엇인지 알 수는 없지만 흥미가 느껴졌기에 남겨놓은 것이다.

항만 관계자들은 감쪽같이 사라졌던 컨테이너들이 다시 나타나자 한바탕 난리를 치렀다.

화주들의 거센 항의를 받았지만 웬일인지 순순히 잘못을 인정하고 화물들을 통과시켰다. 이 중에는 이 지사장의 텔레비전도 당연히 있다.

지사장은 뇌물을 줬다. 한데 받으려 하지 않는다. 하여 더 기분 좋아했다. 꺼내온 화물을 처리하고 제법 두둑한 돈을 만지게 되어 기분이 좋았는지 이틀이나 술을 샀다.

한편, 항만 관계자들은 나타나지 않은 두 개의 컨테이너 때문에 또 한 번 곤욕을 치렀다.

군인들이 나타났고, 군화에 조인트가 까지는 것은 기본이다. 가장 심하게 당한 자는 이춘만 과장에게 텔레비전 한 대당 1,000달러의 뇌물을 요구했던 자이다.

얼마나 두들겨 맞았는지 온몸에 피멍이 들었다. 게다가 양쪽 눈가에 안와골절[9]까지 당했다. 그 결과 팬더라는 별명을 갖게 되었다. 두 눈두덩이 시퍼렇게 멍든 때문이다.

"장관님께서 기다리고 계십니다. 안으로 들어가십시오."

"감사합니다."

비서가 열어준 문으로 들어가니 우람한 체구를 한 가에탄

---

9) 안와골절(Orbital Fracture):눈 주위의 외상에 의하여 눈을 둘러싸고 있는 뼈가 부러지는 것.

카구지가 환한 미소로 맞는다.

"아, 미스터 킴, 어서 오시오."

"네, 장관님!"

"근데 같이 오신 분은?"

"네, 저희 회사의 이곳 지사 지사장님이십니다. 이 과장님, 뭐하세요? 어서 인사하세요."

"으응? 그, 그래. 안녕하십니까? 천지건설(주) 콩고민주공화국 지사 지사장인 이춘만입니다. 만나 뵈어서 영광입니다."

말을 하는 지사장의 몸은 사시나무 떨리듯 떨고 있었다. 과도한 긴장 때문이다.

그도 그럴 것이, 내무장관은 콩고민주공화국의 실세 중의 실세이다. 대통령이 된 카빌라와는 동문수학을 했고, 그가 대통령이 될 때 혁혁한 공을 세웠으며, 혈연으로는 사촌동생이다.

실세 중의 실세가 만나자고 했기에 오는 내내 인사말을 중얼거리면서 외웠다. 그런데 실수하지 않고 잘했다.

하여 슬그머니 미소를 지었다.

"반갑소. 내무장관이오."

"네, 장관님!"

이춘만 과장은 두 손으로 악수를 하며 허리를 90도로 숙였다.

지극히 황송하다는 표정과 함께.

"자, 앉으시오."

"네, 감사합니다."

자리를 잡자 비서가 음료수를 가져왔다. 그리고 얼마 지나지 않아 두 사람이 더 들어와 앉는다.

"이쪽은 내무차관인 진저엘 두림바라 하네."

"네에, 반갑습니다."

"이 사람은 내무부 건설국장인 조셉 투윙크이고."

"반갑습니다."

인사를 하고 서로 명함을 교환하는 시간이 잠시 있었다.

"흐흠, 그럼 미스터 킴을 왜 불렀는지 설명하겠네."

"네, 말씀하십시오."

"건설국장, 그것 좀 펼쳐 봐."

"네, 장관님!"

건설국장이 자리에서 일어서는가 싶더니 한쪽 벽에 쳐져 있던 커튼을 열어젖힌다.

그러자 콩고민주공화국의 전도가 보인다. 여기저기에 핀도 꽂혀 있고 붉고 푸른 깃발도 박혀 있다.

"설명하게."

"네, 장관님! 허험! 우리 콩고민주공화국에서는……."

건설국장의 설명은 다음과 같다.

콩고민주공화국의 영토에는 잉가강이 흐른다.

이 강은 콩고강으로 흘러드는 강인데 아마존강 다음으로 수량이 풍부하다.

정부에서는 이 강에 네 개의 댐을 건설하고 각각의 댐에 수력발전소를 지을 계획을 가지고 있다. 이 중 세 번째 댐에 대한 설계와 시공을 천지건설(주)에 상의하고자 한다는 것이다.

현장 실사를 하고 그에 따른 일체의 견적이 되면 면밀히 서류를 검토한 뒤 MOU[10]를 체결하고, 턴 키 베이스 방식[11]으로 공사를 맡기겠다는 것이다.

자다가 깜짝 놀란다는 말이 있다.

이춘만 과장이 그렇다.

현수가 내무장관실로 함께 가야 한다는 말을 했을 때만 해도 무슨 사고를 쳤느냐고 물었다. 국외 추방이라도 당하면 애써 마련한 기반이 송두리째 뽑히는 것이기 때문이다.

하나 현수는 이런 상황이 있을 것이라고 어느 정도 예측은 했다. 그런데 그 규모가 어마어마하다.

무려 35억 달러(3조 7천억 원)짜리 공사인 것이다.

이 정도 공사라면 해외영업부장은 물론이고 전무이사나 상무이사가 기술진을 총동원해서 영업을 해도 딸까 말까 한 공사이다. 어쩌면 사장이나 회장까지 나설 수도 있을 규모이다.

그런데 달랑 두 명뿐인 해외지사에서, 그것도 하나는 사고

---

10) 양해각서(Memorandum Of Understanding):당사국 사이의 외교 교섭 결과 서로 양해된 내용을 확인 기록하기 위해 정식 계약 체결에 앞서 행하는 문서로 된 합의. 원래는 본 조약이나 정식 계약의 체결에 앞서 국가 사이에 이루어지는 문서로 된 합의를 가리키지만, 지금은 좀 더 포괄적 의미로 쓰인다.

11) 턴 키 베이스 방식(Turn Key Base System):플랜트 수출이나 해외 건설 공사 등에서의 수주 방식 중 하나. 키(열쇠)만 돌리면 설비나 공장을 곧바로 작동시킬 수 있는 상태에서 인도한다는 것에서 유래. 일괄 수주 계약이라고도 하며, 시공자가 조사, 설계에서부터 기기 조달, 건설, 시운전 등 전 과정을 맡게 된다. 인력이 부족한 국가들로부터의 플랜트 상담이 대부분 턴 키 방식으로 이뤄진다.

쳐서 쫓겨난 만년 과장이고, 다른 하나는 실세의 견제에 밀려난 신입사원이 있는 초 소규모 지사이다.

그런 구멍가게만도 못한 지사에서 본 계약이 거의 확실시되는 MOU 체결이란 소리까지 듣고 있다.

천지건설(주)의 지난해 매출액의 3분의 1에 해당되는 공사를 수주하라는 말에 이 과장은 넋이 나갔고, 현수 역시 대단히 많이 놀라고 있다.

그러거나 말거나 건설국장의 설명이 이어지고 있다.

"본국은 이번 공사에서 발생되는 수익에 대한 세금을 면제하여 줄 것이며, 공사를 위해 통관되는 모든 자재 등은 최우선적으로 무관세 통과시켜 줄 것입니다."

최고급 비단에 멋진 그림까지 그려서 준단다. 이를 금상첨화라 한다.

현수는 내무장관과 시선을 맞췄다.

흐뭇한 표정을 지으며 고개를 끄덕인다. 현수의 놀라는 모습을 보고 싶었다는 표정이 역력하다.

아무리 마법을 걸었다지만 이처럼 엄청난 결과가 야기될 것이라곤 상상조차 못했다. 그렇기에 진심으로 감사한 마음을 담은 눈빛으로 바라보며 고개를 숙여 인사했다.

내무차관과 건설국장에게도 인사를 했다. 고개를 들 때에 현수의 입술이 달싹이는 것을 본 사람은 아무도 없다.

"마나여, 이 사람들의 마음을 사로잡아 내게 호감을 느끼게 하라. 참 어펜시브(Charm Offensive)!"

Offensive는 '모욕적인', '불쾌한' 이란 뜻 이외에도 '공격적인' 이라는 뜻도 있다.

그만큼 적극적으로 매혹 마법이 실현되도록 한 것이다.

설명 도중에 인사를 받은 건설국장 역시 정중히 답례를 했다. 내무장관이 특혜를 베풀 정도이면 대단한 사람일 것이란 생각 때문이었다.

그런데 고개를 드는 순간 마음이 바뀐다. 눈앞의 사내가 무엇을 원하든 최선을 다해 도와야겠다는 마음이 든 것이다.

다음 설명은 공사 수주에 대한 대가 지불 방식에 관한 것이다. 가난한 나라인 콩고민주공화국은 공사비를 돈으로 지불할 수 없다.

그렇기에 구리와 코발트, 그리고 콜탄과 석유, 메탄가스 등의 지하자원을 개발하여 직접 캐 가는 방식을 취하자고 한다.

내무장관은 광업부 마틴 카베루루(Martin Kabwelulu) 장관과 광업개발권관리청(CAM)의 뮤판데(Mupahde) 청장과는 이미 사전 조율이 되어 있는 상황이라고 한다.

이것에 대한 설명을 듣는 동안 현수는 공사비가 기하급수적으로 늘어나고 있음을 직감했다.

광산 개발을 위한 도로 건설뿐만 아니라 이를 반출해 가기 위한 항만 신설까지 포함되었기 때문이다.

게다가 일체의 건설을 위해 콩고민주공화국 어디든지 시멘트 공장을 지을 수 있도록 협조를 아끼지 않겠다고 했다.

나머지 공사비는 계산조차 할 수 없었다.

아주 화기애애한 분위기에서 설명을 듣고 조촐한 연회까지 있었다. 그 자리엔 킨샤사 경찰청장 후조토 쿠아레와 그의 아우 아델 쿠아레, 그리고 내무장관의 동생인 리사 카구지와 그의 아들 폴 카구지가 있었다.

아델 쿠아레는 경찰청 차장으로서 실무 총책임자이다.

샴페인 잔을 들고 다가온 그는 무엇이든 적극적으로 돕겠다면서 어려운 일이 있으면 언제든 연락하라고 했다.

그 역시 현수의 참 어펜시브 마법에 걸려 지극한 호감을 갖게 된 결과이다.

2월 11일 밤 9시 30분.

이춘만 과장은 본사 해외영업부장과 전화 연결을 했다.

대한민국의 수도 서울의 시각은 오후 5시 30분이다.

"여보세요? 아! 해외영업부장님이십니까?"

"그렇다네. 해외영업부 최규찬 부장이네."

"저, 킨샤사 지사에 있는 이춘만 과장입니다."

"킨샤사? 이춘만 과장?"

해외영업부에선 콩고민주공화국 킨샤사 지사와 이춘만 과장은 없는 존재로 치부하고 있다.

다시 말해 완전히 관심 밖이다. 이들의 존재에 대해 확실히 인식하고 있는 부서는 오로지 경리부뿐이다. 매월 급여를 지불하고, 지사 운영비를 송금해야 하기 때문이다.

최규찬 부장은 잠시 수화기를 손으로 막은 채 부하 직원에게 물었다.

"이 차장, 킨샤사 지사가 어디에 있는 거야? 그리고 이춘만 과장이라는 친구는 또 누구고? 우리 해외영업부에 그런 존재가 있었어?"

"아, 잠깐만요. 저도 잘……."

말끝을 얼버무린 이 차장이라는 사내가 얼른 조직도를 꺼내 확인해 본다.

"아! 킨샤사 지사라면 아프리카 콩고민주공화국에 있는 우리 지사 맞습니다. 이춘만 과장은 작년에 사고를 쳐서 그리로 귀양살이 간 친구구요."

"그래? 그런 친구가 왜 내게 전화를 했지?"

"글쎄요? 아마 거기서 못살겠다고 다른 데로 옮겨달라는 하소연을 하려는 건 아닐까요? 아님 그만둔다고 하든지요."

"제길, 조금 이따 임원회의 들어가서 보고해야 하는데 이따위 친구와 전화 통화를 해야 하다니."

최규찬 해외영업부장은 나직이 투덜거렸다.

임원들은 올해 해외 영업 수주 금액이 너무 적다면서 매일 직원들을 닦달하라고 야단이다. 오늘은 앞으로 있을 주주총회에 보고해야 할 자료를 만들어 제출하는 날이다.

보나마나 수주 금액이 적다고 깨질 게 분명하다.

어쩌면 정기인사 때 좌천될지도 모른다. 그래서 너무도 초조하고 스트레스가 쌓이는 상황이다. 그런데 듣도 보도 못한 곳에서 어떤 듣보잡이 전화를 걸었다.

그렇다고 욕설을 하고 끊을 수는 없다. 보고 자료가 얼마나
만들어졌는지 확인하러 나왔다가 부하 직원들이 다 보는 앞에
서 전화를 받는 상황이기 때문이다.

CHAPTER 11
35억 달러짜리 공사

"아, 이춘만 과장. 먼 곳에서 수고가 많네."

"네, 감사합니다."

"그래, 무슨 일로 내게 직접 전화를 했는가?"

"네, 부장님께 보고드릴 사항이 있어 전화 드렸습니다. 통화, 괜찮으시겠습니까?"

"잠깐만, 소리가 잘 안 들리네. 이 차장! 이 전화 볼륨을 키울 수 있는 거라면서?"

"네, 그렇게 해드릴까요?"

"그래 주게."

"그럼 잠시만."

이 차장이 버튼 몇 개를 누르더니 최 부장의 손에서 송수화기를 받아 내려놓는다.

"참, 이게 고장 나서 볼륨 조정은 핸즈프리에서만 작동됩니다."

"음, 알겠네. 아, 이 과장, 이제 말하게. 그래, 보고할 사항이 있다고? 말해보게."

"네, 부장님. 저희 킨샤사 지부에서 이번에 공사 하나를 수주했습니다."

"뭐라고? 공사를 수주했다고?"

그렇지 않아도 공사 수주가 적어 스트레스 받는 중이다. 그런데 수주라는 말이 들리니 귀가 활짝 열리는 기분이다.

"네, 아직 계약서 작성을 한 것은 아니지만 곧 MOU 체결을 하고 곧이어 본계약을 하게 될 것 같습니다."

"뭐, MOU?"

최 부장의 이맛살이 확 찌푸려졌다.

이런 걸 작성할 정도의 공사라면 어마어마한 규모여야 한다.

그런데 아프리카에서도 가난하기로 이름난 콩고민주공화국의 직원이라곤 두 명밖에 없는 지부에서 언급하고 있다.

보아하니 양해각서라는 것이 무언지도 모르는 놈인 듯하다. 그렇기에 인상을 쓴 것이다.

직원들이라 하여 어찌 부장의 심사를 모르겠는가!

하여 숨죽인 채 슬그머니 시선을 돌리고 있었다.

"자네 MOU가 뭔지나 알고 하는 말인가?"

"물론입니다. 본계약에 앞서 계약이 거의 확실하다는 의미로 서명하는 양해각서 아닙니까?"

"좋아, 말해보게. 양해각서까지 체결한다는 그 거창한 공사
는 대체 무엇인가?"

"네, 이번에 계약하게 될 공사는 잉가강에 댐과 수력발전소
를 만드는 겁니다."

아쉽게도 콩고민주공화국은 전력 사정뿐만 아니라 전화 사
정도 좋지 못하여 잉가강부터 댐과 수력발전소라는 말이 뭉개
져서 흘러나왔다.

최 부장은 이 차장을 보며 동의를 구한다.

"뭐, 인마······? 지금 이놈이 나한테 인마라고 한 거지?"

최규찬 부장의 물음에 이 차장이 고개를 갸웃했다.

잉가라는 말이 인마로 들린 것 같기도 하고 아닌 것 같기도
해서이다. 시선을 돌려 다른 직원들을 보았으나 그들 역시 고
개만 갸웃거린다.

그때 이춘만 과장의 음성이 다시 들린다.

"부장님, 제 말 들리십니까?"

"그래, 들리네. 그런데 조금 전에 한 말이 잘 안 들렸네. 다
시 한 번 말해보게."

최 부장은 부하 직원들이 있기에 화를 억누르고 평상시의
음성으로 대답했다.

"네, 오늘 콩고민주공화국의 내무장관님과 면담을 했는데
우리 회사에서 잉가강 댐 공사와 더불어 수력발전소를 건설하
는 공사를 해달라는 요청을 받았습니다."

"뭐, 뭐라고?"

최규찬 부장은 나른했던 오후의 피로가 한 번에 사라지는 희한한 경험을 했다. 비단 최 부장뿐만이 아니다.

요즘 들어 해외영업부의 수주 실적이 너무 낮다고 거의 매일 깨지는 중이라 직원들 모두 전전긍긍하는 상황이다.

그런데 댐이라니!

게다가 수력발전소도 있다고 한다.

결코 소규모일 수 없는 공사이다.

하여 하던 업무는 모두 중단되었다. 모두의 시선이 전화기로 쏠렸고, 모두의 귀 역시 전화기로 향했다.

당연히 숨소리조차 나지 않는 고요가 유지되었다.

"이, 이보게, 이 지사장! 그 공사 규모가 얼마라 하던가?"

최 부장의 말투는 어느새 바뀌어 있었다.

"네, 이곳 내무장관님 말씀으로는 약 35억 달러 정도가 될 것이라 했습니다."

"뭐……? 삼, 삼십오억 달러?"

"네, 35억 달러 맞습니다. 한국 돈으로 환산하면 3조 7천억쯤 되나요?"

"헉! 3조 7천억! 자, 자네 정말인가?"

최규찬 부장은 얼른 주머니에 손을 넣고는 허벅지를 꼬집어 보았다. 아프다. 꿈이 아니라는 뜻이다.

이 순간 통화를 하고 있던 이춘만 과장은 현수와 시선을 마주치면서 웃고 있었다.

본사에서 어떤 반응을 보일지 환히 보인다는 뜻이다.

하나 웃음소리를 내지는 않았다. 아직 말할 게 더 남아 있기 때문이다.

"네, 정말입니다. 근데 부장님!"

"왜? 무슨 어려운 일이라도 있나? 말만 하게. 적극적으로 돕겠네. 내일이라도 내가 갈까?"

"아이요. 그건 아니고, 공사 대금 지급 방식이……."

"그래, 공사 대금 지급 방식은 뭔가? 설마 공사비 전액을 우리더러 장기 저리로 융자를 해달라는 건 아니겠지?"

"네, 그건 아닙니다."

"그럼 뭐지?"

해외영업부장이 이 말을 하는 순간 천지건설(주)의 사장 신형섭이 임원들과 함께 들어섰다.

그런데 해외영업부의 말단인 최 대리가 튀어나오더니 두 팔을 벌려 사장 및 임원들의 앞을 가로막는다.

"자네, 이게 무슨 짓……!"

"물러서게. 무엄하게 이게 무슨……!"

"쉬잇!"

사장과 전무의 말은 무엄한 최 대리의 손짓에 끊겼다.

왼손 검지를 자신의 입술에 대고 조용히 하라는 소리를 내면서 오른손으론 최 부장이 통화하는 전화기를 가리켰다.

"자네, 뭐하는……."

"임 이사, 가만……!"

뒤따라오던 임원 하나가 앞으로 나서며 무어라 하려는 순간 이번엔 사장이 임원을 제지했다.

그리곤 조용히 하라는 눈짓을 했다.

하늘같은 사장이 들어섰다. 그렇다면 보는 즉시 90도로 허리를 꺾으며 인사를 해야 하는 것이 직장인이다. 더럽고 치사해도 그렇게 하지 않으면 명예퇴직 1순위가 될 수도 있다.

그런데 해외영업부 직원들은 사장 및 임원들이 들어서는 것을 빤히 보았으면서도 어느 누구도 튀어나오지 않았다.

물론 인사하는 녀석도 없다.

사장은 이런 분위기가 심상치 않다고 여기고 임원의 움직임을 멈추게 한 것이다.

그 순간 전화기에서 이춘만 과장의 목소리가 흘러나온다.

"공사 대금은 광산 개발권을 줄 테니 이곳에 있는 구리와 코발트, 그리고 콜탄 등을 캐어 가라고 합니다. 그러기 위해 도로도 건설해야 하고 항만도 만들어야 하는데 그것까지 우리더러 공사하라고 합니다."

"그래? 그 공사는 금액이 얼마나 된다고 하던가?"

최 규찬 부장 역시 사장과 임원들이 들어서는 것을 알고 있었다. 하나 짐짓 모르는 척하고 있는 것이다.

그러는 사이에 이 차장은 전화의 볼륨을 약간 더 올렸다. 사장과 임원들까지 모두 들으라는 뜻이다.

"그쪽에서 제시한 금액은 없는데 제가 계산해 본 결과 대략 10억 달러는 넘는 것 같았습니다."

"10억 달러? 그럼 아까 말했던 잉가강 댐 공사와 수력발전소 공사까지 합치면 이번에 수주하는 공사의 총 금액이 45억 달러가 되는 건가?"

이춘만 과장은 아까 끝난 이야기를 또 하는 최규찬 해외영업부장의 말이 이상했으나 얼른 대답했다.

"네, 총 금액 45억 달러짜리 공사입니다. 수주 방식은 턴 키 베이스 방식입니다. 참, 그리고 하나 빠진 게 있습니다."

"뭔가?"

"공사를 위한 시멘트 공장은 어디든 원하는 곳에 세워도 된다고 했습니다."

"그래? 그밖에 다른 건 없나?"

최규찬 부장은 사장 및 임원들 들으라는 듯 계속해서 캐묻는다.

"네, 이번 공사에서 발생되는 수익에 대한 세금을 면제해 줄 것이며, 일체의 관세 없이 자재 반입을 하가한답니다."

사장 일행이 해외영업부를 불시에 방문한 것엔 이유가 있다.

물론 저조한 실적을 트집 잡아 군기 좀 잡으려는 것이었다.

그런데 그런 생각은 사라진 지 오래다. 그리곤 사장 일행 역시 숨죽이고 전화기만 바라보고 있다.

"또 없는가?"

"아, 항만에서의 통관을 최우선적으로 협조해 주겠다고 합니다. 참, 빨리 실사단을 파견해 주십시오. 빠르면 빠를수록 좋다고 했으니 서둘러 주셨으면 합니다."

"좋아, 수고했네. 근데 이번 공사 수주는 자네가 한 건가?"

"아닙니다. 이번에 이곳으로 발령받아 온 김현수 사원의 공이 거의 100%입니다."

"김현수 사원?"

"네, 입사한 지 1년 정도 된 사원으로 자재과에 있다가 이곳으로 발령받아 왔는데 정말 큰일을 했습니다."

"그래? 김현수 사원 옆에 있는가?"

"네, 바꿔 드리겠습니다."

이 과장이 통화하던 전화를 건네며 얼른 받으라는 표정을 짓는다. 현수는 다 말했는데 뭘 더 말하라는 것이냐는 표정을 지었다.

하나 직장인이기에 상사의 지시대로 전화를 받아들었다.

"안녕하십니까? 킨샤사 지사의 김현수 사원입니다."

"그래, 나 해외영업부 최규찬 부장이네. 자네가 이번에 큰 공을 세워 너무도 기쁘네."

"감사합니다."

"불편한 건 없나?"

"네? 뭐, 별로……. 아닙니다. 없습니다."

"그래, 수고가 많았네. 어떻게 이번 공사를 수주했는지는 자네를 보고 직접 듣기로 하세."

"네, 알겠습니다. 그럼 지사장님 바꿔드리겠습니다."

"부장님, 이춘만 과장입니다."

"그래, 이 과장. 수고했어. 실사단을 급파하고 나도 곧 그곳으로 가겠네."

"네, 부장님. 오늘은 김현수 사원과 파티라도 해야겠습니다."

"좋아, 그 비용은 내가 다 부담하지. 원하는 만큼 실컷 놀게. 아, 오늘만 하지 말고 실사단이 도착할 때까지 매일 파티를 해도 되네."

"아, 감사합니다. 그럼 이만 끊겠습니다."

"그래, 수고했네."

딸깍~!

수화기 내려놓는 소리가 들림과 동시에 해외영업부가 있는 9층은 환호성으로 가득했다.

"와아아아아아! 만세! 만세! 천지건설(주) 만세!"

"우와아아아! 해외영업부 만세! 만세!"

사장과 임원들까지 두 손 들어 만세를 했다.

이 공사는 천지건설(주)이 창립된 이후 한 곳에서 수주한 공사 중 최대 규모이다.

댐과 수력발전소, 그리고 그곳까지의 도로, 광산 개발, 제련 공장, 운반을 위한 도로, 항만 건설을 통틀어 보면 실로 어마어마한 공사이다.

나중에 본계약을 체결할 때 신형섭 사장이 사인한 계약서에는 총액이 57억 달러(6조 원)라 쓰여 있다.

MOU를 체결한 이후 협의 과정에서 부가 공사가 계속해서 늘어나게 되었기 때문이다.

"하하! 하하하하!"

"후후, 후후후!"

"미스터 킴, 맥주 가져왔어. 파티해, 우리."

"그래, 마투바. 마투바도 한잔해."

"당연한 일이잖아. 그럼 나만 빼놓고 마시려 했어?"

"물론 아니지. 안주는 아까 그거로 했지?"

"그래. 근데 그거 어디서 났어?"

"그건 묻지 마."

"가만, 이거 뭔 냄새지? 설마 삼겹살?"

이춘만 과장은 코를 벌름거리고 있었다.

"냄새 한번 기막히게 맡으시는군요."

셋은 밤 깊도록 삼겹살에 소주 파티를 했다. 그러는 동안 현수는 컴퍼터블 템퍼러쳐 마법을 구현시켰다.

"지사장님, 며칠 휴가를 내주실 수 있는지요?"

"휴가……? 뭘 그렇게 정색을 하고 물어? 그냥 가고 싶으면 언제든 가. 내가 언제 뭐라고 했나?"

"아뇨. 안 그러셨죠. 하지만 지사장님이시니까 허락을 받아야죠."

"됐어. 우리 사이에 무슨……. 그냥 가고 싶을 때 가."

"조금 오래 걸릴 수도 있는데 괜찮으시겠어요?"

"본사에서 사람들이 오려면 아무리 빨라도 열흘 이상은 걸릴 거야. 준비할 게 많으니까. 그러니 열흘 안에만 오면 되지.

왜, 그 정도론 부족해?"

"아, 아닙니다. 충분합니다. 가급적 그 안에 오겠습니다."

"그런데 어딜 가려고?"

"여긴 아프리카가 아닙니까? 동물의 왕국! 그러니 사자 구경하러 한번 가봐야 하지 않겠습니까?"

"사자? 사자를 보려면 동북부 국경의 사바나 기후대까지 가야 하는데?"

"랜드로바, 튼튼하잖습니까?"

현수가 싱긋 미소 짓자 이 과장 또한 웃는다.

"언제나 조심해. 총도 꼭 가지고 가고."

"물론입니다."

"근데 언제 가려고?"

"준비할 거 준비되면 내일 아침 일찍 출발하려 합니다."

"그래, 맘대로 해."

"네, 감사합니다."

어젯밤 현수는 이 과장과 더불어 술을 마셨다.

늦은 시각이 되자 둘 다 곯아떨어졌다. 현수는 자신의 방에서 가장 먼 곳에 둘을 눕혀 놓았다. 그리곤 깊고 깊은 잠을 자는 딥 슬립(Deep Sleep) 마법을 걸었다.

현수는 오랜만에 앱솔루트 배리어로 결계를 치고 타임 딜레이 마법을 구현시켰다.

현실 시간과의 시간 비율이 1대 180이 되도록 만든 것이다.

그리곤 그 안에 마나 집적진을 꺼내놓고 마나심법을 운용했다.

이춘만 과장은 열 시간 정도를 잤다. 현수의 시간으론 75일 이 흐른 것이다.

이곳의 마나 농도는 서울에 비해 다섯 배 이상 진하다. 하여 마나 집적진을 그려놓고 그 위에 앉아 심법을 수련하니 서울과 달리 급속도로 마나가 충전되었다.

뿐만이 아니다.

전능의 팔찌에 박힌 검은 마나석들의 색깔이 점점 짙어졌다.

드디어 완전한 검은색이 되었기에 이제 아르센 대륙으로 언제든 갈 수 있게 되었다.

그리고 보니 킨샤사는 너무 덥다.

아르센 대륙을 떠난 지 한 달이 넘었다. 하나 다시 돌아가면 그곳은 1월 31일 아니면 2월 1일이다.

아직 겨울이라는 뜻이다.

아르센 대륙의 상쾌하고 시원한 공기는 이곳의 에어컨으론 구현해 낼 수 없다. 공기청정기가 있어도 불가능하다.

이는 마나 농도 때문이다. 마법사가 된 이후 마나 친화력이 높아졌기에 현수가 아르센 쪽을 동경하게 된 것이다.

영국으로 출장 갔다는 강연희 대리의 핸드폰으로 연락을 취했다. 그런데 해외로밍을 하지 않았는지 늘 꺼져 있다.

아쉬움이 없기에 홀쩍 떠나고픈 마음이 든 것이다.

2월 13일 수요일, 킨샤사 외곽으로 나온 현수는 전능의 팔찌에 마나를 불어넣으며 나직이 중얼거렸다.

"트랜스퍼 디멘션! 나를 올테른으로!"

스르르르르르릉~!

현수의 신형이 부드러운 황금빛에 감싸이는가 싶더니 이내 사라졌다.

*   *   *

"후와아! 역시!"

예전에 좌표를 확인했던 올테른 외곽에 나타난 현수는 깊은 숨을 쉬었다. 폐부가 서늘해지는 것이 너무도 시원하다.

아공간을 뒤져 옷을 갈아입었다. 평범한 로브이다.

그리곤 케이상단으로 향했다. 가는 동안 이곳에서 있었던 일들을 더듬었다. 한 달 동안 사라졌다 나타나는 것인데 이전과 너무 달라지면 안 되기 때문이다.

이제부턴 천지건설(주)의 신입사원이 아니다. 누구나 경외하는 마법사 같이 행동을 해야 한다.

지구에선 사회적 약자지만 이곳에선 넘보기 힘든 강자이다. 따라서 강자다운 포스나 아우라를 뿌려야 한다.

그러려면 눈빛이나 말투부터 달라져야 한다.

그렇기에 알론을 만나면 어찌할 것인지부터 생각해 두었다.

"앗, 하인스 대마법사님이 아니십니까?"

장부에 무언가를 기록하고 있던 알론이 화들짝 놀라며 자리에서 일어나 인사를 한다.

"오랜만이네. 잘 있었는가?"

"네. 근데 어딜 다녀오셨습니까?"

"나? 이실리프 마탑과 연락을 취한다 하지 않았는가?"

"아! 그러셨군요. 근데 마법사님."

"왜?"

"잠시만 저를……."

현수를 으슥한 곳으로 인도한 알론은 주위를 살피곤 나직이 속삭였다. 그간 있었던 일들을 이야기한 것이다.

"으음, 나 때문에 자네들이 고생을 했군."

"아이고, 아닙니다. 고생이라니요? 저희는 괜찮습니다. 그나저나 이제 어디로 가실 겁니까?"

알론을 조사했던 세 나라에서 다시 사람을 보낼 것이다. 다만 조사가 끝난 지 얼마 되지 않아 당장은 아닐 것이다.

하지만 오기는 꼭 온다. 이곳에서 이실리프 마법사의 종적이 사라졌기 때문이다.

그들이 온다면 분명 현수를 적대할 것이다.

귀찮은 일이 싫다면 그전에 이곳을 떠나야 한다는 결론을 내렸다. 그렇기에 물은 것이다.

"여기서 배를 타면 아드리안 공국까지 갈 수 있다 하지 않았나? 그러니 배를 탈 것이네."

"근데 저쪽 상황을 모르니… 오늘은 여관에 계시는 편이 좋을 것 같습니다. 제가 가서 저쪽 소식을 알아보겠습니다."

"그래 주면 나야 고맙지. 그나저나 여기 음식은 맛이 어때?"

"세실리아 여관으로 모시겠습니다. 올테른에서 가장 요리를 잘하는 집이니 마음에 쏙 드실 겁니다."

"그래?"

"네, 이쪽으로."

알베제 마을을 떠나 이곳까지 오는 동안 알론으로부터 많은 정보를 얻어들었었다. 수련만 하느라 세상물정을 잘 모른다는 말을 하였더니 대부분의 마법사들이 그러하다고 한다.

그러면서 상당히 많은 걸 알려준 것이다.

그러고 보니 세실리아 여관도 들었던 이름이다.

헤론이라는 생선 요리를 하는데 그야말로 일품이라 혀에서 살살 녹는다고 했다. 뿐만 아니라 슬럼이라는 술을 곁들이면 환상적인 맛을 낸다고 했다.

세실리아 여관까지 가는 동안 현수는 각국의 상황에 대해 이야기를 들었다.

"그러니까 자네 생각에 며칠 동안은 여유가 있다는 뜻이지?"

"네, 그럴 것이라 생각합니다."

"흐음, 좋아! 그렇다면 내가 나타났다는 소문을 내도록 해."

"네에? 어쩌시려고요? 그럼 위험해지실 수도 있습니다."

"위험은 무슨. 내가 누군지 잊었나?"

"아, 참! 죄송합니다. 제가 깜박했습니다. 용서해 주십시오."

오우거를 주문만으로 죽이는 위대한 마법사에게 감히 위험이라는 표현을 쓴 것이 죄스럽다는 듯 알론이 바닥에 엎드린다.

"아냐. 그건 괜찮아. 그러니 일어서게."

"그럼 이실리프 마탑의 하인스 킴 대마법사님께서 다시 나타나셨다는 걸로 소문을 낼까요?"

"그래, 그렇게 하는 게 좋을 것 같네."

"알겠습니다. 시키는 대로 하겠습니다."

"참, 자네 상단에 만드라고라가 있나?"

"네, 조금 있는데 필요하십니까?"

"그래, 있는 대로 가져다주게. 상품으로 골라서."

"알겠습니다. 그렇게 하지요."

대화를 하는 동안 세실리아 여관에 당도했다.

"어서 오세요. 어머! 케이상단 알론 서기님 아니십니까?"

"오오! 세실리아, 그동안 잘 있었어?"

"네, 요즘엔 좀 뜸하셨는데 오늘은 웬일이세요?"

"조금 바빴어. 근데 방 있지?"

"여기서 주무시게요? 집 있으시잖아요."

"내가 잘 건 아니고 여기 이 손님이 묵으실 방이야. 최고로 좋은 방 하나 부탁해."

"네에, 어느 분의 부탁이시라고요. 3층 특실을 준비해 드릴게요. 근데 특실이라 조금 비싸다는 거 아시죠?"

"알아. 하루에 10실버!"

"헤에, 하루도 머문 적이 없으시면서 어찌 그렇게 잘 아신대요?"

세실리아라는 여인은 이제 갓 스무 살 된 처녀이다.

키는 1m 65㎝ 정도 되고 몸무게는 52㎏ 정도 되는 건강해 보이는 아가씨다. 밝은 금발 아가씨인데 몸매를 자랑하려는지 몸에 딱 붙는 의복을 입고 있다.

아주 예쁘지는 않지만 건강한 매력이 있어 절로 웃음이 나게 하는 아가씨라 할 수 있다.

"손님, 아직 식사 전이죠? 뭐로 드릴까요?"

현수가 대답하기 전에 알론이 먼저 나선다.

"뭐긴, 입에서 살살 녹는 헤론찜 1인분하고, 둘이 먹다 하나 죽어도 모를 슬럼 한 병이지."

"같이 안 드셔요?"

세실리아의 물음에 알론은 그러고 싶은데 그러지 못함이 못내 아쉽다는 표정을 지었다.

"난 일하러 가야 해. 그러니 잘 모셔. 우리 케이상단의 귀빈이시니까."

현수는 알론이 자신과의 인연을 길게 갖고 싶어 호의를 베푼다는 것을 알고 있다. 하여 내버려 두었다.

오는 동안 겪어보니 장사를 해서 그런지 약간 약삭빠르다는 것을 제외하곤 괜찮은 사내였다.

"갔다가 올 거지? 혼자 마시는 건 좀 그런데……."

"아이고, 당연하지요. 후딱 가서 지부장님께 보고하고 횡하니 도로 오겠습니다. 그때까지 조금씩 드십시오. 제가 와서 대작해 드리겠습니다."

"그럼 그러게."

둘의 대화를 지켜보던 세실리아는 고개를 갸웃거렸다. 나이는 분명 현수가 어려 보인다.

걸치고 있는 의복을 보면 귀족은 아니다. 평범한 피풍을 걸치고 있기 때문이다.

알베제 마을을 떠나 이곳까지 오는 동안 여러 번 눈이 왔다.

우비나 우산을 꺼내서 쓸 수는 없는 노릇이다. 그랬다간 알론의 집요한 질문 공세를 피할 수 없기 때문이다.

무심코 볼펜을 꺼내서 쓴 적이 있다. 결국 그 볼펜은 현재 알론의 품속에 고이 모셔져 있다.

잉크를 찍어서 쓰지 않아도 되며, 아주 부드럽게 써지는 신기한 펜이다. 알론은 이런 걸 만들어주면 자신이 팔아주겠다고 합작을 요구했다.

이후 지구에서 가져온 물건은 어느 것 하나도 꺼내 쓰지 않았다. 아니, 꺼내 쓰지 못했다.

덕분에 이곳 음식을 알게 되었다. 냄새가 나고 거칠며 조금 질기다는 단점이 있다. 그런대로 먹을 만은 했다.

어쨌거나 상단 서기인 알론은 존댓말을 쓰고, 현수는 편하게 말하는 듯하다. 하여 세실리아는 고개를 갸웃거렸다.

그러다 문득 떠오른 생각이 있었다.

어쩌면 현수가 케이상단의 큰 거래에 관계되어 있는 사람일수도 있다는 것이다. 거래 당사자는 아니지만 계약의 열쇠를

쥐었다면 알론의 태도가 하나도 이상하지 않다.

상인이라면 무릇 거래 성사를 위해 간이며 쓸개까지 언제든 빼놓을 수 있어야 한다고 입버릇처럼 말해왔기 때문이다.

장사를 하는 동안 나름대로 사람들을 파악하였기에 세실리아의 짐작은 거의 대부분 맞았다.

그런데 오늘은 틀렸다.

알론이 존댓말을 쓰는 것은 현수를 진짜로 존경하기 때문이다. 나이를 떠나 숲의 제왕 오우거를 한 방에 눕히는 마법사를 어찌 존경하지 않겠는가!

보아하니 이제 겨우 스물을 넘긴 듯하다. 그만한 나이에 너무 높은 성취이기에 존경하는 것이다.

반면 현수가 말을 놓는 것은 알론이 극구 그렇게 해달라고 요청해서이다.

알론이 아는 현수의 이름은 하인스 킴이다.

성이 있다면 귀족이다. 설사 몰락한 가문이라 할지라도 평민이 귀족에게 함부로 대하다가 걸리면 최하가 중상이다.

가끔은 목숨까지 잃는다.

그렇기에 꼭 말을 내려달라고 요청을 했다. 그렇기에 어쩔 수 없이 말을 놓은 것이다.

"자아, 입에서 살살 녹는 헤론찜이 나왔습니다."

쿵~!

세실리아가 쟁반에서 접시를 내려놓는데 소리가 난다.

보아하니 두어 사람은 먹을 수 있을 정도로 푸짐하다. 무거

우니 소리가 날 수밖에.

"그리고 여기, 슬럼이에요."

말을 마친 세실리아는 현수의 맞은편 의자에 걸터앉았다.

"휴우, 무겁네요. 여기서 좀 쉬어도 되죠?"

세실리아는 늘 이런 일을 한다. 따라서 헤론찜 정도는 가뿐히 들고 다닌다. 그런데 짐짓 힘든 표정을 짓는다.

여인 특유의 호기심이 발동한 것이다.

내심을 짐작한 현수는 아무렇지도 않다는 듯 대꾸했다.

"그러던지."

"근데 어디서 왔어요? 여기 사람은 아닌데……."

"알론이 올 때 같이 왔지. 알베제 마을에서 왔어."

아무리 봐도 자신이 나이가 많기에 현수는 자연스레 하대를 했다. 세실리아는 이에 대해 아무런 불만도 없는 듯하다.

"우와, 알베제? 그 먼 곳에서 왔단 말이에요?"

세실리아의 눈이 커진다.

알베제라는 마을이 있다는 것은 안다.

그런데 알론이 말하길, 너무 깊은 숲 속에 있어서 케이상단에서도 일 년에 딱 한 번 간다는 곳이다.

그러다 보니 아무것도 없는 알베제 마을에 대한 헛소문이 나돈 적이 있다. 그곳엔 엘프가 산다는 것이다.

뜬금없이 엘프가 산다는 소문이 나돈 건 알론이 가져온 활 때문이다.

소금과 물물교환해 온 알베제 마을의 활은 제법 높은 가치를 지닌다. 다른 활에 비해 사정거리가 길기 때문이다.

알베제 마을 인근에는 꾸지뽕나무 군락지가 있다.

이 나무는 낙엽이 지는 키 작은 나무로서 목질이 단단하면서도 질겨 활의 재료로 사용된다.

이 나무로 만든 활은 보통 활보다 대략 20보 정도 더 멀리 나간다. 탄성이 좋기 때문이다.

몇 사람 싸우지 않은 전장에서 사정거리가 20보 정도 더 긴 것은 어찌 보면 별 게 아닐 수 있다.

하나 국가 간의 전쟁에서는 이야기가 다르다.

대규모로 맞붙었을 때 사정거리가 더 길다 함은 먼저 공격할 수 있음을 의미하며, 한 번 더 공격할 수 있음을 의미하기도 한다.

그렇기에 알베제 마을에서 만든 활이 유명하다.

그런데 말이 돌고 돌다 보니 숲의 수호자 엘프들이 만들었다는 소문이 난 것이다.

"흐음, 헤론찜 이거 맛이 좋은데?"

"호호, 그럼요. 우리 엄마 음식 솜씨인 걸요. 아마 여기 올테른에서 제일 맛있는 헤론찜일 거예요."

"인정!"

현수는 이 세계에 와서 처음으로 입맛에 맞는 음식을 만났다. 생선 요리임에도 비린내가 나지 않는다.

달착지근하면서도 담백하다. 게다가 간이 정확히 맞아 최상의 맛을 내고 있다.

"아이 참, 슬럼도 마셔가며 천천히 먹어요."

현수가 헤론찜만 먹자 세실리아가 슬럼을 잔에 따라 들이민다. 주향이 느껴지는데 포도주 같다.

CHAPTER 12
항구도시 올테른에서

쭈우욱~!

"으음, 이것도 맛이 괜찮은데?"

"당연하죠. 3년이나 묵은 거니. 매년 그걸 만드느라 얼마나 힘든지 알아요?"

"이건 뭐로 만들었지?"

"당연히 슬럼이지 뭐예요? 안 그럼 슬럼주라 짓겠어요?"

"슬럼?"

"아, 이렇게 생긴 거 있잖아요."

세실리아가 손가락으로 그리는 그림을 보니 포도가 아닌 딸기이다.

'세상이 다르다 보니 과일의 맛도 다른 모양이군.'

현수는 알았다는 듯 고개를 끄덕이고는 다시 혜론찜을 먹기 시작했다. 물론 간간이 슬럼주도 마셨다.

그렇게 5분쯤 먹었을 때다.

"어이, 세실리아! 생전 손님의 식탁엔 앉지 않더니 오늘은 웬일이야? 드디어 몸을 팔기로 마음먹은 거야?"

"뭐예욧?"

"그 허여멀건 놈이 마음에 들었나 보지? 그놈이 얼마 준대? 내가 그놈보다 1실버를 더 치를 테니 지금 당장 이쪽으로 후딱 오는 게 어때?"

"뭐예욧?"

세실리아가 발끈하며 일어났다. 가슴이 위아래로 올라갔다 내려갔다 하는 걸로 미루어볼 때 화가 난 듯하다.

하긴 이 상황에 화를 내지 않으면 이상하다.

현수는 대놓고 세실리아를 희롱하는 사내를 바라보았다.

서른은 약간 넘은 듯한 사내다. 굵은 팔뚝, 햇볕에 탄 얼굴, 여기저기 남아 있는 상처의 흔적이 보인다.

그의 곁에는 배에서 뽑아온 키가 보인다. 배의 방향을 조절할 때 쓰는 것으로 이것이 없으면 운항이 어렵다.

배를 도난당할까 싶어 뽑아온 듯하다.

이로 미루어 생긴 것은 용병처럼 생겼으나 어부인 것을 알 수 있었다.

"세실리아, 내가 널 얼마나 기다렸는지 알아? 열두 살 꼬맹이 때부터 기다렸다구. 그러니 그 놈팡이 말고 나하고 처음 하는 거 어때?"

"뭐라고요? 아예 정신이 나갔군요. 지금 뭐라고 씨부리는 거예요? 미쳤어요?"

세실리아는 주점의 시선이 쏠려 있다는 것을 느끼곤 얼굴이 시뻘게졌다.

"나하고 결혼하자는 거야. 나, 너하고 결혼하려고 뼈 빠지게 일했어. 그래서 배를 샀다구. 너도 알잖아?"

"흥! 그런데요?"

"내 얼굴을 봐. 이 얼굴을 누가 스물세 살로 보겠어?"

지금껏 흥미있게 둘의 대화를 지켜보던 현수는 깜짝 놀랐다. 서른대여섯으로 보았던 사내가 자신보다 한참 어린 스물세 살이라 했기 때문이다.

"그놈 옆에 찰싹 달라붙어서 아양 떨지 말고 일루 와. 내가 예뻐해 줄게. 응? 내가 그놈보다 힘이 더 세서 더 잘할 수 있다구."

"완전히 미쳤군요. 지금 나하고 뭘 하자는 거예요?"

"뭘 하긴, 하면 애 낳는 일을 하자는 거지."

"뭐라고욧? 훤한 대낮에 지금 뭐라고 하는 거예요?"

"아, 깜박했다. 미안. 이따 밤에 하자."

현수는 피식 실소를 머금었다. 사내의 말주변이 너무 없기 때문이다. 저래 가지곤 세실리아를 차지하지 못할 것이다. 한마디 한마디가 화나게 하는 말만 골라서 쓰는데 어찌 여심을 사로잡겠는가!

자신에게 놈팡이라는 표현을 쓴 것은 기분이 나쁘다.

하나 같은 사내 입장에서 보면 애써 공들인 여자가 애먼 놈에게 홀려 있는 것으로 여겨진 때문일 게다.

그러니 그런 표현을 썼을 것이라 생각하곤 이내 관심을 끊었다. 세실리아가 사내와 몇 마디 말을 더 주고받았다.

물론 점점 더 화가 났기에 세실리아의 음성이 커지고 있었다. 현수는 피식 실소를 머금었다.

그리곤 남은 헤론찜을 먹으려 포크를 들었다.

갑자기 소란스럽던 주점 안이 고요해진다. 이상한 기분이 들어 고개를 들어보니 사내 셋이 들어와 있다.

그리고 모든 사람의 시선이 그들의 중심에 있는 사내에게 쏠려 있다. 걸치고 있는 의복 등으로 미루어 짐작컨대 귀족의 자제인 듯하다.

그 뒤의 두 사내는 시종 복장이다.

"모두 들어라. 세실리아가 누구냐?"

"네, 손님!"

허리춤에 두 손을 올려놓고 씩씩대던 세실리아가 나서자 사내가 위아래를 훑어본다.

"네가 세실리아라는 계집이야?"

"네, 손님. 근데 계집이라는 말은 좀 그러네요."

세실리아가 살짝 이마를 찌푸렸으나 사내는 아무렇지도 않다는 듯 그녀의 주위를 천천히 돌았다.

그러면서 위아래를 계속해서 훑어본다. 특히 불룩 솟은 가

습과 엉덩이에 시선이 오래 머물렀다.

"흐음, 괜찮군. 이 집에서 제일 잘하는 음식이 뭐지?"

"혜론찜입니다."

"혜론……? 그 맛대가리없게 생긴 생선?"

"네, 생긴 건 그래도 맛은 일품이에요."

"흐음, 그래? 좋아, 그럼 그걸로 1인분. 아, 술도 알아서 가져오고."

"네, 손님. 혜론찜은 3실버고 슬럼은 2실버입니다."

"뭐야? 지금 내게서 돈을 받겠다는 거야?"

사내가 발끈하자 세실리아는 당연하다는 표정을 지었다.

"당연한 거 아니에요? 주점은 뭐 땅 파서 장사하는 줄 아세요? 설마 돈이 없는 건 아니겠죠?"

"나 누군지 몰라?"

"제가 처음 보는 손님을 어찌 알겠습니까? 돈 없으면 가시고 있으면 얼른 주세요. 그래야 맛있는 혜론찜을 맛보지 않겠어요?"

"호오, 이 계집 봐라? 내가 정말 누군지 모른단 말이지?"

"물론이에요. 어느 댁 자제인지 미천한 제가 어찌 알겠습니까? 그러니 얼른 돈을 내시거나……."

세실리아의 말은 중간에 끊겼다. 사내, 정확히는 이제 겨우 스물네 살쯤 된 애송이의 말 때문이다.

"테리, 이 계집은 물론이고 여기 있는 모두에게 내가 누군지 말을 해."

"네, 공자님!"

얼른 허리 숙여 인사한 테리라는 사내는 주객들을 한번 훑어보고는 목에 잔뜩 힘을 줬다. 그리곤 입을 연다.

"모두 들어라. 여기 계시는 이 공자님은 이곳 올테른을 다스리는 총독 각하의 아드님이신 피어슨 마이스진 공자님이시다. 그러니 모두 예를 갖추도록 하라."

"······!"

주점 안은 그야말로 적막 그 자체가 되었다. 방금 언급된 피어슨이란 이름 때문이다.

올테른의 총독 에릭 마이스진 백작에겐 오로지 딱 하나의 아들만 있을 뿐이다. 당연히 지극한 사랑을 받는다.

그래서 그런지 개차반이다.

피어슨은 열다섯 살 때 첫 살인을 했다. 시비에게 옷을 벗으라 했는데 말을 듣지 않자 칼로 찔러 죽인 것이다.

열여섯 살이 되어선 시비들을 강간했다. 그렇게 당한 여인만 스무 명이 넘는다. 열일곱 살이 되면서 본격적인 엽색 행각을 했다.

백작가의 시비들뿐만 아니라 여염집 처녀들까지 희생자가 되기 시작하였다.

나날이 피해가 발생되자 백성들은 백작에게 청원을 넣었다. 하나 백작은 아무런 추궁도 하지 않았다.

사랑하는 자식이 하찮은 평민, 또는 노예 계집을 건드린 것이 무어 대수로운 일이냐고 생각한 것이다.

덕분에 더 많은 여인들이 피어슨에 의해 강제 추행당하는 불운을 겪었다.

하여 올테른에선 피어슨만 나타나면 문을 잠그게 되었다. 당시 피어슨의 별명은 '술 취한 개' 였다.

그러던 어느 날 피어슨이 떠났다. 전통에 따라 수도에 있는 아카데미로 유학을 간 것이다.

그리고 7년 동안 올테른엔 평화가 깃들었다. 그런데 오늘 그 평화가 깨질 모양이다. 술 취한 개가 귀환했기 때문이다.

"자아, 이런데도 돈을 내라고 할 것이냐?"

"물론입니다, 피어슨 마이스진 공자님. 5실버 주십시오. 그럼 헤론쯤과 슬럼을 맛보실 수 있답니다."

피어슨은 건방진 세실리아의 위아래를 다시 한 번 훑었다. 그러다 무슨 생각을 했는지 손가락으로 테리를 불렀다.

"네, 공자님."

"이 계집에게 10실버를 지불하도록."

"저어, 10실버가 아니라 5실버인데요?"

피어슨은 세실리아를 보며 음흉한 미소를 지었다.

"5실버는 네가 목욕하는 값이다. 가서 깨끗이 씻고 오도록. 내가 냄새나는 널 안을 순 없지 않느냐?"

"뭐라고요? 어디서 감히……!"

피어슨이 떠날 때 세실리아는 겨우 열세 살이었다. 그렇기에 피어슨이 어떤 사람인지 알지 못한다.

하여 겁도 없이 발끈한 것이다. 이런 행동이 피어슨의 관심을 더 끈다는 걸 알았다면 결코 이러지 않았을 것이다.

"크크크, 발끈하는 게 귀엽군. 좋아, 이따 침대에서도 지금처럼 팔팔 뛰도록. 크크, 자고로 생선과 계집은 싱싱한 것이 맛이 좋은 법. 오늘 밤을 기대하지. 그러기 전에 먼저 요리나 가져와라."

"이이익!"

세실리아는 분을 참지 못해 씩씩거렸지만 여느 때처럼 주먹을 뻗어내진 않았다. 상대가 귀족이기 때문이다.

잘못되면 자신 하나로 불행이 끝나는 것이 아니다. 평생을 일궈 여관을 차린 부모에게도 화가 미친다.

그렇기에 냉랭한 시선으로 째려보고는 획 돌아섰다. 그런 그녀의 눈에 습기가 배어 있다. 너무도 화가 나서 눈물이 나온 것이다. 그러거나 말거나 피어슨은 웃음을 터뜨린다.

"하하하! 크하하하!"

오늘은 피어슨이 아카데미를 마치고 고향에 온 첫날이다.

부친에게 인사를 마치자마자 올테른 전체에서 가장 팔팔하고 싱싱한 계집이 누군지를 물었다.

물론 인물은 반반해야 하고 나이는 자신보다 어려야 한다. 이에 테리라는 시종이 세실리아를 강력히 추천했다.

그래서 백작가의 외동아들이 서민들이나 드나드는 선술집인 이곳 세실리아 주점에 들어와 있는 것이다.

수행원 가운데 백작가의 식솔이라 할 수 있는 남작이나 자작, 또는 기사들이 없는 것엔 이유가 있다.

남몰래 계집 후리러 나가면서 누가 내놓고 나가겠는가!

그래서 시종만 데리고 몰래 나온 것이다.

아무튼 테리는 세실리아에게 눈독을 들인 바 있다. 하나 늘 매몰차게 거절당했다. 그에 대한 보복으로 추천한 것이다.

피어슨은 수도에 있는 아카데미에 재학하는 동안 숨죽이고 살아야 했다.

자신보다 쟁쟁한 집안의 자식들이 즐비한데 어찌 게서 잘난 척을 할 것이며 발작할 수 있겠는가!

왕국의 제4왕자와 5왕자, 그리고 2공주도 아카데미에 재학 중이었다. 공작가와 후작가의 자식도 여럿 있었다.

백작가의 자손은 명함조차 내밀지 못할 곳이 아카데미이다. 게다가 그곳에서 찍히게 되면 작위를 계승받아도 귀족 사이에서 왕따당한다..

그렇기에 아주 얌전하고 올곧은 청년 같은 생활을 해야만 했다.

그런데 난봉질이 몸에 밴 피어슨이 어찌 그럴 수 있겠는가! 남들이 볼 때는 착한 척, 예의 바른 척했다.

하나 고학년이 되면서 심야가 되면 몰래 아카데미를 빠져나가 사창가를 전전했다. 당연히 모든 비용을 지불했다.

문제를 일으키면 안 된다는 것쯤은 알기 때문이다.

그때 사용한 이름은 노스럽(Nosraep)이다. 본명인 피어슨 (Pearson)의 철자를 뒤집은 것이다.

현재 테리안 왕국의 수도 체노빌에는 노스럽에 관한 전설이

전해진다. 하룻밤에 아홉 여자를 상대하여 모두 기절시킨 초절정 정력가의 이름이다.

어쨌거나 피어슨에게 죄어져 있던 족쇄는 완전히 풀렸다.

아카데미를 졸업한 이상 부친 유고 시 작위를 물려받는 데 아무런 지장도 없게 된 것이다.

고향으로 귀환하는 내내 피어슨은 작심했다. 장차 작위를 물려받으면 본처 외에도 스물네 명의 첩을 두겠다고.

한마디로 표현하자면 피어슨은 색욕에 미친놈이다.

그런데 세실리아는 방금 그런 놈에게 찍혔다.

아주 먹음직스럽고 맛있어 보이는 먹잇감으로!

잠시 후, 헤론찜이 나왔다. 물론 슬럼도 따라 나왔다. 피어슨은 세실리아에게 앉아서 술 따를 것을 요구했다.

하나 일언지하에 거절당했다. 다음엔 보란 듯이 현수 앞에 앉는다. 그리곤 시키지도 않았는데 술을 따라준다.

피어슨이 발끈할 것은 자명한 일이다. 한데 웬일인지 아무런 발작도 하지 않고 묵묵히 헤론찜과 슬럼을 마신다.

현수는 그러거나 말거나 술과 안주를 즐겼다. 잔이 빌 때마다 세실리아가 술을 따라주는 것이 조금 거슬렸을 뿐이다.

시비의 빌미가 될 수도 있기 때문이다.

어쨌거나 거의 다 먹어갈 때쯤 테리가 다가온다.

"따라와라. 공자님께서 부르신다."

"……!"

"이곳은 올테른이고 공자님은 백작님의 하나뿐인 아들이시다. 명령에 따르지 않으면 곤란할 거야. 그러니 순순히 따라오는 것이 좋을 것이다."

테리라는 시종은 서른 살이 조금 넘어 보인다. 그런데 말하는 싸가지가 밥맛이다.

호가호위(狐假虎威)라는 말이 있다.

직역하면 여우가 호랑이의 위세를 빌려 다른 짐승을 놀라게 한다는 뜻이다. 비유적으로 남의 권세를 빌려 허세 부림을 이르는 말이다.

지금의 테리가 딱 그러하다. 마치 자신이 백작가의 자손인 양 목에 잔뜩 힘을 주고 반말로 내뱉는다.

현수는 기분이 상했다. 하여 인상을 찌푸렸다.

"어허! 평민 따위가 어디서 감히! 죽고 싶은 거냐?"

"평민? 그러는 네놈은 평민은 되는 거냐?"

오는 말이 고와야 가는 말이 고운 법이다.

테리의 싸가지 없는 발언에 화가 난 현수가 나직이 되물었다. 분노가 느껴지는 저음이다.

"당연하지. 이 몸은 평민이시다."

"그래? 그런데도 평민 따위라는 말을 쓰는 거냐?"

"그건……!"

자신의 말에 어폐를 느낀 테리는 잠시 할 말을 잃었다.

"가서 네놈의 주인인 저놈에게 일러라. 까불다간 뒈지는 수가 있다고."

"뭐라고?"

테리가 소리를 지르자 모두의 시선이 쏠린다.

한편 세실리아는 백작의 아들이라는 신분을 밝혔음에도 개의치 않는 현수를 유심히 바라보았다.

바보 아니면 백작가를 평범히 볼 수 있는 신분일 것이다. 둘 중 대체 뭔가 싶었던 것이다.

"테리!"

피어슨의 부름에 테리는 후다닥 그의 곁으로 갔다. 그리곤 뭔가 보고를 한다. 보나마나 부풀려 말했을 것이다.

"뭐라고?"

피어슨이 버럭 소리를 지르며 부르르 떠는 것을 본 현수는 피식 실소를 베어 물었다.

잠시 후, 테리가 다시 왔다.

"운 좋은 줄 알아라. 공자님께서 조용히 따라오기만 하면 너 그렇게 용서하신다고 했다. 그러니 지금 즉시 일어나 나를 따라오도록!"

점입가경이라는 말이 있다. 지금의 상황이 바로 그러하다.

테리라는 놈은 시종인 주제에 대체 뭘 믿고 그러는지 본인이 귀족인 양 군다.

이런 놈은 조선 500년을 통틀어 최고의 탐관오리라 할 수 있는 고부군수 조병갑[12]의 휘하에서 백성들의 고혈을 빨아먹던

---

12) 조병갑(趙秉甲):조선 후기의 문신, 부패한 탐관오리. 고부 군수 재직 중 농민들을 강제로 동원해 만석보를 쌓았다. 그리곤 수세를 징수하였다. 그 뒤 자신의 모친상 때 부조금 2,000냥을 안 거둬주었다는 이유로 전승록(전봉준의 아버지)을 때려 죽였다. 이 밖에도 많은 악정(惡政)으로 굶주린 주민들을 쥐어뜯었다. 그 결과 동학 농민 운동이 초래되었다.

이방 같은 놈일 것이다.

"너도 가서 전해라. 좋은 말로 거절할 때 그냥 꺼지라고. 그리고 너도 마찬가지야. 한 번만 더 내 앞에서 입을 열면 최하 옥수수 열 개는 각오해야 할 것이야."

"옥수수? 그게 뭐냐?"

"흐음, 한 번 더 입을 열었지만 내 말을 못 알아들어 그런 거니 이번은 용서하지. 지금처럼 한 번만 더 내게 말을 지껄이면 다시는 입 놀리기 힘들게 이빨을 부숴놓겠다는 뜻이야. 그러니 이만 꺼져!"

멀린은 은과 원이 확실한 사람이다. 그의 제자인 현수 역시 은원이 분명하다. 그 스승에 그 제자라 할 수 있다.

어쨌거나 나직하면서도 왠지 스산하게 느껴지는 현수의 음성에 압도되었는지 테리는 두말없이 돌아갔다.

"뭐야?"

우당탕탕!

피어슨이 자리에서 벌떡 일어서는 바람에 의자가 쓰러졌다. 이를 본 현수는 피식 웃음 지었다.

이제 놈은 겁도 없이 도발할 것이다. 그러면 아예 박살 내줄 생각을 한 때문이다. 물론 테리도 포함된다.

싸가지없는 놈들에겐 매가 보약이기 때문이다.

아무튼 자신은 이곳 테리안 왕국의 사람이 아니다. 따라서 백작이니 어쩌니 하는 것에 구애받을 필요가 없다.

다만 스승이 건국한 아드리안 공국에서만큼은 지킬 것은 지켜줄 생각이다. 그런데 여긴 아드리안 공국도 아니다. 그러니 피어슨을 두들겨 팰 생각을 한 것이다.

그러는 사이에 피어슨과 두 시종이 다가왔다.

"네 이놈! 네가 감히 어디다 대고! 테리! 뭐해? 이놈을 꼼짝 못하게 잡아!"

"네에. 이봐, 너도 같이……."

테리의 말에 지금껏 아무 말 없던 사내가 고개를 끄덕이며 한 발짝 내디뎠다.

"한 발짝만 더 내디디면 죽일 수도 있다."

현수는 분명 경고했다.

그런데 테리라는 놈이 겁도 없이 허리춤의 대거(Dagger)를 뽑아 들었다. 그리곤 한 발짝 다가섰다.

그 순간이다.

"파이어 애로우!"

쉐엑! 퍼억~! 챙그랑!

"아아아악! 아악! 뜨거워! 으아아악!"

테리는 비명을 지르며 바닥을 뒹굴었다. 거의 무방비 상태로 있다가 파이어 애로우에 가슴을 맞았다. 그 결과 갈비뼈 세 대가 동시에 부러졌다. 당연히 어마어마한 통증이 느껴져 비명을 지른 것이다.

게다가 옷에 불이 붙었다. 머리카락 그슬리는 냄새가 나자 본능적으로 뒹굴며 불을 끄려는 것이다.

"어때? 너도 생각 있어? 죽여줄까?"

현수의 물음에 다가서던 다른 시종은 얼른 고개를 좌우로 흔들며 뒤로 물러선다.

"끄으응, 마법사였어?"

피어슨의 물음에 현수는 시선을 돌려 그를 째려보았다.

"죽일 수도 있었지만 봐준 거다. 네놈도 생각이 있으면 덤벼. 특별히 네놈은 고자가 되게 해주지."

현수의 시선이 아래로 향하자 피어슨은 얼른 물러선다. 죽을지언정 사내가 어찌 고자 되기를 바라겠는가!

"너, 너어… 이름이 뭐냐?"

"내 이름은 알아서 뭐하게?"

"좋아, 오늘은 이만 물러서지. 그러나 조심해야 할 거야. 이곳 올테른에선 모든 게 쉽지 않아질 테니."

"헛소리하지 말고 꺼져! 그리고 앞으론 아무나 보고 까불지 마. 그러다 뒈지는 수가 있으니."

오늘 이곳에서 피어슨은 건방을 잔뜩 떨고 세실리아에게 치욕스런 말을 했다. 하나 죽을 정도로 죄를 지은 것은 아니다. 그렇기에 말로써 겁만 준 것이다.

"어쨌든 이름을 가르쳐 줘."

"…하인스다."

"좋아, 하인스. 두고 보자."

"멍청한 놈, 두고 보긴 뭘 두고 봐?"

"하여간. 이만 가자."

"네."

명령을 받은 시종은 기절한 테리를 들쳐업었다. 그리곤 서둘러 사라졌다.

"마법사님이셨어요?"

"그래."

"어휴! 멋져요. 호호, 기분이에요. 제가 술 한 병 더 드릴 테니 마셔요."

"그러던지."

세실리아가 술을 가지러 간 사이에 한숨을 쉬는 사내가 있다. 스물세 살이지만 30대로 보이는 어부이다.

조금 전 세실리아가 위기에 처했을 때 나서지 못했다.

그랬다간 작살 날 수 있음을 알기 때문이다. 그런데 현수가 나서서 멋지게 해결했다. 게다가 마법사란다.

어부와 마법사! 얼마나 큰 차이가 있는가!

나이도 현수가 어려 보인다. 키도 크다. 비교할 게 없어진 어부는 낙담한 듯 긴 한숨을 쉬었다.

현수는 웃음이 나왔다. 하여 손짓으로 그를 불렀다.

"부르셨습니까, 마법사님?"

"마법사님이 아니라 허여멀건 놈팡이라네."

"아이고, 마법사님. 아까는 마법사님인지 몰라서…… . 죽을 죄를 지었습니다. 한 번만 용서해 주십시오."

덜퍼덕 무릎을 꿇고는 애원한다.

현수는 이 세상의 마법사라는 사람들이 대체 어떻게 하고 다니기에 이러나 싶은 마음이 들었다.

"일어나서 자리에 앉게."

"아닙니다. 소인이 어찌……."

"어허! 어서 말을 듣게."

"네."

어부는 찍소리 않고 공손한 표정으로 앉았다.

"스물세 살이라고 했지?"

"네."

"내가 자네보다 나이가 조금 더 많으니 말을 놓겠네."

"아이고, 그러셔야죠. 당연히 그러셔도 됩니다."

"좋아, 자네에게 충고 하나 하지."

"말씀만 하십시오."

"자네, 세실리아를 좋아하지?"

"네……? 아, 네에. 하지만 마법사님이 마음에 드신다면 백 번이고 양보하겠습니다. 다만 세실리아는 아직 처녀이니 조심스럽게……. 헉, 잘못했습니다. 마법사님 마음대로 하십시오."

현수의 시선을 받자 어부는 화들짝 놀라며 움츠러들었다.

"난 세실리아를 어찌해 볼 생각이 없어. 그러니 걱정하지 말게. 그리고 세실리아의 마음을 잡고 싶거든 백 마디 말을 하기보단 확실한 행동을 한 번 보여주게. 알았나?"

"네, 알았습니다요."

"좋아, 이만 가보게."

"네, 감사합니다, 마법사님!"

말을 마친 어부는 자기 자리로 갔다. 그리곤 잔을 비우자마자 밖으로 나갔다.

이날 어부는 세실리아로부터 따귀를 맞는다. 그리고 세실리아의 부친에게 죽지 않을 만큼 두들겨 맞는다.

주점을 나선 어부는 몰래 세실리아의 방에 들어가 홀딱 벗고 기다렸다. 그리곤 지친 몸을 이끌고 들어온 세실리아를 다짜고짜 덮쳤기 때문이다.

'백 마디 말보다 확실한 행동 한 번' 이라는 말을 어부는 그렇게 해석한 것이다.

"자아, 여기 슬럼이요. 이건 특별히 드리는 서비스이니 돈은 안 내셔도 되요."

어부가 나가자 세실리아가 방긋 웃음 지으며 나타난다. 언제 갈아입었는지 화사한 빛깔의 옷으로 바뀌어 있었다.

"고마워."

현수는 반 병 더 마셨다. 그래도 취하지 않는다. 워낙 오염되지 않은 환경이라 그런 것이다.

그때 알론이 들어온다.

"아아! 아직 올라가지 않으셨군요."

"그래. 음식이 맛있어서……."

"입에 맞는다니 다행입니다. 여긴 저희 케이상단 제7지부 지부장이신 말링코입니다."

알론의 곁에는 살짝 대머리가 까진 40대 사내가 있었다.

"반갑습니다, 마법사님. 말링코입니다."

"흠, 반갑네. 하인스라 하네."

"먼저 이전에 저희 상단을 보호하여 무사히 상행을 마칠 수 있도록 도와주셨음에 깊은 감사를 드립니다."

"별일 아니었으니 크게 개의치 말게."

"무슨 말씀을. 도움을 받은 게 분명하다 들었습니다. 내일 아침에 저희 지부를 들러주시면 합당한 비용을 지불해 드리겠습니다. 아, 이곳에서의 비용도 저희 상단이 댈 것이니 지불하지 말고 이용해 주십시오."

"그러도록 하지."

사양해 봐야 소용없는 상황인 듯하다. 말링코의 시선에 극도의 존경심이 담겨 있었기 때문이다.

"그런데 내가 알아봐 달라는 건 어찌 되었지?"

"저어, 그게… 죄송합니다. 올테른에서 아드리안 공국으로 가는 배편은 모두 끊겼다고 합니다."

"……?"

"아드리안 공국을 침공한 미판테와 쿠르스, 그리고 엘라이 왕국이 모든 배편의 입국을 불허한다고 합니다."

"그럼 배로는 갈 수 없다는 것인가?"

"죄송하지만 그렇습니다. 현재로선… 저희 상단에서 편의를 제공해 드리려 알아봤지만 어느 누구도 아드리안으로 가지 않겠다고 하는 바람에……. 죄송합니다. 보이는 족족 침몰시킨다 하니 사공들이 겁을 먹은 모양입니다."

"아니네. 죄송할 게 무어 있는가? 케이상단이 그런 게 아닌데. 으음! 그렇다면 여기서 아드리안 공국으로 가는 가장 빠른 길은 뭐지?"

"네, 여길 잠시 봐주십시오."

알론이 품에서 꺼내 펼친 것은 지도이다. 현대의 지도가 아니라 대강대강 윤곽만 그려놓은 아이들 장난 같은 것이다.

하나 이것으로 케이상단은 상행을 다닌다. 따라서 장난으로 그려 놓은 그림이 아니다.

"현재 있는 테리안 왕국의 알테른은 바로 여깁니다. 이 강을 건너 미판테 왕국을 서에서 동으로 가로질러 가시면 아드리안 공국이 나옵니다."

"미판테 왕국을 가로지르는 거리는 어느 정도 되지?"

"대략 1,000㎞ 정도 될 겁니다."

"으음, 열흘이면 되려나?"

"네에? 열흘이라니요? 석 달은 족히 걸릴 겁니다. 마법사님이 마법을 쓰셔도 그 정도는 걸립니다."

"왜지? 곧장 가로지르기만 하는 건데?"

"미판테 왕국의 주요 수출품은 목재입니다."

"갑자기 수출품 이야긴 왜……?"

현수가 의아하다는 표정을 짓자 알론이 그럴 줄 알았다는 듯 피식 웃는다. 그리곤 설명을 이었다.

"미판테 왕국은 산림의 나라, 사막의 나라입니다. 뿐만 아니라 호수의 나라라고도 하지요."

"무슨 소리야?"

"국토 거의 전체가 산지입니다. 중앙부는 사막이 있는데 침사는 물론이고 유사까지 있어 목숨을 잃기 싫으면 반드시 피해야 하는 곳입니다."

"호수도 있나?"

"네, 미판테 왕국의 호수를 절대 만만히 보시면 안 됩니다. 특히 라니야라는 물고기와 얀디루라는 물고기가 있는 호수는 조심하셔야 합니다."

"라니야? 얀디루?"

"라니야는 오우거도 5분이면 뜯어 먹을 식인 물고기입니다. 크기는 작지만 이빨이 몹시 날카롭습니다."

"얀디루는?"

"그건 가늘고 긴 물고기로 남녀 구분 없이 사람의 생식기를 파고들어 가는 놈입니다. 일단 들어가면 갈고리를 펼쳐 자리를 잡고는 좋아하는 부위를 야금야금 뜯어 먹습니다."

"으으음!"

생각만 해도 끔찍하다.

"이놈은 한번 들어가면 절대 뺄 수 없으며 죽을 때까지 엄청난 고통을 선사하는 아주 악질적인 놈이지요."

"으으음!"

현수는 브라질의 아마존에 산다는 피라니아(Piranha)와 칸디루(Candiru)를 떠올렸다. 그리곤 이맛살을 찌푸렸다.

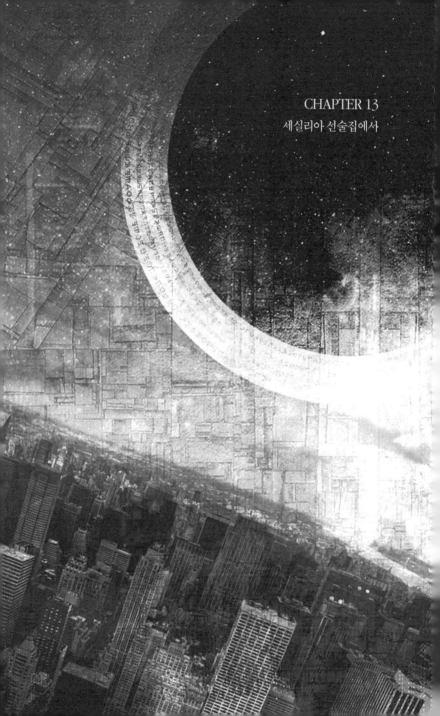

CHAPTER 13
세실리아 선술집에서

"미판테 왕국을 지날 땐 이에 반드시 주의를 기울여야 합니다. 또 한 가지 난관이 있는데 그건 라수스 협곡을 주의하시라는 겁니다."

"라수스 협곡?"

"네, 여길 지나치지 않는 게 가장 좋은 방법이지만 피할 수 없다면 각별한 주의를 기울이십시오."

"거기 뭐가 있기에?"

"거긴 드래고니안들이 있습니다."

"인간과 드래곤의 혼혈?"

"그렇습니다. 라수스 협곡엔 레드 드래곤이 있습니다. 이놈이 인간 처녀들을 납치하여 여러 자식들을 낳았는데 드래곤도 아니고 인간도 아닌 드래고니안이 태어났습니다."

"흐으음!"

현수가 흥미있다는 표정을 지었다. 원칙적으로 포유류인 인간과 파충류에 속하는 드래곤은 혼혈을 둘 수 없다.

이종끼리는 유전자의 숫자부터 다르기 때문이다.

그럼에도 드래고니안이 태어날 수 있는 것은 폴리모프 마법 때문이다. 이상하게도 이 마법이 시전되어 인간의 형상을 갖추게 되면 혼혈이 만들어진다.

그런데 드래고니안은 인정받지 못하는 존재라 불리기도 한다. 드래곤의 피를 받아 태어났지만 드래곤들은 자신의 무리에 끼워주지 않는다. 오히려 모순된 존재라 여겨 내침을 당한다.

인간들 역시 드래고니안을 인간으로 대하지 않는다. 대부분 성격이 포악하기 때문이다.

어쨌거나 알론이 말하는 대로 라수스 협곡엔 드래고니안들이 모여 있다. 이들은 협곡을 지나는 인간들을 무차별적으로 공격한다. 드래곤의 피를 이어받았기에 마법에 능통하여 웬만한 사람들은 도저히 감당할 수 없는 존재들이다.

그렇기에 각별한 주의를 촉구한 것이다.

"좋아, 그 라수스 협곡이란 것은 어디에 있지?"

위험한 곳을 굳이 지날 이유가 무어 있겠는가! 하여 지도에서 어느 부분인지를 물은 것이다.

"여기서부터 여기까지. 사실상 미판테 왕국을 동서로 분할

하고 있습니다."

"으으음!"

알론의 말대로라면 라수스 협곡은 남북으로 길게 이어져 있는데 그 길이가 거의 1,000㎞가 넘는다. 이를 피하려면 남동쪽으로 한참을 내려간 뒤 다시 북서쪽으로 올라가야 한다.

"될 수 있으면 라수스 협곡은 피하십시오. 드래고니안도 문제지만 레드 드래곤 라이세뮤리안도 몹시 포악합니다."

"알겠네. 정보 고맙네."

"고맙긴요. 그리고 이 지도는 마법사님께 드리려고 가져온 겁니다. 갖고 가십시오."

"고맙네."

현수는 거절치 않고 지도를 챙겼다. 이 세상에 와서 지도 한 장 없이 다닐 수는 없기 때문이다.

알론과 말링코는 오늘 안에 반드시 처리해야 할 상단의 잔무가 있다면서 양해를 구하고 갔다. 물론 내일 오전에 꼭 들러달라고 신신당부했다.

둘이 나간 후 주변을 맴돌던 세실리아가 다가온다. 현수는 아무런 연고도 없는 자신을 위해 피어슨과 얼굴을 붉혔다.

이를 자신에게 호감을 가졌다는 뜻으로 받아들였다.

자신도 현수에게 왠지 마음이 간다. 하여 친밀감을 상승시키려 다가온 것이다.

현수는 세실리아의 접근이 달갑지 않다. 하여 방으로 올라가려 자리에서 일어섰다.

그 순간이다.

우르르르! 우당탕탕!

"모두들 꼼짝 마!"

창과 칼을 든 병사들이 와르르 쏟아지듯 밀려들었다. 잠시 후, 병사들 사이로 기사들이 들어선다.

여섯 명이다. 모두 풀 플레이트 갑옷을 걸쳤는데 가슴엔 붉은 장미가 그려져 있다. 올테른의 영주이자 항구도시의 총독인 에릭 마이스진 백작 가문의 문장이다.

"하인스가 어떤 놈이냐? 나와라!"

실내의 모든 시선이 현수에게 쏠렸다. 하나 현수는 부름에 응하고 싶은 생각이 없다는 듯 등을 돌렸다.

"하인스라는 싸가지없는 놈을 찾는다. 셋 셀 때까지 나서면 손목 하나를 베겠지만 셋을 센 이후에 나오면 두 다리를 베어낸다. 나와라!"

"하나, 두울, 세엣!"

"흠! 안 나온다 이거지?"

기사는 자신의 말이 씹혔다는 것이 마음에 들지 않는다는 듯 나직이 읊조렸다.

"좋아, 너, 이 앞으로 나와라."

기사가 손가락을 지목한 사람은 마흔 살쯤 된 사내이다.

"네, 기사 나리."

"오늘 언제부터 이 술집에 있었나?"

"아, 아까부터 있었습죠."

"그러니까 아까 언제냐고?"

"하, 한 세 시간쯤… 아니, 네 시간인가? 아닙니다. 한 다섯 시간쯤 되었……."

짝~!

우당탕탕!

뺨따귀를 맞은 사내는 술집 구석으로 나뒹굴었다.

"쓸모없는 놈! 너, 너, 앞으로 나와!"

이번에 지목된 이는 쉰 살쯤 된 초로의 인물이다.

"네? 네에."

"좋아, 행동이 빠르군."

"가, 감사합니다."

"넌 오늘 이 술집에 언제 왔나? 아니, 아까 피어슨 공자님이 이 술집에 오셨을 때 있었느냐?"

"네. 그, 그렇습니다요."

"좋아, 그럼 어떤 놈이 하인스라는 건방진 마법사인지 알겠군. 놈이 누군지 지목해라."

"네에? 아, 네에."

"어서!"

기사의 다그침에 사내는 할 수 없이 현수를 손가락으로 가리켰다. 이때 현수는 막 2층으로 올라가는 계단에 발을 디뎠을 때이다.

"어이! 거기! 멈춰라!"

기사가 소리쳤지만 현수는 이를 들어줄 이유가 없다. 그렇기에 고개조차 돌리지 않고 올라가기 시작했다.

"어이, 거기! 계단 올라가는 놈! 멈추지 못해!"

뚜벅! 뚜벅!

"야, 이 빌어먹을 놈아! 당장 멈추라고 했다!"

뚜벅! 뚜벅!

"이, 이런 개 같은……!"

기사는 다들 보고 있는 중에 무시당했기에 분노로 부들부들 떨었다.

스르르릉~!

애검을 뽑아 든 기사는 다짜고짜 현수에게 쇄도했다.

텅, 텅, 텅, 텅……!

육중한 풀 플레이트 갑옷을 입어 발을 내디딜 때마다 소리가 난다.

"야아아앗~!"

쉐에에엑! 부우웅!

퍼억~!

"케엑!"

우당탕탕! 와장창~!

삽시간에 일어난 일이다.

기사가 현수의 뒤로 쏜살처럼 달려들었다. 오랜 수련의 덕인지 갑옷을 걸치고 있었지만 마치 맨몸처럼 빨랐다.

기사는 현수의 등이 가까워지자 뽑아 든 검을 수평으로 눕혀 휘둘렀다. 이럴 경우 대부분 수직으로 내려긋는 게 보통이다.

그럼에도 허를 찔러 수평으로 그은 것이다.

옆으로 피하려다간 꼼짝없이 목 없는 시체가 될 판이다.

그 순간 현수의 신형이 빙글 돌았다. 그리곤 그의 주먹이 앞으로 뻗어나왔다. 주먹으로 시전하는 마법 헤비 펀치(Heavy Punch)가 시전된 것이다.

2써클 마법인 이것은 멀린의 독창 마법이다.

이것에 당하면 헤비급 권투선수의 카운터펀치에 맞은 것과 같은 효과가 난다. 최하가 기절이다. 재수없으면 뼈가 부러지거나 아예 목숨을 잃는 경우도 있다.

현수를 공격했던 기사는 단 한 방에 계단 아래로 굴러 떨어졌고, 그와 동시에 기절해 버렸다.

기사의 갑옷 전면, 가슴 부분이 주먹 모양으로 함몰되어 있다. 검이나 창, 또는 화살로부터 기사를 보호하기 위해 만든 갑옷은 특히 가슴 부위가 단단하다.

심장이 있는 곳이기 때문이다. 그런데 그 부분이 심하게 우그러들어 있다.

"헉! 이, 이건……? 이봐, 데이몬! 데이몬! 정신 차려!"

동료가 당하는 모습에 화들짝 놀라며 다가온 기사는 찌그러진 갑옷을 보곤 헛바람을 들이마셨다. 주먹 모양으로 갑옷을 찌그러뜨린다는 것은 상상도 못해봤기 때문이다.

그런데 데이몬이라 불린 기사의 입에서 한 줄기 선혈이 흘러나온다. 거품 섞인 선혈이다.

경험상 허파에 심각한 문제가 생겼음을 알아차렸다. 그렇기에 다급성을 토한 것이다.

그 순간 현수의 싸늘한 음성이 주점으로 퍼져 나갔다.

"내게 용무있는 자, 또 있는가?"

"……!"

기사는 분명 여섯 명이 왔다. 이들 가운데 가장 뛰어난 실력을 지닌 자가 기절한 데이몬이다.

그런 그가 단 한 방에 뻗어버렸다. 기사들은 직감적으로 자신들의 상대가 아니라는 것을 알아차렸다.

하여 잠시 주춤거렸다. 그런데 바로 그 순간 병사들 사이에서 피어슨이 등장한다.

"뭐해, 빨리 저놈을 공격하지 않고! 빨리 공격해!"

"네!"

주군의 하나뿐인 아들이다. 주군에게 문제가 생기면 차기 주인이 됨을 의미한다.

그런 그가 명령을 내렸다. 그렇기에 두려움을 무릅쓰고 기사들은 일제히 검을 뽑았다.

"피어슨이라고 했지? 네놈은 스스로 무덤은 팠다는 걸 곧 알게 될 것이다. 그리곤 자신이 무얼 잘못했는지도 처절하게 반성하게 될 것이다."

현수는 올랐던 계단을 도로 내려왔다.

그리곤 기사들과 마주섰다.

"너희들은 주인이 잘못된 길로 갈 때 이를 바로잡아 줘야 할 의무가 있다. 그런데 그러지 않았다. 죽을죄는 아니니 가벼운

징계로 그칠 것이다. 덤벼라."

"야아아앗!"

"차이이잇!"

"야압!"

다섯 기사는 혼신의 힘을 다해 검을 휘둘렀다. 상대가 결코 만만한 존재가 아니라는 것을 알기 때문이다.

그 순간 현수의 다섯 손가락이 활짝 펴졌다.

"에어로 붐!"

펑! 퍼엉! 퍼퍼펑~!

"헉! 아악! 끄윽! 케액! 크윽!"

우당탕탕! 와장창! 챙그랑! 우당탕탕! 챙그랑!

압축된 바람이 폭발적으로 체적을 늘리는 범위 안에 있던 다섯 기사는 하나같이 뒤로 나가떨어졌다. 육중한 갑옷을 걸쳤음에도 모두가 공중에 붕 떠서 날아갔다.

"너! 피어슨! 이리 와!"

"…병사들은 무엇들 하느냐? 어서 저 불한당 같은 놈을 공격해라! 어서 공격해! 공격하란 말이닷!"

피어슨은 현수가 천천히 다가서자 뒤로 물러서며 발악하듯 명령을 내렸다. 이에 현수는 병사들을 둘러보았을 뿐이다. 그런데 하나같이 주춤거리며 뒤로 물러선다.

방금 전 무참하게 깨진 여섯 명의 기사와 자신들 전원이 맞붙으면 백전백패한다. 그런 기사들을 한 방에 깼다.

그런 존재와 싸우라는 명령을 받았지만 병사들도 사람이다.

그리고 사고할 능력이 있다.

그렇기에 공포 어린 시선으로 물러선 것이다.

"무기를 내려놓는 병사들은 공격하지 않는다."

챙그랑! 땡그랑! 우당탕탕!

현수의 말이 끝남과 동시에 병사 전원이 들고 있던 병장기를 내던졌다. 그리곤 일제히 손을 든다.

"좋아, 병사들은 전부 뒤로 물러선다."

척~! 척~!

마치 제식훈련이라도 받은 듯 그야말로 일사불란하게 두 발짝씩 뒤로 물러선다.

"세 발짝 더!"

척척척~!

"좋아! 그리고 너 피어슨! 너는 이 앞으로 와!"

"시, 싫어!"

"싫어? 넌 내 명령을 거부할 자격이 없어. 그러니 지금 즉시 이쪽으로 온다. 실시!"

"싫어!"

피어슨은 몸을 돌려 도주하려 했다. 그런데 어느새 현수가 앞을 가로막고 있다.

"이잇! 허억! 언제……?"

털썩~!

또다시 몸을 돌려 도주하려던 피어슨은 헛바람을 들이켰다. 현수가 또 앞을 가로막고 서 있었기 때문이다.

너무도 놀랐기에 피어슨은 털썩 주저앉았다. 그 순간 현수가 마법을 시전했다.

　"퍼머넌트 플라토닉 커스(Permanent Platonic Curse)!"

　멀린의 4써클 마법 퍼머넌트 플라토닉 커스는 쉽게 설명하자면 영구 거세 마법이다.

　아주 오래전, 멀린이 마법의 완성을 위해 바세른 산맥으로 갈 때 지나치던 자작가의 영지가 있었다.

　그는 자신의 성욕을 채우기 위해 평민이나 농노의 여인들을 마구 유린했다. 일찌감치 사라져 문헌상에만 남아 있던 초야권[13]도 100% 실시했던 엽기적인 인물이다.

　이에 격분한 멀린은 이런 자들에게 가장 강력한 징벌이 될 영구적 발기 불능 마법의 필요성을 느꼈다.

　그리고 불과 사흘 만에 이 마법을 창조했다.

　퍼머넌트 플라토닉 커스에 당하면 어떤 방법으로도 생식 능력을 되살릴 수 없다. 신성력으로도 치료가 불가능하다.

　육체가 아닌 영혼에 거는 마법이기 때문이다. 만일 사악한 기운이 담겨 있다면 신성력에 의해 풀어질 것이다. 그런데 멀린의 마법은 결코 사악하지 않았다.

　그렇기에 이제 피어슨은 후손을 볼 수 없는 몸이 되었다.

　어쨌거나 이제 꼼짝없이 죽는다 싶어 눈을 질끈 감았던 피어슨은 자신의 몸에 아무런 이상이 없자 실눈을 떴다.

---

13) 초야권(初夜權): 결혼 첫날밤에 신랑 이외의 남자가 신랑보다 먼저 신부와 동침하는 권리. 주로 미개민족에서 볼 수 있는 습속. 중세 유럽에서도 영주(領主)가 농민의 결혼을 승인하는 조건으로 행사했다.

이때 현수의 음성이 이어진다.

"너는 그림의 떡이란 말이 무엇인지 알게 될 것이다."

대체 무슨 소린지 그 뜻을 헤아리지 못한 피어슨은 멍한 표정만 지었다. 그러거나 말거나 말을 마친 현수는 천천히 계단을 딛고 올라갔다.

모두의 시선이 그를 따라 움직였다. 그런데 눈동자 이외에는 아무도 움직이지 않는다. 신위에 얼어버린 것이다.

"야, 이 병신 같은 개새끼들아! 니들이 감히 날 배신해? 니들이 그러고도 병사야? 뭐해? 어서 기사들을 들쳐업어! 이 멍청하고 비겁한 병사 새끼들아! 빨랑!"

현수가 방 안으로 들어가자 피어슨의 고함이 터져 나왔다. 고통을 못 느껴서 그런지 겁을 상실한 모습이다.

잠시 후, 썰물 빠지듯 병사들이 물러갔다. 하나 주점은 주점이라 할 수 없는 분위기였다.

너무도 조용하고 엄숙한 분위기였던 것이다. 하나 딱 한 명, 세실리아만은 그렇지 않다.

'호호, 드디어 신랑감을 찾았어. 아암, 이 정도는 돼야 날 지켜주지. 호호, 기다리세요. 침대보 바꿔 드릴게요.'

세실리아는 잽싼 발걸음으로 린넨룸을 향해 달렸다.

이곳은 타월, 냅킨, 시트, 담요, 유니폼, 커튼, 도일리[14]를 보관하는 곳이다.

---

[14] 도일리(Doily):가구 위에 덮는 작은 장식용 덮개, 또는 케이크나 샌드위치를 놓기 전에 접시 바닥에 까는 작은 깔개.

잠시 적막했던 주점은 언제 그랬느냐는 듯 시끌벅적해졌다. 비틀거리며 나가는 사람도 있었고, 허기를 메우기 위해 들어서는 사람들도 많았다.

그렇게 대략 30여 분 정도 지났을 때엔 이실리프 마탑의 대마법사가 다시 나타났으며 현재 올테른에 머물고 있다는 소문이 번진 뒤였다.

사람들의 화제는 완전히 개쪽을 판 피어슨에서 이실리프 대마법사로 추정되는 현수로 바뀌었다. 그리고 그 위대한 이름은 점점 더 포장되어 가기 시작했다.

현수가 이곳까지 오는 동안 상대했던 몬스터의 숫자가 늘어나기 시작한 것이다.

또한 마법의 위력도 동반해서 상승했다.

두 시간이 지난 뒤 도시 구경을 위해 나섰던 현수는 자신이 점차 신이 되어가고 있음에 실소를 터뜨렸다.

오우거는 새끼손가락으로 짓눌러 죽였고, 오크 부락은 손짓한 번에 잿더미가 되었다.

허공을 훨훨 날아다니며, 비, 바람, 번개, 구름을 자유자재로 다룬다. 어떤 때는 눈빛만으로 트롤 서른 마리를 죽였다.

"해도 너무하는군. 그나저나 내일 일찍 떠나야겠군."

현수는 아실리프의 마법사를 찾아 헤매는 사람들을 보고 빨리 떠나야 함을 깨달았다.

수백 명의 환자와 보호자들이 현수를 찾아 맹렬한 기세로 정보를 주고받고 있었던 것이다.

올테른은 항구도시라 물산의 이합집산이 되는 곳이다. 그러다 보니 어업과 상업이 발달하게 되었다.

당연히 고정 인구가 많다. 알론이 말하기론 약 12만 명이 산다. 이외에도 유동인구가 3만 정도 된다고 한다. 다시 말해 15만 명이나 되는 사람들이 우글거리는 곳이다.

그러니 얼마나 많은 환자가 있겠는가!

이들에게 발목 잡히면 꼼짝없이 몇 달을 지내야 함을 알기에 아예 일찍 떠날 생각을 한 것이다.

아무튼 현수는 올테른을 돌아다니면서 이곳저곳을 구경했다. 그러면서 궁금한 것은 묻기도 했다. 그 결과 아르센 대륙의 풍습을 조금 더 자세히 알게 되었다.

지구로 치면 중세 유럽 정도 되는 문화를 가지고 있다.

다른 것은 다 참을 수 있다.

거친 음식은 식이섬유가 다량 함유된 건강식이라 생각하면 된다. 평민들이 입는 올 굵고 성근 의복은 바람이 잘 통하니 자연주의를 좋아하는 사람들에겐 최상의 의복이다.

하지만 악취는 견디기 힘들었다.

길을 가다 보면 위에서 문 열리는 소리가 들린다. 이때 얼른 피해야지 머뭇거리다간 오물을 뒤집어쓸 우려가 있다.

물론 버리는 사람이 피하라는 소리를 하긴 한다.

어쨌거나 그 결과 길바닥이 질척거린다. 소변을 아무 데나 버리기 때문이다.

베토벤 바이러스의 강마에 발언으로 유명해진 '똥 덩어리'

도 여기저기 눈에 띈다. 그나마 이것들은 금방 사라진다.

배고픈 똥개들이 버려지는 즉시 허겁지겁 주워 먹기 때문이다. 안 그렇다면 그 악취는 필설로 설명하기 어려울 정도일 것이다.

"날씨가 따듯해지거나 장마가 지면 전염병이 창궐하겠군."

나직이 중얼거리며 이 거리 저 거리를 구경하느라 시간이 늦어졌다. 해가 떨어질 무렵이 되자 현수는 길을 물어 세실리아 여관으로 돌아왔다.

"하인스 마법사이십니까?"

"그렇소만?"

여관에 들어서자마자 기다렸다는 듯 나서서 묻는 이는 귀족가의 시종 복장을 하고 있다.

나이는 대략 60 정도 되며, 적의는 느껴지지 않았다.

"올테른의 총독이신 에릭 마이스진 백작님께서 마법사님께 접견을 청하셨습니다."

'으음! 피어슨 이 자식이 그새 일러?'

현수는 피어슨을 징계한 일 때문에 만나자는 것으로 생각하고 슬쩍 이맛살을 찌푸렸다.

"이제 곧 밤늦은 시간이 될 것 같습니다만……."

"백작님은 원래 늦은 시간에 만찬을 즐기십니다. 그러니 조금 늦는 것 정도는 괜찮습니다."

"……!"

"모셔오라고 백작님께서 마차를 보내셨습니다. 그냥 타시

기만 하면 알아서 모시겠습니다."

상당히 정중하다. 그리고 전혀 악의가 느껴지지 않는다.

'뭐야, 이거?'

어떤 상황인지 가늠되지 않아 고개를 갸웃거릴 때였다.

"케이상단의 말링코 지부장과 알론 서기도 접견하시겠다고 하셨습니다. 아마 지금쯤 도착했을 겁니다."

"알겠습니다. 동행하지요."

"네, 이쪽으로."

시종의 안내를 받으니 장미 문장이 그려진 호화스런 육두마차가 서 있다.

이 정도면 백작 본인이 외출할 때 타는 것인 듯하다.

마차는 제법 안락했다. 하나 흔들림이 심해 오래는 못 타겠다는 생각을 했다. 멀미가 날 것 같았기 때문이다.

차라리 킨샤사에서 지프를 타는 편이 낫다는 생각이 들 정도이니 오죽하겠는가!

그래도 대마법사 체면에 뭐라 할 수 없어 트집 잡진 않았다.

"한데 어떤 일로 나를 만나자고 한 건지 혹시 아십니까?"

"아, 말씀 낮추십시오, 대마법사님."

시종의 말을 듣는 순간 현수는 어찌 된 영문인지를 깨달을 수 있었다. 알론이 소문을 냈고, 백작이 흥미를 느껴 초청한 것이다. 현수는 마음이 한결 편해짐을 느꼈다.

"어서 오십시오. 올테른의 총독이자 영주인 에릭 마이스진 백작입니다."

"환대해 주셔서 감사합니다. 마법사 하인스 킴입니다."

"오오! 귀족이셨습니까?"

무슨 뜻인지 어찌 모르겠는가!

현수는 굳이 아니라 하지 않고 슬쩍 웃어만 주었다.

"과연⋯⋯. 역시 이실리프 마탑의 진전을 이은 분이시니 보통의 마법사완 달라도 확실히 다르시군요."

대부분의 마법사들은 평민 출신이다.

귀족 출신도 있기는 하지만 극소수이다. 굳이 고난의 길을 갈 필요가 없기 때문이다. 그럼에도 평민들이 마법사가 되길 원하는 이유는 신분 상승이 가능하기 때문이다.

어쨌거나 백작의 태도는 더욱 정중해졌다.

현수가 몇 써클 마법사인지는 알 수 없다. 새파랗게 젊으니 아직 고써클에 도달하진 못했을 것이다.

하지만 위대한 마탑이라 불리는 이실리프 마탑 출신이라면 흔히 볼 수 있는 저써클도 아닐 것이다.

그렇다면 최소 4~5써클 정도는 될 것이다. 나이 이십에 4~5써클이면 대단한 성취이다.

4써클 이상이라면 제국에서도 귀족의 작위를 내린다.

4써클은 자작, 5써클은 백작 정도가 될 것이다.

그런데 현수는 이실리프 마탑 출신이라고 한다. 게다가 들리는 소문에 의하면 5써클 마스터에 근접한 실력자이다.

그렇다면 최하가 백작이고, 최고 후작까지도 가능하다.

왕국의 백작과 제국의 백작은 분명 차이가 있다. 게다가 이미 귀족 신분이다. 그렇기에 아주 정중히 접대한 것이다.

만찬은 아주 그럴듯했다. 온갖 음식이 다 나왔다.

현수는 백작과 더불어 담소를 나누며 식사했다.

백작은 자기 자식을 영구히 고자로 만들었는지도 모르고 웃으며 떠들었다.

결론부터 말하자면 백작은 이실리프 마탑과의 인연을 맺기 위해 많은 돈을 들여 초청한 것이다.

웃는 얼굴에 침 못 뱉는 법이다. 현수는 정중하면서도 지극히 우호적인 백작에게 그저 좋은 말만 해줬다.

마지막으로 만찬을 마치고 다과를 나눌 때 세실리아 여관에 대해 언급했다.

비록 하루의 인연이지만 새침하면서도 활달한 세실리아가 한 많은 세상을 살지 않도록 배려하는 마음 때문이었다.

현수의 청은 곧바로 수용되었다.

누구든 세실리아 여관에 해코지를 하면 즉시 현황 파악을 하여 처벌하겠다는 말을 들을 수 있었던 것이다.

내친김에 아드리안 공국까지 가는 배편을 물어봤다. 그런데 그건 총독의 권한으로도 어려운 일이라 한다.

선주들이 목숨 건 운항을 하지 않으려 하기 때문이란다.

대신 아드리안 공국을 침공한 세 나라에 대한 많은 이야기를 들을 수 있었다.

백작 성을 나올 때 백작은 질 좋은 와인을 선물했다. 이에 대한 답례로 현수는 향수 한 병을 주었다.

인터넷에서 15,000원 정도 하는 '살바도르 델리 아구아 베르데' 라는 요상한 이름의 향수이다.

딱히 이게 좋아서 준 게 아니다. 아공간엔 상당히 많은 향수가 있다. 그중 용량이 컸기에 이걸 골랐다.

다른 것들은 크지 않은 병에 담긴 것이다.

이런 건 줘봐야 얼마 못 쓴다. 백작의 몸에서 악취가 나기 때문이다. 아마 씻는 걸 싫어하는 듯하다.

그렇기에 100ml짜리를 골라서 주었다.

이것은 투명한 유리로 만든 사각 병에 연두색 향수 액이 담겨 있고, 꼭지를 누르면 소량씩 나오도록 되어 있다.

뿌리는 시범을 보여주면서 사용법을 가르쳐 주자 대단히 좋아했다.

달콤한 향기도 향기지만 유리로 만들었다는 것에 대해 상당히 놀라워한다. 이곳에선 유리도 보석이기 때문이다.

그러면서 말하길, 역시 이실리프 마탑은 뭐가 달라도 다르다고 한다. 그리곤 일 년에 딱 한 번 쓰고 가보로 남기겠다고 했다.

현수 입장에선 그러거나 말거나 웃어주고 말았다.

백작이라는 사람이 고작 15,000원짜리에 감격하는 모습이 웃겼던 것이다.

만찬이 끝나고 일행이 모두 돌아간 뒤 백작은 가신들로부터 보고를 들었다.

아카데미를 졸업하고 온 아들이 인사를 하자마자 민정을 살필 목적으로 나갔다고 했을 땐 흐뭇한 기분이었다.

망나니가 드디어 정신 차렸다는 생각이 든 때문이다.

그런데 평민들이 우글거리는 선술집에서 계집 하나 때문에 개망신을 당하고 돌아왔다고 한다.

그 과정에서 기사 여섯 명이 기절했다. 특히 수석기사 데이몬은 갈비뼈 세 대가 나가는 중상을 입었다.

당연히 노발대발할 일이다. 감히 자신이 다스리는 지역에서 기사들을 부상시켰으니 당연한 일이다.

끝까지 아들 편을 들지 못한 병사들에겐 군장을 메고 연병장 300바퀴를 도는 벌을 받도록 했다.

어쨌거나 아들을 위협했다는 자에 대한 보고를 들었다. 그런데 충돌했던 인물이 바로 이실리프의 대마법사라고 한다.

백작은 즉시 피어슨을 불러들였다. 그리곤 다짜고짜 매타작을 시작하였다. 피어슨은 태어나 처음으로 아버지로부터 매를 맞는 것이었다. 하여 눈물을 흘리며 용서를 빌었다.

다시는 여염집 여자들을 탐하지 않겠다는 맹세를 수십 번이나 반복했다. 사실 피어슨은 이 약속을 지킬 수밖에 없다.

그것도 아주 오래도록.

그렇게 빌었는데도 백작은 봐주지 않았다. 철없는 아들 때문에 하마터면 멸문지화를 당할 뻔했기 때문이다.

피어슨은 비명을 지르며 울부짖었다.

그러던 중 자신이 욕하고 대들었던 상대가 바로 소문 자자한 이실리프 마탑의 대마법사라는 말을 듣고는 멍청이가 된 듯 멍한 표정을 지었다.

기사 여섯이 달려들어야 오우거 한 마리를 간신히 처리한다. 그것도 둘이나 셋쯤은 심각한 부상을 당할 수도 있다.

그런데 상대는 그런 오우거를 새끼손가락 하나로 죽였다고 한다. 그러고 보니 기절한 데이몬을 비롯한 다섯 명의 기사가 왜 그렇게 힘없이 당했는지 이해가 갔다.

이 대목에서 피어슨은 전신에 소름이 돋는 것을 느꼈다.

상대가 봐주었기에 망정이지 아니었다면 벌써 차디찬 시신이 되어 있을 것이란 생각이 든 때문이다.

그런데 아무리 생각해 봐도 대마법사가 마지막으로 한 말이 이해되지 않는다. 그렇기에 매 맞는 내내 '그림의 떡이 대체 무슨 뜻이지?'를 반복해서 되뇌었다.

현수는 절로 깨닫게 될 것이라 하였지만 피어슨은 오래도록 이 말의 의미를 모르게 된다. 아무튼 병적일 정도로 여자를 밝히던 피어슨은 이날 이후 수도승처럼 지내게 된다.

피어슨 본인은 심리적 충격 때문이라 생각한다.

자신의 무분별한 욕정 때문에 가문 자체가 멸문될 뻔했다는 것을 알기 때문이다. 그래서 현수에 대한 어떠한 원한도 없다. 결과적으로 가장 좋은 결말이 되는 것이다.

하나 마이스진 백작의 생각은 다르다. 아들의 태도 변화를 결국 이상히 여기게 된다. 하여 원인을 찾았고, 그 결과 하인스 마법사의 뒤를 쫓는 그림자들이 생겨난다.

그 가운데에는 테리안 왕국 최고의 어쌔신이 포함되어 있다. 그의 이름은 놀런 테이실이다.

『전능의 팔찌』 제3권에 계속…

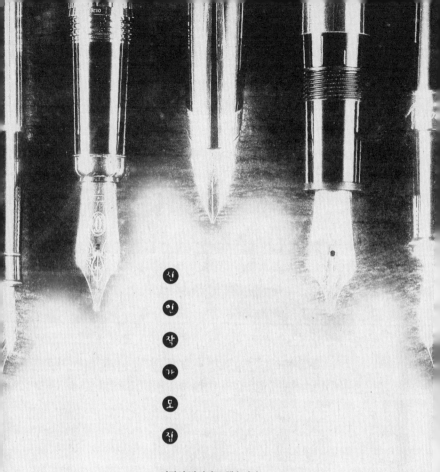

임준후 新무협 판타지 소설

鐵山大公 철산대공

「철혈무정로」「천마겁엽전」의 작가 임준후!
그가 태산처럼 거대한 남자의 이야기로 돌아왔다!

"네가 좋아하는 방식대로 살 거라.
지금까지처럼 마음이 가고 몸이 가는 대로!"

스승이 남긴 말을 가슴에 새기고 중원으로 나온 강산하.
고향으로 향하는 귀로에 하나둘씩 인연이 모여들고
어느새 그의 걸음마다 무림의 판도가 바뀌기 시작한다.

태산처럼 굳세게
산들바람처럼 유유자적하게
흔들리지 않고 올곧게 자신의 길을 걸어간
의협 철산대공 강산하의 가슴 묵직한 일대기!

Book Publishing CHUNGEORAM

용호객잔
龍虎客棧

설경구 新무협 판타지 소설

낙양 변두리에 위치한 허름한 용호객잔.
폐업 직전까지 몰렸던 용호객잔에 폭덩이,
천유강이 저절로 굴러 들어왔다.
그런데… 이 객잔 좀 수상하다?

독문병기는 낡은 주판, 중원상왕을 꿈꾸는 객잔주인, 용사등.
독문병기는 마른 걸레, 끔찍이 못생긴 점소이, 용팔.
독문병기는 식칼, 긴 독수공방 끝에 요리와 혼인한 숙수, 장유결.
독문병기는 이 빠진 도끼, 사연 많은 남장여인, 문우령.
독문병기는 얼굴, 기억을 잃어버린 절세미남 신입 점소이, 천유강.

"중원의 상왕이 되리라!"

현실감각이라고는 찾아보기 힘든
용사등의 허황된 언언이 천하를 혼란에 빠뜨린다.
바람 잘 날 없는 용호객잔의 평범한(?) 일상에
중원의 이목이 집중된다.

Book Publishing CHUNGEORAM

각사 新무협 판타지 소설

소년은 오직 소녀를 위하여 검을 들었다
가슴에 담긴 지키고자 하는 뜨거운 열망.

"이제는 지킬 것이다."

단 하나 남은 소중한 인연, 무유화를 지키려
악의에 휩싸인 무림을 수호하기 위하여
윤, 세상에 서다!

그의 용혈검이 떨치는 무상류와 구천류가
모든 악을 쓸어내리라!

지키는 자!
수호무사 윤, 그를 기억하라.

Book Publishing CHUNGEORAM

유행이아닌 자유추구 —
WWW.chungeoram.com